LA CITÉ DES JARRES

Arnaldur Indridason est né à Reykjavik en 1961. Diplômé en histoire, il est journaliste et critique de cinéma. Il est l'auteur de six romans noirs, dont plusieurs sont des best-sellers internationaux. Il vit à Reykjavik avec sa femme et ses trois enfants.

Arnaldur Indridason

LA CITÉ
DES JARRES

ROMAN

Traduit de l'islandais
par Éric Boury

Métailié

TEXTE INTÉGRAL

TITRE ORIGINAL
Mýrin
© Arnaldur Indridason, 2000

ISBN 978-2-7578-0023-2
(ISBN 2-86424-524-8, 1ʳᵉ publication
ISBN 2-86424-568-X, 2ᵉ publication)

© Éditions Métailié, juin 2005, pour la traduction française.

"Tout ça, ce n'est rien d'autre qu'un foutu marécage."

Erlendur Sveinsson,
inspecteur de la police criminelle

REYKJAVIK

2001

1

Les mots avaient été écrits au crayon à papier sur une feuille déposée sur le cadavre. Trois mots, incompréhensibles pour Erlendur.

Le corps était celui d'un homme qui semblait avoir dans les soixante-dix ans. Il était allongé à terre sur le côté droit, appuyé contre le sofa du petit salon, vêtu d'une chemise bleue et d'un pantalon brun clair en velours côtelé. Il avait des pantoufles aux pieds. Ses cheveux, clairsemés, étaient presque totalement gris. Ils étaient teints par le sang s'échappant d'une large blessure à la tête. Sur le sol, non loin du cadavre, se trouvait un grand cendrier, aux bords aigus et coupants. Celui-ci était également maculé de sang. La table du salon avait été renversée.

La scène se passait dans un appartement au sous-sol d'un petit immeuble à deux étages dans le quartier de Nordurmyri*. L'immeuble se trouvait à l'intérieur d'un petit parc entouré d'un mur sur trois côtés. Les arbres avaient perdu leurs feuilles qui recouvraient le parc, en rangs serrés, sans laisser nulle part apparaître la terre, et les arbres aux branches tourmentées s'élançaient vers la noirceur du ciel. Un accès couvert de gravier menait à

---

* Le toponyme se traduit par : le Marais du Nord. Il s'agit d'un quartier légèrement excentré de Reykjavik. *(Toutes les notes sont du traducteur.)*

la porte du garage. Les enquêteurs de la police criminelle de Reykjavik arrivaient tout juste sur les lieux. Ils se déplaçaient avec nonchalance, semblables à des fantômes dans une vieille maison. On attendait le médecin de quartier qui devait signer l'acte de décès. La découverte du cadavre avait été signalée environ quinze minutes auparavant. Erlendur était parmi les premiers arrivés sur place. Il attendait Sigurdur Oli d'une minute à l'autre.

Le crépuscule d'octobre recouvrait la ville et la pluie s'ajoutait au vent de l'automne. Sur l'une des tables du salon, quelqu'un avait allumé une lampe qui dispensait sur l'environnement une clarté inquiétante. Ceci mis à part, les lieux du crime n'avaient pas été touchés. La police scientifique était occupée à installer de puissants halogènes montés sur trépied, destinés à éclairer l'appartement. Erlendur repéra une bibliothèque, un canapé d'angle fatigué, une table de salle à manger, un vieux bureau dans le coin, de la moquette sur le sol, du sang sur la moquette. Du salon, on avait accès à la cuisine, les autres portes donnaient sur le hall d'entrée et sur un petit couloir où se trouvaient deux chambres et les toilettes.

C'était le voisin du dessus qui avait prévenu la police. Il était rentré chez lui cet après-midi après être passé prendre ses deux fils à l'école et il lui avait semblé inhabituel de voir la porte du sous-sol grande ouverte. Il avait jeté un œil dans l'appartement du voisin et l'avait appelé sans être certain qu'il soit chez lui. Il n'avait obtenu aucune réponse. Il avait attentivement scruté l'appartement du voisin, à nouveau crié son nom, mais n'avait obtenu aucune réaction. Ils habitaient à l'étage supérieur depuis quelques années mais ils ne connaissaient pas bien l'homme d'âge mûr qui occupait le sous-sol. L'aîné des fils, âgé de neuf ans, n'était pas aussi prudent que son père et, en un clin d'œil, il était entré dans le salon du voisin. Un instant plus tard, le gamin en était ressorti en disant qu'il y avait un homme mort dans l'appartement, ce qui ne semblait pas le choquer le moins du monde.

– Tu regardes trop de films, lui dit le père en s'avançant vers l'intérieur où il découvrit le voisin allongé, baignant dans son sang sur le sol du salon.

Erlendur connaissait le nom du défunt. Celui-ci était inscrit sur la sonnette. Mais, pour ne pas courir le risque de passer pour un imbécile, il enfila une paire de fins gants de latex, tira de la veste accrochée à la patère de l'entrée le portefeuille de l'homme où il trouva une photo de lui sur sa carte de crédit. C'était un dénommé Holberg, âgé de soixante-neuf ans. Décédé à son domicile. Probablement assassiné.

Erlendur parcourut l'appartement et réfléchit aux questions les plus évidentes. C'était son métier. Enquêter sur l'immédiatement visible. Les enquêteurs de la scientifique, quant à eux, s'occupaient de résoudre l'énigme. Il ne décelait aucune trace d'effraction, que ce soit par la fenêtre ou par la porte. Il semblait à première vue que l'homme avait lui-même fait entrer son agresseur dans l'appartement. Les voisins avaient laissé une foule de traces dans l'entrée et sur la moquette du salon lorsqu'ils étaient rentrés dégoulinants de pluie et l'agresseur avait dû faire de même. A moins qu'il n'ait enlevé ses chaussures à la porte. Erlendur s'imagina qu'il avait été des plus pressés, puis il se dit qu'il avait pris le temps d'enlever ses chaussures. Les policiers de la scientifique étaient équipés d'aspirateurs destinés à ramasser les plus infimes particules et poussières dans l'espoir de mettre au jour des indices. Ils étaient à la recherche d'empreintes digitales et de traces de terre provenant de chaussures n'appartenant pas aux occupants des lieux. Ils étaient en quête d'un élément provenant de l'extérieur. De quelque chose qui signait le crime.

Erlendur ne voyait rien qui laissât croire que l'homme eût reçu son invité avec un grand sens de l'hospitalité. Il n'avait pas fait de café. La cafetière de la cuisine ne semblait pas avoir été utilisée au cours des dernières heures. Il n'y avait pas non plus trace de consommation de thé et aucune tasse n'avait été sortie des étagères. Les verres n'avaient pas bougé de leur place. La victime était une personne soigneuse. Chez elle, tout était en ordre et parfaitement à sa place. Peut-être ne connais-sait-elle pas bien son agresseur. Peut-être son visiteur lui avait-il sauté dessus sans crier gare dès qu'elle lui avait ouvert sa porte. Sans enlever ses chaussures.

Peut-on commettre un meurtre en chaussettes ?

Erlendur regarda autour de lui et se fit la réflexion qu'il lui fallait mettre de l'ordre dans ses idées.

De toutes façons, le visiteur était pressé. Il n'avait pas pris la peine de refermer la porte derrière lui. L'agres-sion elle-même portait les marques de la précipitation, comme si elle avait été commise sans la moindre pré-méditation, sur un coup de tête. Il n'y avait pas de traces de lutte dans l'appartement. L'homme devait être tombé directement à terre et avoir atterri sur la table qu'il avait renversée. A première vue, rien d'autre n'avait été déplacé. Erlendur ne décelait aucune trace de vol dans l'appartement. Tous les placards étaient parfaitement fermés, de même que les tiroirs. L'ordinateur récent et la vieille chaîne hi-fi étaient à leur place, le portefeuille dans la veste sur la patère de l'entrée, un billet de deux mille couronnes et deux cartes de paiement, une de débit et une de crédit.

On aurait dit que l'agresseur avait pris ce qui lui tom-bait sous la main et qu'il l'avait jeté à la tête de l'homme. Le cendrier d'une couleur verdâtre et en verre épais ne pesait pas moins d'un kilo et demi, pensa Erlendur. Une arme de choix pour qui le souhaitait. Il était peu probable que l'agresseur l'ait apporté avec lui pour l'abandonner ensuite, plein de sang, sur le sol du salon.

C'était là les indices les plus évidents. L'homme avait ouvert la porte et invité ou, tout du moins, conduit son visiteur jusqu'au salon. Il était probable qu'il connaissait son visiteur mais cela n'était pas obligatoire. Il avait été attaqué d'un coup violent à l'aide du cendrier et l'agresseur s'était ensuite enfui à toutes jambes en laissant la porte de l'appartement ouverte. C'était clair et net.

Excepté pour le message.

Celui-ci était écrit sur une feuille lignée de format A4 arrachée dans un cahier à spirale, c'était le seul indice permettant d'affirmer que le meurtre en question avait été commis avec préméditation, la présence de la feuille indiquait que l'agresseur était entré dans la maison dans le but bien précis d'assassiner l'homme. Le visiteur n'avait pas été tout à coup saisi d'une rage meurtrière alors qu'il se tenait debout dans le salon. Il avait pénétré dans la maison avec la ferme intention de commettre un meurtre. Il avait écrit un message. Trois mots auxquels Erlendur ne comprenait rien. Avait-il écrit ces mots avant même d'entrer dans la maison ? C'était là une autre question évidente qui attendait une réponse. Erlendur se dirigea vers le bureau dans le coin du salon. Celui-ci débordait de paperasses de toutes sortes : des factures, des enveloppes, des journaux. Posé sur tout le reste, il y avait un cahier à spirale. Il chercha un crayon à papier mais n'en vit aucun sur le bureau. Il examina les alentours et le trouva sous le bureau. Il ne déplaça rien. Il observa et réfléchit.

– N'avons-nous pas affaire à un meurtre typiquement islandais ? demanda Sigurdur Oli, entré sans qu'Erlendur le remarque, debout à côté du cadavre.

– Hein ? répondit Erlendur, absorbé dans ses pensées.

– Un truc dégoûtant, gratuit et commis sans même

essayer de le maquiller, de brouiller les pistes ou de dissimuler les preuves.

– Oui, oui, répondit Erlendur. Un meurtre islandais, bête et méchant.

– A moins que le gars ne soit tombé sur la table et ne se soit cogné la tête sur le cendrier, ajouta Sigurdur Oli qui était venu accompagné d'Elinborg.

Erlendur avait tenté de limiter l'accès des policiers, des enquêteurs de la scientifique et des ambulanciers pendant qu'il arpentait l'appartement, incliné en avant, coiffé de son chapeau.

– Et qu'il n'ait, en même temps, rédigé un message incompréhensible au cours de sa chute ? demanda Erlendur.

– Il l'avait peut-être déjà dans la main.

– Tu y comprends quelque chose, toi, à ce message ?

– C'est peut-être bien Dieu qui l'a écrit, observa Sigurdur Oli. Ou alors le meurtrier, je n'en sais rien. L'accent mis sur le dernier mot est assez étrange. Le mot LUI est écrit en capitales d'imprimerie.

– Je n'ai pas l'impression qu'il ait été écrit à la va-vite. Le dernier mot est écrit en majuscules mais les deux autres en minuscules. Le visiteur a pris tout son temps pour la calligraphie. Et pourtant, il a laissé la porte ouverte. Qu'est-ce que ça veut dire ? Il se jette sur l'homme puis s'enfuit mais écrit une connerie incompréhensible sur une feuille et s'applique à bien mettre l'accent sur le dernier mot.

– Ça doit lui être adressé, dit Sigurdur Oli. Je veux dire, au cadavre. Ça ne peut pas être destiné à qui que ce soit d'autre.

– Je n'en sais rien, répondit Erlendur. Quel est l'intérêt de laisser un message de ce genre et de le poser sur un cadavre ? Qui ferait un truc pareil ? Est-ce qu'il veut nous dire quelque chose ? Est-ce que le meurtrier s'adresse à lui-même ? Est-ce qu'il s'adresse au cadavre ?

– Nous avons sûrement affaire à une espèce de détraqué, dit Elinborg qui était sur le point de se pencher pour ramasser la feuille de papier. Erlendur l'arrêta net.

– Peut-être qu'ils s'y sont mis à plusieurs, dit Sigurdur Oli. Pour l'attaquer.

– N'oublie jamais de mettre les gants, ma petite Elinborg, dit Erlendur qui faisait comme s'il s'adressait à une enfant. Ne détruire aucune preuve. Le message a été rédigé sur le bureau là-bas, ajouta-t-il en indiquant du doigt le coin de la pièce. La feuille a été arrachée d'un cahier à spirale qui appartenait à la victime.

– Peut-être qu'ils l'ont agressé à plusieurs, répéta Sigurdur Oli qui avait l'impression d'avoir mis le doigt sur un détail intéressant.

– Oui, oui, répondit Erlendur. Possible.

– Plutôt froidement calculé, observa Sigurdur Oli. Ils ont d'abord tué le petit vieux et se sont ensuite mis à l'écriture. Il doit falloir avoir des nerfs d'acier pour ça. Seul un monstre ignoble peut faire une chose pareille, non ?

– Ou bien un kamikaze, ajouta Elinborg.

– Ou bien la victime d'un complexe messianique, conclut Erlendur.

Il se pencha sur le message et le lut en silence.

Un sacré complexe messianique, pensa-t-il en lui-même.

2

Erlendur rentra chez lui aux alentours de dix heures ce soir-là et enfourna un plat préparé dans le micro-ondes. Il se tenait devant le four et regardait le plat tourner derrière la vitre en pensant en lui-même qu'il avait vu nettement pire que ça à la télévision. Dehors, le vent d'automne gémissait, saturé de pluie et d'obscurité.

Il pensait aux gens qui laissaient un message derrière eux avant de disparaître. Et lui, qu'écrirait-il sur un bout de papier ? A l'intention de qui laisserait-il ce message ? Sa fille, Eva Lind, apparut dans son esprit. Elle se droguait et aurait envie de savoir s'il avait de l'argent. Elle se faisait de plus en plus pressante dans ce domaine. Son fils, Sindri Snaer, venait de terminer sa troisième cure de désintoxication. Le message qu'il lui laisserait serait simple : plus jamais Hiroshima.

Erlendur sourit vaguement lorsque le micro-ondes émit trois signaux sonores.

N'allez pas croire que l'idée de disparaître où que ce soit avait traversé la tête d'Erlendur.

Lui et Sigurdur Oli avaient discuté avec le voisin qui avait découvert le cadavre. A ce moment-là, son épouse était rentrée à la maison et avait parlé d'éloigner les enfants et de les emmener chez sa mère. Le voisin s'appelait Olafur et avait déclaré que lui-même et toute sa famille, femme et enfants, partaient pour l'école ou pour le travail tous les jours à huit heures du matin et que personne ne rentrait à la maison avant seize heures au plus tôt. C'était lui qui allait chercher les garçons à l'école. Ils n'avaient rien remarqué d'anormal en quittant leur domicile le matin. La porte de l'appartement de l'homme était fermée. Ils avaient dormi d'un sommeil profond pendant la nuit et n'avaient rien entendu. Leurs relations avec le voisin n'étaient pas développées. Ils ne le connaissaient pour ainsi dire pas du tout, bien qu'ils aient emménagé à l'étage au-dessus de chez lui plusieurs années auparavant.

Il restait encore au médecin légiste à déterminer l'heure de décès avec plus de précision mais Erlendur pensait que le meurtre avait été commis à la mi-journée. A l'heure de pointe, comme on dit. Un communiqué avait été envoyé aux médias, indiquant qu'un homme âgé de soixante-dix ans avait été trouvé sans vie dans son appartement à Nordurmyri et qu'il avait probablement été assassiné. Ceux qui avaient remarqué des allées et venues suspectes à l'intérieur et autour de l'immeuble de Holberg au cours des dernières vingt-quatre heures étaient priés d'entrer en contact avec la police de Reykjavik.

Erlendur avait la cinquantaine, il était divorcé depuis des années et père de deux enfants. Il n'avait jamais laissé personne percevoir qu'il ne supportait pas les noms de ses enfants. Son ex-épouse, avec qui il ne parlait pour ainsi dire plus depuis deux bonnes décennies, trouvait ces noms mignons à l'époque. Le divorce avait été difficile et Erlendur n'avait pas vraiment maintenu le contact avec ses enfants quand ceux-ci étaient encore jeunes. Lorsqu'ils furent plus âgés, ils se rapprochèrent de lui et il les accueillit avec joie mais il était attristé de voir ce qu'ils étaient devenus. Il était particulièrement peiné du sort d'Eva Lind. Sindri Snaer, lui, se trouvait en meilleure posture. Enfin, de bien peu.

Il sortit le plat du four et prit place à la table de la cuisine. Il occupait un deux-pièces qui débordait de livres partout où il était possible d'en caser. De vieilles photos de famille de ses ancêtres venant des fjords de l'Est étaient accrochées aux murs, c'était de là-bas qu'Erlendur était originaire. Il n'avait aucune photo de lui-même ou de ses enfants. Un vieux poste de télé en fin de course de marque Nordmende était accolé à un mur et un fauteuil encore plus en fin de course lui faisait face. Erlendur maintenait son appartement relativement propre grâce à un minimum de soin.

Il ne savait pas exactement ce qu'il était en train de manger. Sur l'emballage assez curieux, il était question de délices orientaux mais la nourriture, dissimulée à l'intérieur d'un rouleau de pâte fine, avait un goût qui se rapprochait plus d'une soupe au pain rance. Erlendur éloigna le plat de lui. Il se demanda s'il lui restait encore un peu du pain complet qu'il avait acheté quelques jours auparavant. Et du pâté d'agneau. A ce moment-là, la sonnette retentit. Eva Lind avait décidé de faire un petit *drop in,* comme elle disait. Sa façon de parler lui portait sur les nerfs.

– Alors, ça pendouille comme il faut ? dit-elle en passant la porte avant d'aller s'affaler directement dans le canapé du salon.

– Allons, dit Erlendur en refermant la porte. Fais-moi grâce de ces imbécillités.

– Je croyais que tu voulais que je surveille mon langage, rétorqua Eva Lind qui avait eu droit à un certain nombre de sermons de la part de son père sur sa manière de parler.

– Alors, exprime-toi de manière sensée.

Il était difficile de dire quel rôle elle jouait cette fois-ci. Eva Lind était la meilleure actrice qu'Erlendur ait jamais rencontrée mais cela ne signifiait pas grand-chose puisqu'il n'allait jamais au théâtre ni au cinéma.

C'était tout juste s'il regardait la télévision quand il savait qu'on y diffusait un documentaire. La pièce de théâtre d'Eva Lind était en général un drame familial en un, deux ou trois actes et traitait de la façon la plus adéquate d'extorquer de l'argent à Erlendur. La chose ne se produisait pas souvent, car Eva Lind avait ses propres méthodes pour gagner son argent, et Erlendur préférait en savoir le moins possible à ce sujet. Mais il arrivait parfois qu'elle n'ait pas un radis, pas un foutu *god damm cent* en poche, comme elle disait, et qu'elle vienne le solliciter.

Parfois, elle jouait le rôle de la petite fille, venait se blottir contre lui et ronronnait comme un chat. D'autres fois, elle se trouvait au bord du désespoir, s'énervait dans l'appartement, complètement hors d'elle, le frappait en lui reprochant de les avoir abandonnés, elle et Sindri Snaer, alors qu'ils étaient si petits. Elle pouvait alors se montrer vulgaire, méchante et cruelle. Parfois, il la voyait telle qu'elle devait être, pratiquement normale, si tant est que la normalité existe, et Erlendur avait alors l'impression qu'il pouvait discuter avec elle comme avec n'importe quelle autre personne.

Elle portait un jean usé jusqu'à la trame, une veste de cuir noir qui ne lui descendait qu'au nombril et avait les cheveux courts, noir de jais, deux petits anneaux à l'arcade sourcilière et une croix d'argent pendait à l'une de ses oreilles. Elle avait eu de jolies dents blanches mais celles-ci commençaient à s'abîmer et il lui en manquait deux à la mâchoire supérieure. Cela se voyait quand elle arborait un large sourire. Elle était amaigrie et avait le visage marqué de sombres cernes sous les yeux. Erlendur avait parfois l'impression de reconnaître dans son visage une expression de sa mère. Il maudissait le destin d'Eva Lind et croyait que le manque d'attention de sa part expliquait la situation de sa fille.

– J'ai discuté avec maman aujourd'hui, elle m'a parlé

et m'a demandé si je pouvais te parler. C'est génial d'être un enfant de divorcés.

– Ta mère me veut quelque chose, à moi ? demanda Erlendur, tout étonné. Elle le haïssait encore, au bout de vingt ans. Il ne l'avait aperçue qu'une seule et unique fois pendant tout ce temps et la rancœur se lisait clairement sur son visage. Il avait eu une discussion avec elle au téléphone, une autre fois, à cause de Sindri Snaer et il faisait de son mieux pour oublier cette conversation.

– Ce n'est qu'une sale snobinarde.

– On ne dit pas ça de sa mère.

– Elle a des amis à Gardabaer, des gens pleins aux as qui ont marié leur fille le week-end dernier et celle-ci a purement et simplement disparu du mariage. Affreusement contrariant. Ça s'est passé samedi et elle ne leur a pas donné de nouvelles depuis. Maman assistait à la cérémonie et elle est scandalisée au plus haut point. Elle voulait que je te demande si tu pouvais aller voir ces gens. Ils ne souhaitent pas publier d'avis dans les journaux ou quoi que ce soit de ce genre, cette bande de snobs, mais ils savent que tu travailles à la police criminelle et s'imaginent qu'ils peuvent tout faire en catimini, chut chut chut… Et c'est moi qui suis censée te demander d'aller leur parler. Pas maman. Tu comprends ? Jamais !

– Est-ce que tu connais ces gens ?

– En tout cas, je n'ai pas été invitée au grandiose mariage que cette jolie petite salope a bousillé.

– Et la fille, tu la connais ?

– A peine.

– Elle a fait une fugue ?

– J'en sais rien.

Erlendur haussa les épaules.

– Je pensais à toi, juste avant que tu arrives.

– Non, c'est pas vrai, dit Eva Lind. Je me demandais justement si…

– Je n'ai pas d'argent, déclara Erlendur qui alla s'asseoir face à elle sur le fauteuil devant la télé.

Eva Lind fit le dos rond et s'étira.

– Comment se fait-il que je ne puisse pas avoir une discussion avec toi sans que tu parles d'argent ? demanda-t-elle. Erlendur eut l'impression qu'elle lui avait volé sa réplique.

– Et comment se fait-il que je ne puisse pas avoir de discussion avec toi, tout court ?

– Merde, *fuck you* !

– Qu'est-ce que ça t'apporte de dire un truc pareil ? Qu'est-ce que c'est que ces *fuck you* ? Et ces "alors, ça pendouille comme il faut ?" Qu'est-ce que c'est que cette façon de s'exprimer ?

– *Djisus* ! éructa Eva Lind.

– Qui es-tu en ce moment ? Avec qui est-ce que je parle ? Où est-ce que tu es, toi, enfouie sous toute cette saleté de drogue ?

– Tu vas pas recommencer avec tes conneries ! Qui es-tu ? dit-elle en l'imitant. Où est ton être intime ? Je suis là. Je suis assise devant toi et je suis moi !

– Eva.

– Dix mille*, dit-elle. Qu'est-ce que c'est ? Tu peux pas me filer dix mille couronnes ? T'as largement assez de fric !

Erlendur regarda sa fille. Il avait remarqué quelque chose de suspect dans son allure dès qu'elle était entrée. Elle avait le souffle court, des gouttes de sueur lui perlaient au front et elle ne tenait pas en place. Comme si elle avait été malade.

– Tu es malade ? demanda-t-il.

– *Please !*

Erlendur continuait à regarder sa fille.

– Tu essaies de décrocher ? demanda-t-il.

---

* Cent couronnes équivalent environ à un euro.

– *Please !* Dix mille. C'est rien du tout. Rien du tout pour toi. Je ne reviendrai plus jamais te demander de l'argent.

– Oui, précisément. Combien de temps y a-t-il que tu… (Erlendur ne savait pas exactement comment il devait exprimer sa pensée)… que tu as pris des substances ?

– Ça ne change rien. J'ai arrêté. Arrêté d'arrêter d'arrêter d'arrêter d'arrêter d'arrêter d'arrêter ! Eva Lind s'était levée. Allez, file-moi dix mille. *Please !* Cinq mille. File-moi cinq mille. Tu n'aurais pas ça dans ta poche ? Cinq ! C'est franchement que dalle.

– Pourquoi est-ce que tu essaies de décrocher en ce moment ?

Eva Lind dévisagea son père.

– Arrête tes questions débiles. Je ne suis pas en train de décrocher. D'arrêter quoi ? Qu'est-ce que je suis censée arrêter ? Arrête de raconter des conneries !

– Que se passe-t-il ? Pourquoi es-tu tellement énervée ? Tu es malade ?

– Oui, je suis malade comme un chien. Tu peux me prêter dix mille, je te les rendrai, c'est un emprunt, d'accord, l'avare ?

– *Avare*, voilà un mot correct, observa Erlendur. Tu es malade, Eva ?

– Pourquoi tu me demandes ça ? dit-elle en s'énervant de plus belle.

– Tu as de la fièvre ?

– Donne-moi le fric. Deux mille ! C'est rien du tout. Tu comprends pas ça. Espèce de con !

Il s'était levé également et elle s'approcha de lui comme si elle avait eu l'intention de le frapper. Il ne comprenait pas cette subite violence en elle. Il la toisa.

– Qu'est-ce que tu regardes ? lui hurla-t-elle au visage. Tu as envie ? Hein ? Le vieux papa a envie ?

Erlendur lui assena une gifle, plutôt légère.

– Ça t'a soulagé ? demanda-t-elle.

Il lui en donna une seconde, plus forte cette fois-ci.

– Alors, ça raidit ? dit-elle. Erlendur s'éloigna d'elle. Jamais auparavant, elle ne lui avait parlé de cette façon. En l'espace d'un instant, elle s'était changée en une bête vociférante. Il ne l'avait encore jamais vue dans cet état-là. Il se tenait devant elle sans savoir que faire et la colère fit peu à peu place à la compassion.

– Pourquoi est-ce que tu essaies d'arrêter actuellement ? répéta-t-il.

– Je ne suis pas en train d'essayer d'arrêter en ce moment, cria-t-elle. Hé, c'est quoi ton problème, mec ? Tu comprends pas ce que je te raconte ? Qui est-ce qui te parle d'arrêter ?

– Eva, que se passe-t-il ?

– Arrête avec tes "Eva, que se passe-t-il" ! Est-ce que tu peux me passer cinq mille couronnes ? Tu peux me le promettre ?

On aurait dit qu'elle s'était calmée. Peut-être se rendait-elle compte qu'elle avait dépassé les bornes. Qu'elle n'avait pas le droit de parler comme ça à son père.

– Et pourquoi maintenant ? demanda à nouveau Erlendur.

– Tu me fileras les dix mille si je te le dis ?

– Qu'est-ce qui s'est passé ?

– Cinq mille.

Erlendur fixait sa fille.

– Tu es enceinte ? demanda-t-il.

Eva Lind regarda son père et arbora le sourire du vaincu.

– Bingo ! dit-elle.

– Mais enfin, comment ? soupira Erlendur.

– Comment ça, comment ? Tu veux que je te fasse un dessin ?

– Pas de blabla. Tu prends des contraceptifs, non ? Des préservatifs ou la pilule ?

– Je sais pas ce qui s'est passé, c'est arrivé, c'est tout.

– Et tu veux arrêter la drogue ?

– Plus maintenant. J'y arrive pas. Voilà, je t'ai tout raconté. Absolument tout ! Tu me dois dix mille couronnes !

– Pour que tu drogues ton enfant ?

– C'est pas un enfant, idiot ! C'est rien du tout. Un grain de sable. Je peux pas décrocher tout de suite. Je le ferai demain. C'est promis. Mais pas maintenant. Allez, deux mille. C'est quoi ?

Erlendur s'avança à nouveau vers elle.

– Mais tu as essayé. Tu as envie de décrocher. Je vais t'aider.

– Je ne peux pas ! cria Eva Lind. Son visage ruisselait de sueur et elle faisait de son mieux pour dissimuler le tremblement qui lui parcourait tout le corps.

– C'est pour ça que tu es venue chez moi, dit Erlendur. Tu aurais parfaitement pu aller ailleurs te procurer de l'argent. C'est ce que tu as fait jusqu'à présent. Mais tu es venue à moi parce que tu veux…

– Arrête ces conneries. Je suis venue te voir parce que maman me l'a demandé et que tu as de l'argent. Il n'y a aucune autre raison. Si tu ne m'en donnes pas, je vais en trouver moi-même. Ça pose pas aucun problème. Il y a suffisamment de gars comme toi prêts à me payer.

Erlendur ne la laissa pas changer de conversation.

– Tu es déjà tombée enceinte ? demanda-t-il.

– Non, répondit Eva Lind en baissant les yeux.

– Qui est le père ?

Eva Lind, interloquée, regarda son père avec les yeux écarquillés.

– ALLÔ ! cria-t-elle. Tu trouves vraiment que j'ai l'air de sortir de la suite nuptiale de ce putain d'hôtel Saga ? !

Avant qu'Erlendur ait le temps de lever le petit doigt, elle l'avait repoussé et s'était enfuie de l'appartement, avait descendu l'escalier et était sortie dans la rue pour disparaître dans la pluie automnale et glaciale.

Il ferma doucement la porte derrière elle et se demanda s'il avait bien fait ce qu'il fallait. C'était comme s'il leur était impossible de parler ensemble sans se disputer et se hurler dessus, et tout cela le fatiguait.

Il n'avait plus du tout faim mais se rassit sur la chaise dans la salle, regarda devant lui, pensif. Il s'inquiétait de la façon dont Eva Lind allait réagir. Finalement, il prit un livre qu'il avait commencé et qui était demeuré ouvert sur la table à côté de la chaise. Il faisait partie de ce genre de livres qu'il affectionnait particulièrement et parlait de gens qui se perdaient et trouvaient la mort sur les hautes terres du centre de l'Islande.

Il reprit sa lecture au moment où commençait le récit portant le titre : Mort sur la lande de Mosfell, et il se trouva bientôt pris au milieu d'une impitoyable tempête de neige dans laquelle les hommes périssaient gelés.

3

La pluie dégringolait des nuages quand Erlendur et Sigurdur Oli sortirent de la voiture à toute vitesse, montèrent en courant les marches d'un immeuble de la rue Stigahlid et appuyèrent sur une sonnette. Ils avaient pensé rester assis dans la voiture le temps que passe l'averse mais l'attente ennuyait Erlendur qui était sorti d'un bond. Sigurdur Oli ne voulait pas rester tout seul. Ils furent trempés jusqu'aux os en un clin d'œil. La pluie gouttait le long des cheveux de Sigurdur Oli et lui coulait dans le dos ; il regarda Erlendur d'un air mauvais pendant qu'ils attendaient que la porte s'ouvre.

Les policiers chargés de l'affaire avaient exploré les diverses possibilités au cours du briefing de la matinée. L'une des théories avancées était que Holberg avait été tué sans aucun mobile et que son meurtrier traînait dans le quartier depuis quelque temps, voire des jours. Un cambrioleur à la recherche d'un larcin. Il avait frappé chez Holberg pour savoir s'il s'y trouvait quelqu'un mais il avait paniqué en voyant le maître des lieux arriver à la porte. Le message qu'il avait laissé avait pour unique fonction de brouiller les pistes pour la police. Il n'avait pas d'autre signification apparente.

Le jour où Holberg avait été trouvé mort, les habitants d'un immeuble de la rue Stigahlid avaient informé la police qu'un jeune homme habillé d'un treillis kaki avait agressé deux femmes d'âge mûr, deux sœurs jumelles. Il s'était introduit dans la cage d'escalier, avait frappé chez elles, elles lui avaient ouvert, il s'était engouffré dans leur appartement, avait claqué la porte derrière lui et exigé qu'elles lui donnent de l'argent. Comme elles ne s'exécutaient pas, il avait frappé l'une d'elles à poing nu sur le visage et fait tomber l'autre à terre où il l'avait rouée de coups de pied avant de s'enfuir.

Une voix se fit entendre dans l'interphone et Sigurdur Oli se présenta. La porte émit un déclic et ils entrèrent dans la cage d'escalier. Elle était mal éclairée et il y régnait une odeur de sale. Quand ils atteignirent le deuxième étage, l'une des deux femmes se tenait sur le pas de la porte et les attendait.

– Alors, vous l'avez attrapé ? demanda-t-elle.

– Malheureusement non, répondit Sigurdur Oli en secouant la tête, mais nous voulions vous interroger au sujet de…

– Alors, ils l'ont attrapé ? entendit-on de l'intérieur de l'appartement et l'exacte réplique de la femme apparut à la porte. C'était des septuagénaires enveloppées et toutes deux vêtues d'une jupe noire et d'un pull rouge, les cheveux gris et permanentés. Leurs visages ronds ne dissimulaient pas leur espoir.

– Non, déclara Erlendur. Pas encore.

– C'était un malheureux, le pauvre garçon, dit la femme numéro un, dénommée Fjola. Elle les invita à entrer.

– Tu ne vas quand même pas le plaindre, rétorqua la femme numéro deux, qui s'appelait Birna, en fermant la porte derrière eux. C'était un sale type, une ordure qui t'a frappée à la tête. Tu parles d'un pauvre garçon, hein !

Ils s'assirent dans le salon des deux femmes, les regardèrent l'une après l'autre, puis se regardèrent mutuellement. L'appartement était exigu. Sigurdur Oli remarqua deux chambres communicantes. Depuis le salon, il avait vue sur une petite cuisine.

– Nous avons lu la déposition que vous avez faite, dit Sigurdur Oli, qui l'avait parcourue dans la voiture tandis qu'il se rendait chez les sœurs. Nous nous demandions si vous ne pouviez pas nous fournir des indications plus précises à propos de l'homme qui vous a attaquées.

– L'homme, dit Fjola. Je dirais plutôt le garçon.

– Quand même assez âgé pour nous agresser, rétorqua Birna. Il était assez vieux pour ça. Il m'a fait tomber par terre et m'a donné des coups de pied.

– Nous n'avons pas d'argent, observa Fjola.

– Nous ne gardons pas d'argent à la maison, précisa Birna. C'est ce que nous lui avons dit.

– Mais il ne nous a pas crues.

– Et il s'en est pris à nous.

– Il était énervé.

– Et très mal embouché. Il nous a traitées de tous les noms.

– Avec son affreuse veste kaki. On aurait dit un militaire.

– Il portait aussi ces espèces de chaussures montantes épaisses et noires qu'on lace sur la cheville.

– Mais il n'a rien cassé.

– Non, il a simplement pris la poudre d'escampette.

– Donc, il n'a rien dérobé, interrompit Erlendur.

– On aurait dit qu'il n'était pas vraiment dans son état normal, observa Fjola, qui s'efforçait de trouver des circonstances atténuantes à son agresseur. Il n'a rien cassé et rien pris non plus. Il nous a juste molestées quand il a compris qu'il n'obtiendrait pas d'argent. Le pauvre.

– Il était complètement drogué, grogna Birna. Le pauvre ?! (Elle se tourna vers sa sœur.) Il y a vraiment des moments où tu n'as pas toute ta tête. Il était complètement drogué. Je l'ai vu dans son regard. Ses yeux étaient brillants et fixes. Et il était en sueur.

– En sueur ? s'enquit Erlendur.

– Il avait le visage ruisselant de sueur.

– C'était la pluie, contredit Fjola.

– Non, en plus il tremblait de tout son corps.

– La pluie, répéta Fjola à qui Birna lança un regard méchant.

– Il t'a frappée à la tête, ma petite Fjola. Ce genre de chose ne fait jamais de bien à personne.

– Tu as toujours mal à l'endroit où il t'a frappée ? demanda Fjola en regardant Erlendur qui ne put s'empêcher de constater que ses yeux dansaient de joie.

Il était encore tôt dans la matinée quand Erlendur et Sigurdur Oli arrivèrent à Nordurmyri. Les voisins de Holberg, ceux qui occupaient le premier et le deuxième étage, les attendaient. La police avait pris la déposition du couple du premier étage, celui qui avait les deux enfants, mais Erlendur voulait discuter un peu plus avec eux. A l'étage du haut habitait un pilote d'avion qui avait déclaré être rentré de Boston vers midi le jour où Holberg avait été assassiné, il avait fait une sieste pendant l'après-midi et ne s'était réveillé que lorsque la police avait frappé à sa porte.

Ils commencèrent par interroger le pilote. Il avait la quarantaine, vivait seul et son appartement ressemblait à une décharge : des vêtements éparpillés de tous côtés, deux valises posées sur un canapé neuf, des sacs plastiques provenant de la boutique *duty free* de l'aéroport de Keflavik, des bouteilles de vin sur les tables et des canettes de bière ouvertes partout où il était possible d'en mettre. Le pilote lui-même vint ouvrir la porte, mal rasé, vêtu d'un maillot de corps et d'un short. Il regarda les deux hommes, les invita à entrer en les précédant dans l'appartement sans prononcer un mot et se laissa tomber sur une chaise. Ils se tenaient debout devant lui. Ne trouvaient pas de place où s'asseoir. Erlendur regarda alentour et se fit la réflexion qu'il ne mettrait même pas un pied dans un simulateur de vol accompagné de cet individu.

Pour une raison quelconque, le pilote se mit à parler de la procédure de divorce dans laquelle il était engagé en disant qu'il se demandait en quoi cela pouvait intéresser la police. Cette chienne l'avait trompé. Il était en vol. Un beau jour, en rentrant d'Oslo, cette ville ennuyeuse, ajouta-t-il, si bien qu'ils ne savaient pas si ce qui l'ennuyait le plus était le fait que sa femme le trompait ou bien celui d'être obligé de passer la nuit à Oslo, il était parti là-bas avec un vieux copain d'école…

– Nous sommes ici à cause du meurtre commis au rez-de-chaussée, dit Erlendur qui interrompit le récit embrouillé du pilote.

– Vous êtes déjà allés à Oslo ? demanda le pilote.

– Non, répondit Erlendur. Et nous n'avons pas l'intention de parler d'Oslo.

Le pilote le dévisagea, puis il regarda Sigurdur Oli et, tout à coup, il comprit de quoi il retournait.

– Je ne connaissais pas du tout le bonhomme, dit-il. J'ai acheté cette tanière il y a quatre mois, et il y avait longtemps que personne ne l'avait occupée, d'après ce que j'ai compris. Ça m'est arrivé de le croiser de temps en temps, là, dehors. Il avait l'air sympa.

– Sympa ? demanda Erlendur.

– Oui, je veux dire, c'était sympa de causer avec lui.

– Et de quoi parliez-vous ?

– D'aviation. La plupart du temps. Il s'intéressait à l'aviation.

– Comment ça, il s'intéressait à l'aviation ?

– Aux avions, dit le pilote en ouvrant une canette de bière qu'il avait dégotée dans un sac en plastique. Aux escales, ajouta-t-il en avalant une lampée de bière.

Aux hôtesses de l'air, continua-t-il en rotant. Il posait beaucoup de questions sur les hôtesses de l'air. Enfin, vous savez…

– Non, dit Erlendur.

– Pendant les escales, à l'étranger.

– Oui.

– Sur ce qui se passait, si elles s'éclataient. Des trucs comme ça. Il avait entendu qu'elles faisaient de sacrées fiestas. Au cours des vols internationaux.

– Quand l'avez-vous vu pour la dernière fois ? demanda Sigurdur Oli.

Le pilote réfléchit un instant. Il ne s'en souvenait pas.

– Il y a quelques jours, dit-il finalement.

– Vous avez remarqué s'il recevait de la visite par le passé ? demanda Erlendur.

– Non, je ne suis pas souvent à la maison.

– Vous avez remarqué quelqu'un qui aurait traînassé dans les parages comme s'il faisait du repérage ou bien juste en train de flâner entre les immeubles ?

– Non.

– Habillé d'un treillis kaki ?

– Pas du tout.

– Un jeune homme qui portait des Rangers ?

– Non, c'était lui ? Est-ce que vous savez qui a fait ça ?

– Non, répondit Erlendur qui renversa une canette de bière à moitié pleine en faisant demi-tour pour quitter l'appartement.

La femme avait l'intention d'emmener les enfants chez ses parents pendant quelques jours et elle était prête pour le départ. Elle ne voulait pas qu'ils restent dans l'immeuble après ce qui venait de se passer. L'homme hochait la tête. C'était probablement mieux pour eux. Ils étaient visiblement choqués. Ils avaient acheté cet appartement quatre ans auparavant et ils se plaisaient dans le quartier de Nordurmyri. C'était un endroit agréable à vivre. Pour les enfants aussi. Les garçons se tenaient aux côtés de leur mère.

– C'était terrifiant de le découvrir dans cet état, dit l'homme et sa voix se transforma en chuchotement. Il regarda les garçons. Nous leur avons raconté qu'il dormait, ajouta-t-il. Mais…

– Nous savons qu'il était mort, dit l'aîné des garçons.

– Mort, répéta le cadet.

Le couple sourit, mal à l'aise.

– Ils prennent cela plutôt bien, dit la femme en caressant la joue du plus âgé.

– Je ne m'entendais pas mal avec Holberg, déclara l'homme. Il nous arrivait parfois de discuter là, devant l'immeuble. Il habitait ici depuis longtemps, nous parlions du jardin, de l'entretien, de la pluie et du beau temps, comme on le fait entre voisins.

– Pourtant, nous n'étions en rien proches, ajouta la femme. Je veux dire, les relations. Je trouve ça bien comme ça. Il ne faut pas trop fréquenter ses voisins. Si on veut protéger sa vie privée.

Ils n'avaient pas remarqué d'allées et venues inhabituelles, pas plus qu'ils n'avaient vu l'homme habillé en treillis kaki traîner dans le quartier. La femme était impatiente d'emmener les garçons loin d'ici.

– Holberg recevait-il beaucoup ? demanda Sigurdur Oli.

– Je n'ai jamais remarqué la présence de qui que ce soit chez lui, répondit la femme.

– Il avait l'air plutôt solitaire, répondit son mari.

– Chez lui, ça sentait mauvais, ajouta l'aîné des fils.

– Ça puait, reprit son frère après lui.

– Le rez-de-chaussée est très humide, commenta l'homme comme pour s'excuser.

– Il arrive qu'elle monte jusqu'à l'étage, ajouta la femme. L'humidité.

– Nous avons discuté du problème avec lui, poursuivit l'homme.

– Il avait dit qu'il allait régler le problème, dit-elle.

– Il y a deux ans de ça, dit l'homme.

4

Le couple de Gardabaer considérait Erlendur d'un regard angoissé. Leur petite fille chérie avait disparu. Ils n'avaient aucune nouvelle d'elle depuis trois jours. Rien depuis le mariage. Ils déclarèrent qu'elle avait filé pendant la cérémonie. Leur petite fille. Erlendur se la représentait comme une toute jeune demoiselle avec des boucles blondes avant d'apprendre qu'elle avait vingt-trois ans et étudiait la psychologie à l'Université d'Islande.

– La cérémonie ? demanda Erlendur pendant qu'il regardait la vaste salle clinquante autour de lui ; celle-ci était aussi grande que tout un étage de son immeuble.

– Son propre mariage ! dit le mari comme s'il ne parvenait pas encore à réaliser ce qui s'était passé. Ma fille s'est enfuie le jour de son propre mariage !

L'épouse porta un mouchoir tout chiffonné à son nez.

Midi était arrivé. Erlendur avait mis une demi-heure pour venir jusqu'à Gardabaer à cause de travaux sur la route de Reykjavik et il n'avait trouvé l'immense demeure qu'après avoir tourné un moment. La maison était presque invisible depuis la rue, entourée d'un grand jardin où poussaient toutes sortes d'arbres atteignant presque six mètres de hauteur. Le couple l'avait accueilli visiblement bouleversé.

Erlendur savait qu'il s'agissait là d'une perte de temps et que d'autres affaires plus urgentes l'attendaient mais, puisque son ex-femme lui avait demandé un service, il voulait essayer de la satisfaire même s'ils s'adressaient à peine la parole depuis vingt ans.

La femme portait un joli tailleur vert anis et l'homme un costume noir, celui-ci avoua qu'il s'inquiétait de plus en plus pour sa fille. Il était persuadé qu'elle finirait par rentrer à la maison et qu'elle était saine et sauve – il ne pouvait s'imaginer qu'il en fût autrement – mais il souhaitait toutefois prendre conseil auprès de la police même s'il considérait qu'il était inutile de faire appel aux sauveteurs et aux brigades de recherche ou encore de publier des avis à la radio, dans les journaux ou à la télévision.

– Elle s'est tout bêtement volatilisée, dit l'épouse. Ils avaient l'âge d'Erlendur, la cinquantaine, travaillaient tous les deux dans le commerce, dans l'importation de produits de puériculture et cette activité suffisait à les faire vivre dans une certaine opulence. Des nouveaux riches. L'âge les avait épargnés. Erlendur remarqua la présence de deux voitures flambant neuves devant leur garage. Brillantes comme des sous neufs.

La dame rassembla ses esprits et se mit à lui raconter l'histoire du soleil.

– C'était dans la journée de samedi et voilà qu'on était maintenant mardi, Dieu du ciel, ce que le temps passe vite, et c'était une journée tellement magnifique. Ils avaient été mariés par ce pasteur très à la mode.

– Un vrai bonnet de nuit, commenta l'époux. Il est arrivé à toute vitesse, a débité quelques banalités et a filé aussi sec avec son attaché-case. Je ne comprends pas pourquoi il est tellement populaire.

L'épouse ne permettait pas que quoi que ce soit vienne troubler la beauté de la cérémonie.

– C'était une journée magnifique ! Il y avait du soleil, une très belle journée d'automne, absolument. Il devait y avoir au moins cent personnes qui n'ont pu venir qu'à l'église. Elle a tellement d'amis. Tout le monde l'adore, notre fille. Nous avons organisé le repas ici, à Gardabaer. Comment est-ce que l'endroit s'appelle, déjà ? J'oublie constamment.

– Gardaholt, précisa l'époux.

– Un bâtiment merveilleusement agréable, continua-t-elle. Nous étions pleins à craquer. Je veux dire, le bâtiment était comble. Avec tous ces cadeaux. Et puis au moment où… Et puis au moment où…

– Ils étaient censés ouvrir le bal, poursuivit l'époux alors que sa femme fondait en larmes, le benêt était en piste et quand nous avons appelé Disa Ros, elle ne s'est pas manifestée. Nous l'avons cherchée partout mais on aurait dit que la terre l'avait engloutie.

– Disa Ros ? demanda Erlendur.

– Nous nous sommes rendu compte qu'elle était partie avec la voiture de cérémonie…

– La voiture de cérémonie ?

– Oui, enfin, le carrosse contenant les fleurs et les tables qu'on avait ramenées de l'église, la voiture du mariage, si vous préférez, et elle s'est éclipsée de la fête, dit l'époux. Sans le dire à personne ! Sans la moindre explication !

– S'éclipser de son propre mariage ! fit entendre l'épouse.

– Et vous n'en connaissez pas la cause ?

– Elle a probablement changé d'avis, dit l'épouse. Elle devait regretter tout ça.

– Mais pourquoi donc ? demanda Erlendur.

– Pouvez-vous la retrouver pour nous ? demanda l'époux. Elle ne nous a donné aucune nouvelle et comme vous pouvez le constater nous sommes morts d'inquiétude. Le banquet a été une catastrophe. Le mariage, un fiasco complet. Nous ne savons plus quoi faire. Et notre petite fille est introuvable.

– Hmm… et la voiture ? Vous l'avez retrouvée ?

– Oui, dans la rue Gardastraeti, répondit l'époux.

– Pourquoi là-bas ?

– Je n'en sais rien. Elle ne connaît personne dans cette rue. Ses vêtements étaient à l'intérieur de cette voiture. Ses vêtements de ville.

Erlendur hésitait.

– Ses vêtements de tous les jours étaient à l'intérieur de la voiture de cérémonie ? dit-il enfin, en réfléchissant aux profondeurs abyssales qu'atteignait maintenant cette discussion et en se demandant s'il en portait la responsabilité.

– Elle a enlevé sa robe de mariée et mis ses vêtements de tous les jours qu'elle avait visiblement déposés dans la voiture, précisa l'épouse.

– Vous pensez que vous pourrez la retrouver ? demanda l'époux. Nous avons contacté tous les gens qu'elle connaît et personne ne sait rien. Nous ne voyons absolument pas comment nous y prendre. J'ai une photo d'elle.

Il tendit à Erlendur la photographie d'une jolie jeune fille aux cheveux blonds en costume de bachelière, qui était maintenant partie se cacher. Sur le cliché, elle lui souriait.

– Vous n'avez aucune idée de ce qui s'est produit ?

– Pas la moindre, répondit la mère.

– Aucune, dit le père.

– Et là, ce sont les cadeaux, n'est-ce pas ?

Erlendur regardait l'imposante table de salle à manger située à plusieurs mètres, chargée de paquets aux jolies couleurs, de magnifiques objets de décoration, de cellophane et de fleurs. Il se dirigea vers la table et le couple le suivit. De sa vie, il n'avait vu autant de cadeaux et se demandait ce que les paquets pouvaient bien renfermer. Des babioles et encore des babioles, s'imaginait-il.

Quelle vie !

– Et là, nous avons un peu de végétation, dit le mari en désignant un buisson dont les brindilles dépassaient d'un grand sac à l'autre bout de la table. De petits papiers rouges en forme de cœur avaient été accrochés aux branches.

– C'est un arbre à messages.

– Qu'est-ce que c'est au juste ? demanda Erlendur. Il n'avait assisté qu'à un seul mariage dans sa vie et cela faisait longtemps maintenant. Il n'y avait pas d'arbres à messages à cette époque-là.

– On distribue aux invités des papiers sur lesquels ils peuvent écrire un petit mot aux mariés, ensuite, on les accroche à l'arbre. On venait juste d'en accrocher des tas sur l'arbre quand Disa Ros a disparu, expliqua l'épouse en portant à nouveau son mouchoir à son nez.

Le téléphone portable d'Erlendur sonna dans la poche de son imperméable et il plongea sa main pour le saisir mais la malchance voulut qu'il se coince dans l'ouverture de la poche et qu'au lieu de faire preuve d'adresse et de calme, ce qui aurait été si facile, Erlendur le tire de toutes ses forces jusqu'à ce que la poche cède. La main qui tenait le téléphone vint heurter l'arbre à messages. Celui-ci se renversa et tomba à terre. Erlendur regarda le couple d'un air désolé et alluma son téléphone.

– Est-ce que tu nous accompagnes à Nordurmyri, oui ou non ? demanda Sigurdur Oli de but en blanc. Histoire de regarder l'appartement d'un peu plus près.

– Tu es au pied de l'immeuble ? demanda Erlendur. Il s'était éloigné sur le côté.

– Tu me fais poireauter, continua Sigurdur Oli. Nom de Dieu, tu es où ?

Erlendur éteignit le téléphone.

– Je vais voir ce que je peux faire, dit-il au couple. Je ne crois pas qu'elle coure un quelconque danger. Elle a sûrement eu un moment de doute et elle doit être en train de se remettre de tout ça chez un ami. Vous ne devriez pas vous inquiéter autant. Elle vous appellera plus tôt que vous ne le pensez.

Le couple se baissa pour ramasser les petits cœurs qui étaient tombés de l'arbre à messages. Il remarqua que certains morceaux de papier tombés sous la chaise avaient échappé à leur regard et il se pencha pour les ramasser. Ils étaient en carton rouge. Erlendur lut les messages écrits dessus et regarda le couple.

– Avez-vous vu ceci ? demanda-t-il en leur tendant l'un des cœurs.

Le mari lut le message et une expression d'étonnement s'inscrivit sur son visage. Il le tendit à sa femme. Elle le lut plusieurs fois sans sembler en comprendre un traître mot. Le message n'était pas signé.

– Est-ce l'écriture de votre fille ? demanda-t-il.

– Oui, je crois, répondit la femme.

Erlendur, qui faisait tourner le papier entre ses doigts, relut le message : *Il est dégoûtant, qu'est-ce que j'ai fait ?*

5

– Où est-ce que tu étais donc ? demanda Sigurdur Oli quand Erlendur revint au travail, mais il n'obtint aucune réponse.

– Est-ce qu'Eva Lind a cherché à me joindre ? demanda-t-il.

Sigurdur Oli répondit qu'il ne pensait pas qu'elle l'ait fait. Il savait dans quelle situation se trouvait la fille d'Erlendur, mais aucun d'eux n'en disait jamais mot. Il était rare qu'ils évoquent leur vie privée dans leurs conversations.

– Du nouveau pour Holberg ? demanda Erlendur en rentrant directement dans son bureau. Sigurdur Oli le suivit et referma la porte. Les meurtres étaient peu fréquents à Reykjavik et suscitaient un énorme intérêt les rares fois où ils se produisaient. La police criminelle avait pour principe de ne pas tenir les médias au courant du déroulement de ses enquêtes sauf en cas de nécessité absolue, mais cette affaire dérogeait à la règle.

– Nous en savons un peu plus sur lui, annonça Sigurdur Oli en ouvrant une chemise qu'il tenait à la main. Il est né à Saudarkrokur et était âgé de soixante-neuf ans. Il avait été employé comme chauffeur routier au cours des dernières années et avait travaillé à Islandsflutningar, la compagnie des transports d'Islande. Il travaillait encore pour eux de temps à autre.

Sigurdur Oli fit une pause.

– Nous devrions peut-être aller interroger ses collègues ? continua-t-il en réajustant sa cravate. De haute taille et beau garçon, il était vêtu d'un costume neuf, avait fait des études de criminologie aux États-Unis. Moderne et organisé, il était l'exacte antithèse d'Erlendur.

– Nous ferions peut-être bien d'établir son profil ? continua-t-il. Afin de le connaître un peu mieux.

– Son profil ? dit Erlendur. Qu'est-ce que c'est que ça ? Une photo prise de côté ? Tu veux une photo de profil de lui ?

– Non, je veux dire qu'on devrait collecter des informations à son sujet. Enfin ! Qu'est-ce qui te prend ? !

– Et qu'en pensent les collègues ? demanda Erlendur en tripotant un bouton qui pendait de son pull et qui finit par lui atterrir dans la paume. Il était courtaud, râblé, arborait une touffe de cheveux d'un brun-roux, c'était l'un des membres les plus chevronnés de la police criminelle. On le laissait en général appliquer ses propres méthodes. Ses supérieurs, tout comme ses collègues, avaient depuis longtemps renoncé à toute discussion. C'était ainsi que les choses avaient évolué. Ce qui ne dérangeait pas Erlendur outre mesure.

– Il s'agit probablement d'un détraqué, dit Sigurdur Oli. Les recherches s'orientent vers le treillis vert. Le garçon a dû essayer de dévaliser Holberg et il a paniqué.

– Et la famille de Holberg ? Avait-il de la famille ?

– Aucune. Mais nous ne sommes pas encore en possession de tous les éléments. Nous en sommes toujours au stade de la collecte d'informations, la famille, les amis, les collègues. Tu sais, son *background*. Son fameux *profil*.

– Si on en juge à l'état de son appartement, j'ai l'impression qu'il était célibataire et depuis un bon bout de temps.

– Évidemment, tu en connais un rayon dans ce

domaine, laissa échapper Sigurdur Oli mais Erlendur fit comme s'il n'avait pas entendu.

– Des nouvelles du médecin légiste ? Ou de la police scientifique ?

– Le rapport d'autopsie est arrivé. Il n'y figure rien que nous ne sachions déjà. Holberg est mort d'un traumatisme crânien. Le coup a été violent mais c'est surtout la forme du cendrier et ses arêtes qui ont été fatales. La boîte crânienne a été fracassée et il est mort sur le coup ou pratiquement. Il semble qu'il ait heurté la table du salon dans sa chute. Il avait une méchante plaie au front, laquelle correspondait au coin de la table. Les empreintes digitales présentes sur le cendrier étaient celles de Holberg mais on en a décelé au moins deux autres types dessus, l'une d'elles correspond à celles retrouvées sur le crayon à papier.

– Elles appartiennent donc à l'assassin ?

– Il y a toutes les chances pour que ce soit les siennes.

– Eh bien, c'est bien un meurtre à l'islandaise, dégueulasse. Voilà tout.

– Le truc typique. On enquête dans ce sens.

Il continuait à pleuvoir. Les dépressions provenant des fins fonds de l'océan Atlantique à cette époque de l'année traversaient le pays d'ouest en est, les unes après les autres, accompagnées de leur lot de tempêtes, d'humidité et de brumes hivernales. La police scientifique était encore à l'œuvre dans l'appartement de Nordurmyri. Le ruban jaune, que la police avait installé autour de l'immeuble, rappelait à Erlendur les travaux de la compagnie d'électricité : un trou creusé dans la rue, recouvert d'une toile sale et, sous la toile, la lumière d'une lampe, le tout soigneusement empaqueté dans un ruban jaune. La police avait circonscrit le lieu du crime de la même manière, au moyen d'un impeccable ruban de plastique jaune marqué du sceau de l'administration. Erlendur et Sigurdur Oli tombèrent sur Elinborg et d'autres enquêteurs de la police scientifique qui avaient passé la maison au peigne fin pendant cette nuit d'automne et jusque tard dans la matinée ; ils avaient terminé leur tâche.

Les occupants des immeubles voisins avaient été entendus et aucun d'entre eux n'avait remarqué d'allées et venues suspectes aux abords du lieu du crime entre le lundi matin et l'heure de la découverte du cadavre.

Bientôt, il n'y eut plus personne à part Erlendur et Sigurdur Oli dans l'appartement. La tache de sang sur la moquette était devenue noire. Le cendrier avait été emmené comme pièce à conviction. De même que le crayon à papier et le bloc-notes. Ceci excepté, on aurait dit qu'il ne s'était rien passé. Sigurdur Oli pénétra dans l'entrée, puis se dirigea vers le couloir desservant la chambre ; Erlendur examina le salon. Ils enfilèrent des gants de latex blanc. Sur les murs étaient accrochées des reproductions qui semblaient avoir été achetées à des camelots sur un marché. Dans la bibliothèque étaient rangés des romans policiers étrangers, des livres de poche du Club littéraire, certains d'entre eux avaient été lus, d'autres même pas ouverts. Aucune édition reliée digne d'intérêt. Erlendur se baissa presque jusqu'à terre pour lire les titres de l'étagère du bas, il n'en reconnut qu'un seul. *Lolita*, de Nabokov. En édition de poche. Il l'attrapa sur l'étagère. Il était en anglais et avait été lu.

Il replaça le livre sur l'étagère et se dirigea vers le bureau. Celui-ci formait un L qui occupait tout un coin du salon. Un confortable fauteuil en cuir neuf placé sur une coque en plastique rigide destinée à protéger la moquette lui faisait face. Le bureau paraissait nettement plus ancien que le fauteuil. Des tiroirs étaient disposés à chaque extrémité sous le plateau le plus long et, au milieu de celui-ci, se trouvait un tiroir plus grand : au total, cela en faisait neuf. Le plateau le plus petit des deux accueillait un écran d'ordinateur 17 pouces et dessous, avait été placée une tablette pour clavier. Posé à terre, sous cette partie du bureau, se trouvait l'ordinateur.

Les tiroirs étaient tous fermés à clef.

Sigurdur Oli examina de près l'armoire de la chambre à coucher. L'agencement était plutôt bien pensé ; les chaussettes dans un tiroir, les sous-vêtements dans un autre, slips et T-shirts. Des chemises ainsi que trois costumes étaient accrochés à des cintres, le plus vieux des trois, marron à carreaux, datait de l'époque disco, pensa Sigurdur Oli. En bas de l'armoire, quelques paires de chaussures. Des draps et housses de couettes sur l'étagère du haut. L'homme avait fait son lit avant de recevoir son invité. Un jeté de lit blanc couvrait la couette et les oreillers. C'était un lit d'une personne.

Sur la table de nuit, se trouvaient un réveil et deux livres, l'un était un recueil d'interviews d'un homme politique connu, l'autre un livre de photos de camions suédois du modèle Vabis de chez Scania. La table de nuit servait aussi d'armoire à pharmacie contenant des médicaments, de l'alcool à 90°, des somnifères, des cachets d'aspirine et un petit pot de vaseline, tout poisseux.

– Est-ce que tu vois des clefs quelque part ? demanda Erlendur qui était arrivé à la porte de la chambre.

– Non, aucune. Tu veux parler des clefs de la maison ?

– Non, de celles du bureau.

– Non plus.

Erlendur retourna dans l'entrée puis dans la cuisine. Ouvrit les tiroirs et les placards mais ne vit rien d'autre que des couverts, des verres, des ustensiles et des assiettes. Pas la moindre clef. Il alla jusqu'à la penderie, tâta vestes et manteaux où il trouva un anneau fixé à un porte-monnaie noir contenant quelques pièces. Deux petites clefs étaient accrochées à l'anneau avec celle de l'immeuble – celle de l'appartement et celle de la chambre – s'imagina Erlendur. Il les essaya sur le bureau. La même clef ouvrait tous les tiroirs.

Il commença par ouvrir le grand, situé au milieu du plateau. Celui-ci contenait principalement des factures de téléphone, d'électricité, de chauffage de ville, des reçus de carte de crédit ainsi qu'un abonnement au quotidien *Morgunbladid*. Les deux tiroirs du bas sur le côté gauche étaient vides, le second en partant du haut renfermait les déclarations d'impôt et les bulletins de salaire, celui du haut contenait un album de photos. Erlendur le feuilleta. Il n'y avait que de vieilles photos en noir et blanc datant d'époques diverses, représentant des gens dont certains étaient parfois endimanchés, et Erlendur eut l'impression qu'ils étaient assis dans le salon de l'appartement de Nordurmyri, d'autres clichés les montraient en excursion : en forêt, à Gullfoss ou à Geysir. Il remarqua deux photos dont il se dit qu'elles pouvaient très bien être des clichés de la victime encore jeune, mais il n'y en avait aucun de récent.

Il ouvrit les tiroirs du côté droit. Les deux du haut étaient vides. Dans le troisième, il trouva un jeu de cartes, un échiquier plié dans une boîte avec ses pièces et un vieil encrier.

C'est dans le tiroir du bas qu'il trouva la photo.

Erlendur était en train de le repousser quand un froissement se fit entendre. Il tira à nouveau le tiroir vers l'extérieur, le repoussa et entendit une nouvelle fois le froissement. Le tiroir frottait contre quelque chose quand on le refermait. Il soupira et se mit à genoux, examina l'intérieur du tiroir mais ne vit rien. Il le tira vers l'extérieur, le repoussa et le bruit recommença. Il s'agenouilla sur le sol, tira complètement le tiroir, remarqua que quelque chose était resté coincé dans le caisson et étendit le bras pour l'attraper.

Il s'agissait d'une petite photo noir et blanc représentant une tombe dans un cimetière en hiver. Il ne reconnut pas immédiatement le cimetière. Une stèle était accolée à la tombe et l'inscription principale était assez facile à lire. C'était un prénom féminin. Audur. Sans patronyme*. Erlendur avait du mal à discerner les années. Il chercha ses lunettes à tâtons dans la poche de sa veste, les mit et approcha la photo de son nez. 1964-1968. Il voyait la trace d'une épitaphe mais l'inscription était petite et il ne parvenait pas à la lire. Il souffla doucement sur la photo pour en enlever la poussière.

La petite n'avait que quatre ans au moment de sa mort.

Erlendur leva les yeux à cause des hurlements du vent. C'était la mi-journée mais le ciel était noir, d'une obscurité hivernale, et la pluie de l'automne fouettait les parois de l'immeuble.

---

* C'est-à-dire qu'on ne connaît pas le nom de son père. Les noms de famille n'existant pratiquement pas en Islande, on utilise le prénom du père auquel on accole le mot – *son* (fils de) ou *dóttir* (fille de).

6

Le gros camion se dandinait dans la tempête, semblable à un animal préhistorique sous une pluie battante. La police avait mis un certain temps à le localiser car il n'était pas garé dans les environs du domicile de Holberg, mais à côté du dispensaire de Domus Medica, situé à quelques minutes de marche de chez lui. Finalement, on avait dû rechercher le véhicule en passant des annonces à la radio. Une patrouille de policiers trouva le camion au moment où Erlendur et Sigurdur Oli quittaient l'appartement de Holberg munis de la photo. On fit appel à la police scientifique pour passer le véhicule au peigne fin à la recherche d'indices susceptibles de faire progresser l'enquête. C'était un camion de type MAN équipé d'une cabine de couleur rouge. La seule chose que l'on trouva au bout d'une recherche rapide était une pile de revues pornographiques bon marché. On décida de transférer le camion dans les locaux de la police pour un examen plus poussé.

Pendant ce temps-là, la police scientifique travaillait sur la photographie. Il apparut qu'elle avait été imprimée sur du papier de marque Ilford, très utilisé dans les années 70, mais qui n'était plus fabriqué. Il était probable que le cliché avait été développé par son auteur ou par un amateur, il avait pâli comme si le travail n'avait pas été spécialement soigné. Aucune inscription n'avait été notée derrière et il était difficile de dire dans quel cimetière la photo avait été prise. Cela pouvait être n'importe où en Islande.

Le photographe s'était tenu à une distance d'environ trois mètres de la stèle. La photo avait été prise juste en face ; le photographe s'était sans doute accroupi, à moins qu'il n'ait été bien plus petit que la stèle. En dépit de la distance, l'angle de vue était très étroit. On ne voyait aucune végétation. Une fine couche de neige recouvrait la terre. On ne voyait aucune autre stèle. De l'autre côté de la tombe, on ne distinguait rien de plus qu'un nuage de buée blanchâtre.

Les enquêteurs de la scientifique se concentrèrent sur l'épitaphe, très floue à cause de la distance à laquelle la photo avait été prise. Ils tirèrent un grand nombre d'agrandissements de la photo jusqu'à ce que chacune des lettres soit imprimée sur du papier A5, on les numérota et plaça dans l'ordre de leur apparition sur la pierre. Les clichés, d'un grain très grossier, formaient à peine plus qu'une alternance de points noirs et blancs dessinant des nuances de lumière et d'ombre mais, une fois qu'elles eurent été scannées à l'ordinateur, il fut possible de travailler les ombres et la définition de la trame. Certaines lettres apparaissaient avec plus de netteté que d'autres, ce qui aida la police scientifique à compléter les blancs. On déchiffra sans difficulté les caractères O, T et M. Les autres donnèrent plus de fils à retordre.

Erlendur téléphona au domicile de l'un des chefs de service de l'état civil vers l'heure du repas du soir et obtint de l'homme, jurant et grommelant, qu'il vienne le retrouver devant le bâtiment de l'état civil dans le quartier de Skuggahverfi, le quartier des Ombres. Erlendur savait qu'on conservait là tous les actes de décès édités depuis 1916. Il n'y avait pas âme qui vive dans les lieux du reste, les employés avaient fini leur journée depuis un certain temps. Environ une demi-heure plus tard, le chef de service approcha sa voiture du bâtiment et serra la main d'Erlendur avec précipitation. Il entra un code dans l'alarme antivol et ils s'introduisirent dans le bâtiment à l'aide d'une carte spéciale. Erlendur lui expliqua l'affaire, mais ne l'informa toutefois que du strict nécessaire.

Ils examinèrent tous les actes de décès de l'année 1968. Ils trouvèrent deux Audur. L'une d'elles était dans sa quatrième année. Elle était décédée en février. Le certificat de décès avait été établi par un médecin dont ils trouvèrent immédiatement le nom dans le registre de la population. Il habitait à Reykjavik. Le document mentionnait le nom de la mère de l'enfant. Ils retrouvèrent sa trace sans le moindre problème. Son dernier domicile officiel était à Keflavik au début des années 70. Elle s'appelait Kolbrun. Ils recherchèrent son nom parmi les actes de décès. Elle était morte en 1971, trois ans après sa fille.

La petite fille avait été emportée par une tumeur cérébrale maligne.

Quant à la mère, elle avait mis fin à ses jours.

7

Le marié reçut Erlendur dans son bureau. Il était responsable du contrôle qualité et du marketing chez un grossiste importateur de céréales américaines pour le petit déjeuner et Erlendur, qui n'en avait jamais, de toute sa vie, goûté, se demandait, au moment où il pénétrait dans le bureau sur la pointe des pieds, quel pouvait bien être le rôle d'un responsable qualité et marketing chez un grossiste. Il ne daigna pas poser la question. Le marié portait une chemise blanche repassée avec d'épaisses bretelles et il s'était retroussé les manches, comme si le contrôle de la qualité exigeait qu'il fasse appel à toute son énergie. Il était de taille moyenne, un peu enveloppé et portait un collier de barbe autour d'une bouche lippue. Il répondait au nom de Viggo.

– Je n'ai aucune nouvelle de Disa, déclara Viggo avec précipitation en s'asseyant face à Erlendur.

– Y a-t-il quelque chose que vous lui auriez dit et qui…

– C'est ce que tout le monde croit, répondit le marié. Ils pensent tous que c'est ma faute. C'est le pire. Voilà bien le pire dans toute cette histoire. C'est insupportable !

– Avez-vous remarqué quelque chose d'étrange dans son comportement avant qu'elle ne s'enfuie ? Ou bien quelque chose qui aurait pu la choquer violemment ?

– Tout le monde était en train de s'amuser. Vous savez, les mariages, enfin vous voyez ce que je veux dire.

– Non.

– Vous êtes déjà allé à un mariage, non ?

– Oui, une fois, il y a longtemps.

– Nous devions ouvrir le bal. Les discours avaient déjà été prononcés et ses amies avaient toutes fait le numéro qu'elles avaient préparé, l'accordéoniste venait d'arriver et nous devions commencer à danser. J'étais assis à notre table et tout le monde s'est mis à chercher Disa, mais elle avait disparu.

– A quel endroit l'avez-vous vue pour la dernière fois ?

– Elle était assise à côté de moi et m'a dit qu'elle devait faire un tour aux toilettes.

– Et lui avez-vous dit quelque chose qui l'aurait vexée ?

– Absolument pas, je l'ai embrassée et lui ai dit de se dépêcher.

– Combien de temps s'est écoulé entre le moment où elle est partie et celui où vous avez commencé à la chercher ?

– Pff, je n'en sais rien. Je suis allé m'asseoir avec mes amis et suis sorti allumer une cigarette – tous les fumeurs allaient fumer dehors –, j'ai discuté avec des gens à l'extérieur et aussi en sortant et en revenant, je me suis rassis et l'accordéoniste m'a parlé de la danse et de la musique. J'ai discuté avec d'autres personnes, peut-être bien pendant une demi-heure, enfin, quelque chose comme ça, je ne suis pas sûr.

– Et vous ne l'avez pas vue pendant tout ce temps-là ?

– Non. C'était une vraie catastrophe ! Tout le monde me regardait ébahi, comme si c'était de ma faute.

– Que croyez-vous qu'il lui soit arrivé ?

– J'ai cherché partout. Parlé à toutes ses copines, ses amis, sa famille mais personne ne sait rien, en tout cas, c'est ce qu'ils disent.

– Croyez-vous qu'il y ait quelqu'un qui mente ?

– Elle est quand même bien quelque part.

– Saviez-vous qu'elle avait laissé un message ?

– Non, quel genre de message ? Comment ça ?

– Elle a accroché un papier sur une espèce d'arbre à messages, avec ce mot : "Il est dégoûtant, qu'est-ce que j'ai fait ?" Vous savez ce qu'elle a voulu dire ?

– Il est dégoûtant, répéta Viggo. De qui parle-t-elle donc ?

– J'espérais qu'il s'agissait de vous.

– De moi ! rétorqua Viggo en s'énervant tout à coup. Je ne lui ai rien fait du tout, pas la moindre chose. Jamais. Ce n'est pas moi. Il est impossible qu'il s'agisse de moi !

– La voiture dans laquelle elle s'est enfuie a été retrouvée dans la rue Gardastraeti. Cela vous dit quelque chose… ?

– Elle ne connaît personne dans cette rue. Avez-vous l'intention de lancer un avis de recherche ?

– J'ai l'impression que ses parents veulent lui laisser le temps de rentrer elle-même au bercail.

– Et si tel n'est pas le cas ?

– Alors, on avisera. (Erlendur hésita.) Je me serais imaginé qu'elle avait pris contact avec vous, dit-il ensuite. Pour vous dire que tout allait bien.

– C'est aussi ce que je pensais, répondit le responsable qualité et marketing. Nous formons un couple, quoi qu'il en soit.

Il marqua une pause.

– Attendez un peu, vous êtes en train de suggérer que tout cela est de ma faute et qu'elle ne m'a pas contacté parce que je lui aurais fait quelque chose ? Alors là, c'est la meilleure ! Vous savez l'effet que ça m'a fait de venir au boulot lundi matin ? Tous mes collègues ont assisté au mariage. Mon chef était au mariage ! Et vous vous imaginez que c'est ma faute ? Merde alors ! Tout le monde croit que c'est ma faute !

– Les femmes, conclut Erlendur en se levant. Pas facile d'en contrôler la qualité.

Erlendur arrivait tout juste à son bureau quand le téléphone retentit. Il reconnut immédiatement la voix, même s'il ne l'avait pas entendue depuis des lustres. Elle était encore claire, forte et décidée en dépit de son grand âge. Erlendur connaissait Marion Briem depuis bientôt trente ans, ce qui n'avait pas toujours été une partie de plaisir.

– Je rentre de ma maison de vacances, annonça la voix, et je n'ai appris la nouvelle qu'en arrivant en ville.

– Tu veux parler de Holberg ? demanda Erlendur.

– Vous avez lu les dépositions le concernant ?

– Je savais que Sigurdur Oli était en train de rechercher d'éventuelles informations dont nous disposerions sur lui dans nos ordinateurs. Mais de quelles dépositions parles-tu ?

– La question est : figurent-elles encore dans les bases de données ? Y a-t-il des délais de prescription en ce qui concerne les plaintes ? Est-ce qu'elles sont détruites ?

– Où est-ce que tu veux en venir ?

– Holberg n'avait rien d'un citoyen modèle, continua Marion Briem.

– Comment ça ?

– On a toutes les raisons de croire que c'était un violeur.

– Toutes les raisons ?

– Il avait été accusé de viol mais n'était jamais passé en jugement. C'était en 1963. Vous feriez bien d'éplucher vos rapports.

– Qui a porté plainte contre lui ?

– Une femme nommée Kolbrun. Elle habitait à…

– Keflavik ?

– Oui, tu possèdes des informations sur elle ?

– Nous avons découvert une photo dans le bureau de

55

Holberg. On aurait dit qu'elle avait été cachée. La photo montrait la tombe d'une petite fille nommée Audur, prise dans un cimetière que nous n'avons pas encore identifié. J'ai dérangé une huile de l'état civil et j'ai trouvé le nom de Kolbrun sur un certificat de décès. C'était la mère de l'enfant dans la tombe. La mère d'Audur. Elle est décédée.

Marion observa une pause.

– Marion ? fit Erlendur.

– Et qu'est-ce que cela t'apprend ? demanda la voix au téléphone.

Erlendur réfléchit.

– Je peux imaginer que, si Holberg avait violé la mère, il était le père de la fillette et que c'était la raison pour laquelle la photo se trouvait dans son bureau. La petite fille est décédée au cours de sa quatrième année, elle était née en 1964.

– Holberg n'a jamais été condamné, répéta Marion Briem. L'affaire a été classée par manque de preuves.

– Est-il possible qu'elle ait inventé cela ?

– Je trouvais cela peu probable à cette époque-là mais il était impossible de prouver quoi que ce soit. Évidemment, ce n'est jamais facile pour une femme de porter plainte pour ce genre de violences. Tu peux t'imaginer ce qu'elle a dû traverser, cette femme, il y a bientôt quarante ans. C'est déjà assez éprouvant pour une femme d'aller porter plainte de nos jours mais, à cette époque-là, c'était cent fois plus difficile. Elle n'a sûrement pas fait ça pour s'amuser. La photo est peut-être une sorte de preuve de paternité. Pourquoi Holberg l'aurait-il conservée dans son bureau, autrement ? Les dates ont l'air de correspondre. Le viol a eu lieu en 1963. Tu affirmes que Kolbrun a mis Audur au monde l'année suivante. Celle-ci meurt quatre ans plus tard. Kolbrun enterre son enfant. Holberg est, d'une manière ou d'une autre, impliqué dans l'histoire. Peut-être prend-il lui-même la photo. Je ne saurais dire dans quel but. Peut-être, d'ailleurs, n'est-ce pas la question.

— Il n'a probablement pas assisté à l'enterrement, mais il a pu aller sur la tombe et la prendre en photo. Est-ce que tu suggères quelque chose dans ce style ?

— Il y a également une seconde possibilité.

— Ah bon ?

— Peut-être qu'elle a pris la photo elle-même et qu'elle la lui a envoyée.

Erlendur réfléchit quelques instants.

— Mais dans quel but ? S'il l'a violée, pourquoi est-ce qu'elle lui envoie la photo ?

— Voilà la question.

— Est-ce que le certificat de décès mentionnait la cause de la mort d'Audur ? demanda Marion Briem. Comment est morte la fillette ? S'agissait-il d'un accident ?

— Le certificat précise qu'elle était atteinte d'une tumeur cérébrale. Tu crois que ça a de l'importance ?

— Donc, il y a eu une autopsie ?

— Sans aucun doute. Le nom du médecin figure sur le certificat.

— Et la mère ?

— Morte subitement à son domicile.

— Un suicide ?

— Oui.

— Dis donc, tu ne passes plus du tout me voir, dit Marion Briem au bout d'un bref silence.

— Le boulot, répondit Erlendur. Ce foutu boulot.

8

Il pleuvait sur la route de Keflavik ce matin-là et l'eau s'accumulait dans les profondes ornières creusées dans l'asphalte par le passage répété des roues, ornières que les voitures essayaient d'éviter. Les précipitations étaient d'une telle abondance qu'on voyait à peine à travers les vitres des voitures, occultées par les projections. Les véhicules, quant à eux, étaient malmenés par cette tempête déchaînée soufflant du sud-ouest. Les essuie-glaces parvenaient difficilement à chasser l'eau du pare-brise et Erlendur se cramponnait tellement au volant que les jointures de ses doigts blanchissaient. Il distinguait la lueur des feux arrière de la voiture qui le précédait et faisait de son mieux pour la suivre.

Il effectuait le voyage seul. Il pensait que cela valait mieux après la discussion qu'il avait eue avec la sœur de Kolbrun plus tôt dans la matinée. Le certificat de décès la mentionnait comme étant la personne la plus proche. La sœur ne se montrait pas franchement coopérative. Elle avait refusé de le recevoir. Un refus catégorique. Les journaux avaient publié des photos du défunt et dévoilé son identité. Erlendur lui avait demandé si elle en avait eu connaissance et s'apprêtait à lui demander si elle se souvenait du défunt quand elle lui avait raccroché au nez au beau milieu d'une phrase. Il avait décidé de voir quelle serait sa réaction s'il se présentait sur le seuil de son domicile. L'idée de la convoquer au poste pour interrogatoire en ayant recours à la force ne le séduisait pas.

Erlendur avait mal dormi la nuit précédente. Il s'inquiétait pour Eva Lind et craignait qu'elle ne fasse une satanée bêtise. Elle avait bien un téléphone portable mais, à chaque fois qu'il appelait, il tombait sur cette voix enregistrée annonçant que le téléphone se trouvait en dehors des zones couvertes par l'opérateur, que toutes les lignes étaient occupées ou bien qu'il était éteint. Erlendur ne gardait presque jamais souvenir de ses rêves, mais il ne se sentait pas bien au réveil et les réminiscences d'un mauvais rêve avaient traversé son esprit avant de se dissiper totalement.

Les informations qu'ils possédaient au sujet de Kolbrun étaient infimes. Elle était née en 1934 et avait porté plainte contre Holberg pour viol le 23 novembre 1963. Avant le départ d'Erlendur pour Keflavik, Sigurdur Oli avait épluché le contenu de la plainte pour viol qui renfermait une description des faits consignée sur un rapport de police que Sigurdur Oli avait trouvé dans les archives en suivant les indications de Marion Briem.

Âgée de trente ans, Kolbrun avait donné naissance à sa fille Audur. Le viol avait eu lieu neuf mois plus tôt. D'après le témoignage de Kolbrun, les choses s'étaient passées de la façon suivante : elle avait fait la rencontre de Holberg au bal de Krossinn qui se tenait à cette époque entre Keflavik et Njardvik. C'était un samedi soir. Elle ne le connaissait pas et ne l'avait jamais rencontré avant. Elle était accompagnée de ses deux amies ; Holberg et ses deux copains avaient passé la soirée avec elles au bal. A la fermeture, tous continuèrent à faire la fête chez l'une des deux amies de Kolbrun. Quand la nuit fut bien avancée, Kolbrun s'apprêtait à rentrer chez elle. Holberg avait alors prétendu vouloir la raccompagner par souci de sécurité. Elle ne s'y était pas opposée. Pour mémoire, aucun des deux n'était sous l'emprise de l'alcool. Kolbrun avait déclaré avoir bu deux petites vodkas mélangées avec des boissons pétillantes pendant le bal mais rien de plus une fois partie. Holberg n'avait pas consommé d'alcool ce soir-là. Il avait affirmé, à ce qu'avait entendu Kolbrun, être sous traitement antibiotique à cause d'une infection à l'oreille. Un certificat médical accompagnait le dossier de la plainte pour viol et le confirmait.

Holberg demanda à appeler un taxi. Il prétendait vouloir se rendre à Reykjavik. Elle hésita un instant avant de lui indiquer le téléphone. Pendant qu'elle enlevait son manteau dans l'entrée, il entra dans le salon puis elle se dirigea vers la cuisine pour se servir un verre d'eau. Elle ne l'entendit pas conclure la conversation, si tant est que celle-ci ait effectivement eu lieu. Elle sentit qu'il était tout à coup arrivé derrière elle, alors qu'elle se trouvait devant l'évier de la cuisine.

Elle sursauta si violemment que le verre lui échappa dans l'évier et que l'eau éclaboussa la table de cuisine. Elle se mit à pousser des hurlements d'effroi quand les mains de l'homme lui saisirent la poitrine et elle le repoussa en allant se réfugier dans le coin de la cuisine.

– Qu'est-ce que tu fais ? demanda-t-elle.

– On ne pourrait pas s'amuser un peu ? répondit-il en lui faisant face, sans perdre son calme. Il était de forte corpulence, de fortes mains pourvues de gros doigts.

– Je veux que tu sortes d'ici, répondit-elle d'un ton décidé. Immédiatement ! Je te prie de bien vouloir sortir d'ici.

– On ne pourrait pas s'amuser un peu ? répéta-t-il. Il avança d'un pas et elle plaça ses bras en avant, comme pour se protéger de lui.

– Ne m'approche pas ! hurla-t-elle. Ou bien j'appelle la police !

Elle comprit brusquement à quel point elle était seule

60

et désarmée devant cet inconnu qu'elle avait laissé
entrer dans son domicile, qui se blottissait maintenant
tout contre elle et lui maintenait les mains derrière le
dos pendant qu'il tentait de l'embrasser.

Elle avait beau se débattre, c'était inutile. Elle essaya
de lui parler. De le faire revenir à la raison mais sentit
son impuissance grandir au fur et à mesure.

Erlendur sursauta au moment où un énorme camion
le klaxonna et le dépassa avec un vacarme effrayant
en rejetant derrière lui des gerbes d'eau qui submer-
gèrent la voiture. Il donna un coup sec au volant et fit
de l'aquaplaning pendant quelques instants. L'arrière
de la voiture se déporta et Erlendur crut l'espace d'un
moment qu'il allait perdre le contrôle du véhicule pour
finir sa course sur le champ de lave. Il ralentit autant
qu'il put, parvenant ainsi à se maintenir sur la chaussée,
et abreuva d'injures le chauffeur du camion qui avait
déjà disparu derrière le rideau de pluie.

Environ vingt minutes plus tard, il arriva devant une
petite maison en bois recouverte de tôle ondulée, située
dans la partie la plus ancienne de Keflavik. Petite et
peinte en blanc, elle était entourée d'une clôture également peinte en blanc et d'un jardin parfaitement entretenu. La sœur, maintenant à la retraite, portait le nom
d'Elin et était de quelques années l'aînée de Kolbrun.
Elle se tenait dans l'entrée, avait enfilé son manteau,
prête à sortir, quand Erlendur sonna. Elle le regarda
avec étonnement. Elle était de petite taille, maigre, avec
une expression dure plaquée sur le visage, des yeux
perçants, des pommettes hautes et des rides autour de
la bouche.

– Je croyais pourtant vous avoir dit que je ne voulais
rien avoir à faire avec vous ni avec la police, dit-elle,
en colère, une fois qu'Erlendur eut décliné son identité.

– Je sais, répondit Erlendur, mais…

– Je vous prie de bien vouloir me laisser tranquille, continua-t-elle. Vous n'auriez pas dû faire tout ce chemin.

Elle sortit sur le pas de la porte, referma derrière elle, descendit les trois marches qui menaient à l'entrée, ouvrit la petite barrière de la clôture et la laissa ouverte pour indiquer à Erlendur qu'elle voulait qu'il s'en aille. Elle ne lui accorda pas un regard. Erlendur demeura sur l'escalier et la regarda s'éloigner.

– Vous savez que Holberg est mort, cria-t-il.

Elle ne lui répondit pas.

– Il a été assassiné à son domicile. Vous le savez.

Erlendur avait descendu les marches et se dirigeait vers elle. Elle avait un parapluie noir qu'elle ouvrit et que la pluie vint gifler. Erlendur n'avait rien d'autre que son chapeau pour se protéger de la pluie. Elle le distançait. Il la suivit et se mit à courir pour la rattraper. Il ne savait que lui dire pour qu'elle l'écoute. Il ne comprenait pas pourquoi cette femme réagissait ainsi face à lui.

– Je voulais vous poser des questions sur Audur, déclara-t-il.

La femme s'arrêta brusquement, se retourna, se dirigea vers lui d'un pas vif, un air méchant sur le visage.

– Espèce d'ordure de flic, grommela-t-elle en serrant les dents. Ne vous avisez pas de l'appeler par son nom ! Comment osez-vous ?! Après tout ce que vous lui avez fait subir. Disparaissez. Disparaissez d'ici immédiatement ! Ordure de flic !

Elle regardait Erlendur avec des yeux emplis de haine mais celui-ci soutenait son regard.

– Après tout ce que nous lui avons fait ? demanda-t-il. À qui ?

– Dégagez d'ici, cria-t-elle en tournant les talons, l'abandonnant sur place. Il renonça à la poursuivre et la regarda s'éloigner sous la pluie, un peu voûtée, dans son manteau vert et ses bottines noires qui lui montaient au-dessus de la cheville. Il se retourna et reprit la direction de la maison d'Elin et de la voiture. Il s'assit dans le véhicule et alluma une cigarette, ouvrit un peu la fenêtre et démarra. Il recula lentement pour quitter la place de parking, passa la première et dépassa la petite maison.

Il aspira la fumée et ressentit de nouveau cette douleur sourde au milieu de la poitrine. Elle n'était pas nouvelle. C'était une source d'inquiétude depuis bientôt une année. Une douleur sourde qui lui souhaitait bonjour le matin mais s'estompait généralement assez vite dès qu'il sortait du lit. Le matelas sur lequel il dormait n'était pas de bonne qualité. Parfois, il avait mal dans tout le corps s'il restait trop longtemps au lit.

Il aspirait la fumée.

Espérait que ce n'était que le matelas.

Son portable sonna à l'intérieur de la poche de son imperméable pendant qu'il éteignait sa cigarette. C'était le chef de la police scientifique qui lui annonçait qu'ils étaient parvenus à déchiffrer l'inscription sur la pierre tombale et que celle-ci provenait de la Bible.

– Elle est tirée du psaume 64 de David, précisa-t-il.

– Oui, dit Erlendur.

– Préserve ma vie d'un ennemi terrifiant.

– Hein ?

– La pierre tombale porte l'inscription suivante : préserve ma vie d'un ennemi terrifiant. C'est un extrait des psaumes de David. Est-ce que ça peut vous être d'un quelconque secours ?

– Je n'en ai pas la moindre idée.

– La photo portait deux types d'empreintes digitales.

– Oui, Sigurdur Oli me l'a déjà dit.

– Les premières sont celles du défunt mais les autres ne figurent pas dans nos registres. Elles ne sont pas très nettes. Et surtout très anciennes.

– Est-ce que vous pouvez voir avec quelle sorte d'appareil la photo a été prise ? demanda Erlendur.

– C'est impossible à dire. Mais je ne pense pas qu'il ait eu quoi que ce soit de spécial.

9

Sigurdur Oli gara la voiture sur le parking de la compagnie des transports d'Islande à un emplacement où il espérait qu'elle ne gênerait personne. Les camions étaient disposés en files sur le parking. On était en train d'en charger certains, d'autres étaient sur le départ et d'autres encore reculaient jusqu'aux entrepôts de la compagnie. Une odeur d'essence et de gazole emplissait l'air et un ronronnement assourdissant s'échappait des moteurs. Les employés et les clients s'affairaient sur le parking et à l'intérieur de l'entrepôt.

La météo nationale prévoyait que l'humidité continuerait. Sigurdur Oli tenta d'utiliser son imperméable pour se protéger de la pluie, il se le mit sur la tête et se dirigea à grandes enjambées vers l'entrepôt. On l'orienta vers un contremaître assis dans un petit bureau aux parois vitrées, qui vérifiait des papiers et semblait extrêmement occupé.

Le contremaître était un homme de très forte corpulence, vêtu d'une doudoune bleue dont il n'attachait qu'un seul bouton au niveau de la bedaine ; il tenait entre ses doigts le mégot d'un cigare. Il avait eu vent du décès de Holberg et déclara l'avoir assez bien connu. Il le décrivit comme une personne fiable, un chauffeur routier consciencieux qui avait parcouru les quatre coins du pays pendant des dizaines d'années et connaissait les moindres recoins du réseau routier islandais. Il ajouta que l'homme était secret, ne parlait jamais de lui-même de manière personnelle, ne s'était pas fait d'amis au sein de l'entreprise. Il ne savait pas quel métier il avait exercé auparavant et croyait qu'il avait toujours été chauffeur routier. En tout cas, d'après ce que Holberg avait laissé entendre. Célibataire, sans enfant, à sa connaissance. Il ne parlait jamais de ses proches.

— Enfin, c'est ce que je pense, déclara le contremaître comme pour conclure la conversation en tirant de la poche de sa doudoune un petit briquet à l'aide duquel il ralluma le mégot de cigare. C'est affreux, pffff, pffff, de s'en aller de cette façon, pfff.

— Avec qui entretenait-il le plus de relations ici ? demanda Sigurdur Oli en essayant d'éviter d'inhaler la fumée malodorante du cigare.

— Vous devriez aller parler à Hilmar et Gauji, c'est sûrement eux qui le connaissaient le mieux. Hilmar est là-bas. Il vient de la région de Reydarfjördur et allait parfois dormir chez Holberg dans le quartier de Nordurmyri quand il avait besoin de se reposer en ville. Il y a des règles relatives aux temps de repos auxquelles les conducteurs routiers doivent se conformer et cela nécessite qu'ils disposent d'un pied-à-terre en ville.

— Savez-vous s'il a dormi chez Holberg le week-end dernier ?

— Non, il était parti travailler dans l'est du pays. Mais peut-être qu'il a dormi chez lui le week-end d'avant.

— Verriez-vous quelqu'un qui aurait pu vouloir du mal à Holberg ? Des rivalités sur le lieu de travail ou bien…

— Non, non, rien de tel, pfff, pfff.

L'homme avait du mal à maintenir la cendre de son cigare allumée.

— Parlez-en à Hilmar, mon vieux. Il pourra peut-être vous aider.

Sigurdur Oli trouva Hilmar grâce aux indications du contremaître. Il se tenait devant l'une des portes de l'entrepôt et surveillait les opérations de déchargement d'un camion. Hilmar était un grand gaillard d'environ deux mètres de haut, musclé, rouquin, le teint rougeaud, barbu et des bras poilus sortaient de son T-shirt à manches courtes. Il paraissait avoir dans les cinquante ans. De vieilles bretelles bleues, démodées, retenaient un jean usé. On utilisait un petit monte-charge pour décharger le camion. Un autre camion recula vers la porte voisine avec le vacarme qui s'ensuivait ; au même moment, deux chauffeurs se klaxonnèrent sur le parking et laissèrent échapper un flot de jurons.

Sigurdur Oli se dirigea vers Hilmar et lui tapa doucement sur l'épaule mais le chauffeur ne se rendit pas compte de sa présence. Il frappa un peu plus fort et Hilmar se retourna enfin vers lui. Il vit que Sigurdur Oli s'adressait à lui mais il ne parvenait pas à entendre ses paroles et il abaissa vers lui ses yeux éteints. Sigurdur Oli haussa la voix mais cela ne servit à rien. Il cria encore plus fort et crut entrevoir dans le regard de Hilmar une étincelle indiquant qu'il avait compris mais il se trompait. Hilmar secoua simplement la tête en montrant ses oreilles.

Sigurdur Oli fit appel à toute son énergie, se redressa sur la pointe des pieds, hurla à tue-tête mais, à ce moment-là, s'installa un grand silence et ses paroles résonnèrent de toute leur force entre les murs du gigantesque entrepôt jusque sur le parking :

— AVEZ-VOUS COUCHÉ CHEZ HOLBERG ?

10

Il était occupé à ratisser les feuilles dans son jardin quand Erlendur s'approcha de lui. Ce ne fut qu'au bout d'un bon moment qu'il leva les yeux ; pendant tout ce temps, Erlendur s'était tenu à ses côtés et l'avait observé travailler avec ses mouvements ralentis de vieillard. Il essuya la goutte qui lui pendait au nez. Il semblait n'accorder aucune importance à la pluie ni au fait que les feuilles, collées les unes aux autres, n'étaient pas faciles à ramasser. Il ne se pressait pas, attrapait les feuilles avec un râteau et tentait de constituer de petits monticules. Il vivait toujours à Keflavik. C'était là qu'il était né et toujours resté.

Erlendur avait demandé à Elinborg de rassembler les renseignements le concernant et elle avait sorti la plupart des données disponibles sur le vieil homme dans le jardin : sa carrière dans la police, les observations qui avaient été faites sur son comportement et ses méthodes de travail – elles avaient été nombreuses au cours de sa longue carrière –, le désastre de l'affaire de Kolbrun et la façon dont il avait été rappelé à l'ordre concernant la manière dont il s'était occupé de cette affaire précise. Elle l'avait rappelé pour lui communiquer les renseignements pendant qu'il prenait son repas à Keflavik. Il s'était demandé s'il ne devait pas remettre cette visite au lendemain, puis avait conclu qu'il n'avait pas envie de passer son temps à faire des allées et venues sur cette route par ce temps déchaîné.

L'homme portait une veste d'hiver de couleur verte et une casquette de base-ball sur la tête. Des mains blanches et osseuses tenaient le manche du râteau. Il était grand et avait, selon toute évidence, été plus en chair et plus imposant dans le passé, mais c'était maintenant un vieil homme fané avec la goutte au nez. Erlendur l'observait lutter contre sa vieillesse dans le jardin à l'arrière d'une maison. L'homme ne levait pas les yeux des feuilles et ne lui accordait pas la moindre attention. Il s'écoula ainsi un bon moment jusqu'à ce qu'Erlendur décide de sauter le pas.

– Pour quelle raison la sœur refuse-t-elle de me parler ? demanda-t-il et il vit le vieillard sursauter.

– Hein ? Qu'est-ce que c'est ? (L'homme ne leva pas les yeux de sa tâche.) Qui êtes-vous ? demanda-t-il.

– De quelle manière avez-vous accueilli Kolbrun quand elle est venue déposer sa plainte pour viol ? demanda Erlendur.

Le vieil homme regarda cet inconnu qui venait d'entrer dans son jardin pour lui parler et essuya la goutte de son nez d'un revers de la main. Il toisa Erlendur.

– Est-ce que je vous connais ? demanda-t-il. De quoi parlez-vous ? Qui êtes-vous ?

– Je m'appelle Erlendur. Je suis chargé de l'enquête sur le meurtre d'un certain Holberg à Reykjavik. Il a été accusé de viol il y a presque quarante ans. C'est vous qui vous étiez occupé de l'affaire. La victime s'appelait Kolbrun. Elle est décédée. Et sa sœur refuse de parler à la police pour des raisons que j'essaie de découvrir. Elle m'a dit : "après ce que vous lui avez fait subir." Je voudrais justement que vous m'expliquiez ce que nous lui avons fait.

L'homme dévisagea Erlendur sans prononcer un mot. Il le fixait dans les yeux et demeurait silencieux.

– Qu'est-ce que nous lui avons fait ? répéta Erlendur.

– Je ne m'en souviens pas… et d'ailleurs, de quel droit est-ce que vous… ? Qu'est-ce que c'est que ce manque d'éducation ? (Sa voix tremblait légèrement.) Voulez-vous bien sortir de mon jardin ou j'appelle la police.

– Non, voyez-vous, Runar, la police, c'est moi. Et j'ai autre chose à faire que de perdre mon temps avec des conneries et du blabla.

L'homme s'accorda un instant de réflexion.

– Alors, c'est la nouvelle méthode ? Agresser les gens en les insultant sans le moindre respect.

– Ça vous va bien de parler de respect et de méthodes, observa Erlendur. Vous avez, à une certaine époque, été l'objet de huit accusations pour mauvais comportement dans l'exercice de vos fonctions, parmi lesquelles celle d'obscénité. Je ne sais à qui vous avez dû lécher les bottes pour conserver votre poste mais vous n'avez pas léché assez bien les derniers temps car vous avez finalement quitté les rangs de la police d'une façon honteuse. Viré…

– Fermez-la ! dit l'homme en regardant alentour. Comment osez-vous…

– … pour harcèlement sexuel et vulgarité réitérés.

Les mains blanches et osseuses se cramponnèrent au manche du râteau, la peau livide se tendit, laissant affleurer les jointures des doigts. Le visage se ferma, une grimace haineuse se dessina sur la bouche et les yeux se fermèrent jusqu'à être mi-clos. Pendant qu'il était en chemin pour se rendre chez l'homme et que les informations fournies par Elinborg lui traversaient la conscience comme une décharge électrique, Erlendur s'était demandé s'il était possible de blâmer cet homme pour des actions qu'il avait commises dans une autre vie, lorsqu'il était un autre homme, à une autre époque. Erlendur était dans la police depuis suffisamment longtemps pour se souvenir des histoires à son propos et des difficultés qu'il avait causées. Il se rappelait Runar. Il l'avait rencontré deux ou trois fois, bien des années auparavant, mais celui-ci était maintenant si vieux et si décati qu'Erlendur avait mis un bon moment à se rendre compte qu'il s'agissait bien du même homme quand il était entré dans le jardin et qu'il s'était approché de lui. Les histoires sur Runar traînaient encore dans la police. Erlendur avait lu un jour que le passé était une terre étrangère et il l'avait bien compris. Il comprenait que les temps changent et qu'il en va également ainsi des êtres humains. Cependant, il n'était pas prêt à faire table rase du passé.

Ils se tenaient dans le jardin et se faisaient face.

– Et Kolbrun ? demanda Erlendur.

– Dégagez d'ici !

– Parlez-moi d'abord de Kolbrun.

– C'était rien qu'une sale putain ! éructa tout à coup l'homme sans desserrer les dents. Contentez-vous de ça et dégagez ! Tout ce qu'elle m'a raconté n'était que des foutus mensonges. Y'a pas eu de putain de viol. Elle a menti sur toute la ligne !

Erlendur s'imagina Kolbrun assise devant cet homme-là, bien des années auparavant, alors qu'elle venait déposer une plainte pour viol. Il s'imagina comment elle avait rassemblé son courage jusqu'à ce qu'elle n'y tienne plus et aille à la police pour raconter ce qui lui était arrivé, l'horreur qu'elle avait vécue, désirant par-dessus tout pouvoir oublier, comme si rien ne s'était produit ; comme si tout cela n'avait été qu'un cauchemar et qu'elle avait pu, ensuite, se réveiller sans avoir rien perdu de son intégrité. Mais elle ne se réveillerait plus jamais dans sa totale intégrité. Elle avait été souillée. Elle avait été agressée, elle avait été pénétrée de force…

– Elle est venue trois jours après les faits en mettant un viol sur le dos du gars, dit le vieil homme. Ce n'était pas franchement convaincant.

– Et vous l'avez flanquée à la porte, poursuivit Erlendur.

– Elle mentait.

– Et vous vous êtes moqué d'elle, vous ne lui avez pas accordé la moindre attention et lui avez conseillé d'oublier tout ça. Mais elle n'a pas oublié, n'est-ce pas ?

Le vieillard lança à Erlendur un regard haineux.

– Alors, elle est allée à Reykjavik, n'est-ce pas ? demanda Erlendur.

– Holberg n'est jamais passé en jugement.

– Et grâce à qui, croyez-vous, hein ?

Erlendur imagina Kolbrun au poste de police racontant tout en détail devant Runar. Lui racontant tout cela, à lui ! A cet homme ! Lui exposant par le menu tout ce qu'elle avait subi. Essayant de le convaincre que ce qu'elle disait était bien la vérité, comme s'il était le juge suprême de son procès.

Il lui fallut rassembler tout son courage lorsqu'elle lui retraça les événements de la nuit, elle essayait de raconter les choses de façon organisée mais c'était trop horrible. Elle ne pouvait le décrire. Ne pouvait dire l'indescriptible, l'immonde, l'ignoble. Elle parvint quand même d'une manière ou d'une autre à terminer sa narration hachée. Était-ce un sourire narquois ? Elle n'arrivait pas à comprendre ce qui faisait sourire le policier. Elle avait l'impression que c'était un sourire de moquerie mais c'était impensable. Puis il s'est mis à lui poser des questions sur les points de détail.

Racontez-moi très exactement comment cela s'est passé.

Elle le regarda. Et recommença, hésitante, à raconter son histoire.

Non, j'ai déjà entendu ça. Dites-moi ce qui s'est passé de façon précise.

Vous portiez une petite culotte. Comment s'y est-il pris pour vous enlever votre culotte ? Et comment a-t-il fait pour vous la rentrer ?

Le policier parlait-il sérieusement ? Elle finit par demander s'il n'y avait pas une femme qui travaillait au commissariat.

Non… mais si vous avez l'intention d'accuser cet homme de viol, il faudra que vous soyez un peu plus précise que ça, comprenez-vous ? Vous étiez-vous comportée de façon à ce qu'il puisse s'imaginer que vous étiez partante pour la bagatelle ?

Partante pour la bagatelle ?

Elle lui dit d'une voix à peine audible qu'elle n'avait absolument rien fait du tout.

Il faut que vous parliez plus fort. Comment s'y est-il pris pour vous enlever votre petite culotte ?

Elle était certaine qu'il se moquait. Il la questionna avec brutalité, mit en doute ses déclarations, se comporta comme un goujat. Certaines de ses questions relevaient de la plus pure obscénité, de la pornographie. Il essayait de s'arranger pour faire croire qu'elle avait provoqué la chose, qu'elle avait voulu avoir des rapports sexuels avec l'homme puis, peut-être, qu'elle s'était ravisée mais qu'à ce moment-là, c'était trop tard, comprenez-vous, trop tard pour reculer dans ce genre de situation. Ça ne se fait pas d'aller au bal à Krossinn, d'allumer les hommes et de tout arrêter au beau milieu. Ça ne se fait pas, avait-il dit.

A la fin, elle se mit à pleurer en silence et ouvrit son petit sac à main duquel elle retira un sac plastique qu'elle tendit vers lui. Il ouvrit le sac et se saisit de sa petite culotte déchirée…

Runar lâcha le râteau et essaya de contourner Erlendur mais celui-ci lui barra la route et le plaqua contre le mur de la maison. Ils se regardèrent dans les yeux.

– Elle vous a remis une pièce à conviction. L'unique preuve qu'elle avait en sa possession. Elle était persuadée que Holberg avait laissé des traces derrière lui.

– Elle ne m'a jamais rien donné, grommela Runar. Fichez-moi la paix !

– Elle vous a remis sa petite culotte.

– Elle a menti.

– Ils auraient dû vous virer sur-le-champ à ce moment-là, répondit Erlendur. Espèce de vieille ordure !

Avec une expression de dégoût, il s'éloigna lentement de Runar qui restait collé au mur, comme un vieux débris.

– Je ne faisais que lui montrer ce qui l'attendait si elle persistait à vouloir porter plainte, dit-il d'une voix grinçante. Je lui rendais un service. Les cours de justice rigolent de ce genre de procès.

Erlendur se retourna, s'en alla en se demandant comment il était possible que Dieu – si tant est qu'Il existe – puisse avoir en Lui le désir de permettre à un homme comme Runar de vivre vieux comme Hérode tout en enlevant la vie à une petite fille de quatre ans.

Il avait l'intention de retourner voir la sœur de Kolbrun, mais fit d'abord un arrêt à la bibliothèque de Keflavik. Il marcha entre les étagères et parcourut du regard les rayonnages jusqu'à ce qu'il trouve la Bible. Erlendur en avait une assez bonne connaissance. Il ouvrit le livre au chapitre des psaumes de David, à la recherche du psaume 64. Il trouva le vers inscrit sur la pierre tombale. *Préserve ma vie d'un ennemi terrifiant.*

Sa mémoire ne l'avait pas trompé. L'inscription sur la pierre était la suite du premier vers du psaume. Erlendur en fit quelques relectures, caressa, pensif, les pages des psaumes et prononça la phrase à voix basse pendant qu'il se tenait au milieu des étagères.

Le premier vers du psaume était une invocation au Seigneur et Erlendur eut l'impression d'entendre les cris muets de la femme traverser les années.

Écoute, ô, Dieu, ma voix qui entonne sa plainte.

11

Erlendur approcha la voiture de la petite maison peinte en blanc recouverte de tôle ondulée et éteignit le moteur. Il resta assis dans le véhicule et termina sa cigarette. Il essayait de ralentir un peu sa consommation et parvenait à descendre à cinq par jour quand les choses se passaient bien. Celle-là portait le numéro huit de cette journée et il n'était pas encore trois heures.

Il sortit de la voiture, gravit les marches menant à la maison et appuya sur la sonnette. Il attendit un certain temps mais rien ne se produisit. Il sonna à nouveau mais il n'y eut aucun résultat. Il se colla à la fenêtre et vit le manteau vert, le parapluie et les bottines. Il sonna pour la troisième fois, blotti sur le pas de la porte en essayant de se protéger de la pluie. Tout à coup, la porte s'ouvrit et Elin le dévisagea.

– Laissez-moi tranquille ! Allez-vous-en ! Du balai !

Elle s'apprêtait à claquer la porte mais Erlendur la bloqua avec son pied.

– Nous ne sommes pas tous comme Runar, dit-il. Je sais que votre sœur a été traitée de façon injuste. Je suis allé parler avec Runar. Ce qu'il a fait est inexcusable mais on ne peut plus rien y changer maintenant. C'est un pauvre vieillard qui ne comprendra jamais en quoi ce qu'il a fait était mal.

– Voulez-vous me laisser tranquille !

– Il faut que je vous parle. Si je ne peux pas le faire de cette façon, alors je devrai vous faire amener au commissariat pour interrogatoire. Je souhaite éviter d'en arriver là. (Il sortit la photo prise dans le cimetière de la poche de son imperméable et l'introduisit dans l'entre-bâillement de la porte.) J'ai trouvé cette photo chez Holberg, précisa-t-il.

Elin ne lui répondit pas. Un long moment s'écoula. Erlendur tenait la photo dans l'entrebâillement, mais ne voyait pas Elin qui continuait à appuyer sur la porte. Petit à petit, il sentit que l'étau qui lui enserrait le pied se relâchait et Elin attrapa la photo. Bientôt, la porte fut grande ouverte. La femme rentra dans la maison en tenant la photo à la main. Erlendur entra et referma doucement derrière lui.

Elin disparut à l'intérieur d'un petit salon et, pendant un instant, Erlendur se demanda s'il devait enlever ses chaussures toutes trempées. Il s'essuya précautionneusement les pieds sur le paillasson, passa devant une petite cuisine proprette et un bureau et rejoignit Elin dans le petit salon. Des tableaux, des broderies dans des cadres dorés étaient accrochés aux murs de la pièce et un petit orgue électrique se tenait dans un coin.

– Cette photo vous dit quelque chose ? demanda-t-il.

– Non, je ne l'ai jamais vue, répondit-elle.

– Votre sœur a-t-elle été en contact avec Holberg après… l'événement ?

– Pour autant que je sache, elle ne l'a jamais été. Jamais. Vous vous imaginez bien.

– Il n'y a pas eu d'analyses de sang pour découvrir s'il était bien le père ?

– Dans quel but ?

– Cela aurait corroboré le témoignage de votre sœur. Et prouvé qu'il s'agissait d'un viol.

Elle leva les yeux de la photo, le dévisagea un bon moment avant de dire :

– Vous êtes bien tous les mêmes, vous, les flics. Vous n'avez pas le courage de faire votre boulot.

– Comment ça ?

– Vous n'avez pas lu le dossier, n'est-ce pas ?

– Dans les grandes lignes, si. Je crois.

– Holberg n'a pas nié le fait qu'ils aient eu des rapports sexuels. Il était plus malin que ça. Il a contesté le fait qu'il y ait eu viol. Il a affirmé que ma sœur était consentante. Il a déclaré qu'elle l'avait excité et invité chez elle. C'était son argument principal. Que Kolbrun avait eu des rapports avec lui de son plein gré. Il faisait l'innocent. Il jouait l'innocent, cette ordure.

– Mais…

– La seule chose que ma sœur avait en sa possession était sa petite culotte, continua Elin. Elle ne portait que peu de traces physiques de l'agression. Elle n'était pas forte et n'avait pas été capable d'opposer beaucoup de résistance. Elle m'a confié qu'elle était presque paralysée de peur quand il s'est mis à la tripoter dans la cuisine. Il l'a forcée à le suivre dans la chambre à coucher et c'est là qu'il a fait ce qu'il voulait faire. Par deux fois. Il l'a maintenue en dessous de lui et est resté collé à elle jusqu'à ce qu'il soit en mesure de recommencer. Il lui a fallu trois jours pour rassembler son courage et se rendre à la police mais l'examen médical qu'elle a subi à ce moment-là n'a servi à rien. Elle n'a jamais compris pourquoi il s'était attaqué à elle. Elle se reprochait de l'avoir incité à faire ce qu'il avait fait. Elle se disait qu'elle l'avait peut-être même encouragé dans ce sens au moment où ils s'étaient retrouvés après la fermeture du bal. Qu'elle avait dit quelque chose ou fait des allusions qui avaient éveillé son désir. Elle s'accusait elle-même. J'imagine que ce sont des réactions fréquentes.

Elin se tut un instant.

– Quand elle s'est enfin décidée, elle est tombée sur Runar. J'y serais bien allée avec elle, mais elle ressentait une telle honte qu'elle ne m'a raconté ce qui s'était passé que bien longtemps après. Holberg l'avait menacée. Il lui avait dit que si elle faisait quoi que ce soit, il reviendrait pour lui faire du mal. Lorsqu'elle s'est adressée à la police, elle croyait qu'on la protégerait. Qu'elle serait sauvée. Qu'ils s'occuperaient d'elle. Ce n'est qu'après que Runar l'eut renvoyée chez elle, après s'être moqué d'elle, lui avoir pris sa petite culotte et dit d'oublier toute cette histoire qu'elle s'est confiée à moi.

– La petite culotte n'a jamais été retrouvée, dit Erlendur. Runar a nié…

– Kolbrun affirmait la lui avoir remise et ma sœur ne mentait jamais, pour autant que je sache. Je ne sais pas ce qui protégeait cet homme. Je le vois parfois se promener ici, dans le village, au supermarché ou à la poissonnerie. Une fois, je lui ai hurlé dessus. Je n'arrivais pas à me contrôler. J'avais l'impression qu'il y prenait du plaisir. Que ça le faisait sourire. Kolbrun m'avait parlé de ce sourire moqueur sur son visage. Il a déclaré ne jamais avoir eu entre les mains la moindre petite culotte et que le témoignage de Kolbrun était si embrouillé qu'il l'avait crue sous l'emprise de l'alcool. Voilà la raison pour laquelle il l'avait renvoyée chez elle.

– Il a fini par avoir un blâme, commenta Erlendur, mais cela n'a pas eu la moindre conséquence sur sa carrière. Runar recevait constamment des blâmes. Il était connu pour être un véritable bourreau dans la police, mais il avait quelqu'un qui étendait au-dessus de lui une main protectrice jusqu'à ce qu'il devienne finalement indéfendable et qu'on le force à partir.

– Il n'y avait pas assez d'éléments pour envisager une action en justice, comme on disait alors. Ce que Runar disait était vrai, Kolbrun n'avait plus qu'à oublier tout ça. Évidemment, elle avait hésité trop longtemps et elle avait été assez stupide pour nettoyer son appartement de fond en comble, y compris ses draps, elle avait détruit toutes les preuves. Elle n'avait conservé que sa petite culotte. Elle avait tout de même essayé de conserver au moins cette preuve-là. Comme si elle croyait que ça suffirait. Elle voulait effacer cet événement de sa vie. Elle ne voulait pas vivre avec ça. Comme je l'ai déjà dit, elle ne portait pas beaucoup de traces physiques de l'agression. Elle avait juste une blessure à la lèvre parce qu'il lui avait mis la main devant la bouche et un mince filet de sang était visible dans l'un des yeux.

– Est-ce qu'elle s'en est remise… ?

– Jamais. C'était une femme extrêmement sensible, ma sœur. Une grande âme et une proie facile pour ceux qui lui voulaient du mal. Comme Holberg. Comme Runar. Ils ont tous les deux obtenu d'elle la même chose. Chacun d'eux l'a agressée à sa manière. Et ils ont déchiqueté leur proie.

Elle regardait le sol.

– Les monstres, conclut-elle.

Erlendur laissa un moment s'écouler avant de continuer.

– Quelle a été sa réaction quand elle s'est rendu compte qu'elle était enceinte ? demanda-t-il.

– J'ai trouvé qu'elle avait pris la chose de façon très raisonnable. Elle a tout de suite décidé de se réjouir de la venue de l'enfant en dépit des conditions et elle aimait Audur d'un amour authentique. Elles s'adoraient et ma sœur s'occupait exceptionnellement bien de sa fille. Elle faisait tout ce qu'elle pouvait pour elle. La pauvre petite fille.

– Donc, Holberg savait qu'il était le père ?

– Bien sûr qu'il le savait, mais il soutenait que non. Il niait tout en bloc. Disait qu'il n'avait rien à voir avec elle. Accusait ma sœur d'être une Marie-couche-toi-là.

– Il n'y avait aucune relation entre eux à cette époque, pas même à cause de la petite, à moins que… ?

– Une relation ! Jamais. Comment pouvez-vous imaginer une chose pareille ? C'était absolument impossible.

– Il est donc peu probable que ce soit Kolbrun qui lui ait envoyé la photo ?

– Non, non, c'est absolument inimaginable. Inconcevable.

– Dans ce cas, il a dû la prendre lui-même. Ou bien, quelqu'un qui avait connaissance de l'affaire la lui a fait parvenir. Peut-être a-t-il lu l'avis de décès dans les journaux. Est-ce que quelqu'un a publié dans la presse des articles à la mémoire d'Audur ?

– Son décès a été annoncé dans le *Morgunbladid* et j'y ai aussi publié un petit éloge funèbre. Peut-être qu'il l'a lu.

– Est-ce qu'Audur est enterrée ici, à Keflavik ?

– Non, ma sœur et moi sommes originaires de Sandgerdi et non loin de ce village se trouve un petit cimetière. Kolbrun voulait qu'elle soit inhumée là-bas. Cela s'est passé en plein hiver. C'était à croire qu'ils n'allaient jamais réussir à creuser la tombe.

– Le certificat de décès précise qu'elle est morte des suites d'une tumeur au cerveau.

– C'est l'explication qu'on a donnée à ma sœur. Mais elle est morte, tout simplement. La mort nous l'a enlevée, notre petite brindille, et nous n'avons rien pu faire. Elle n'avait même pas quatre ans.

Les yeux d'Elin quittèrent la photo pour regarder Erlendur.

– Morte. Tout simplement.

Le noir s'était installé dans la maison et les mots murmurés à travers l'obscurité étaient chargés de questions et de douleur. Elin se leva doucement, alluma la lumière blafarde de la lampe à pied, se dirigea vers le couloir, puis vers la cuisine. Erlendur l'entendit ouvrir le robinet, faire couler de l'eau dans un récipient, la verser, ouvrir une boîte, et il sentit l'odeur du café. Il se leva pour examiner les tableaux qui ornaient les murs. C'étaient des dessins et des peintures. Un dessin d'enfant au pastel était serti dans un fin cadre noir. Il trouva enfin ce qu'il cherchait. Elles étaient au nombre de deux, probablement prises à deux ans d'écart. Des photos d'Audur.

La plus ancienne avait été faite chez un photographe professionnel. En noir et blanc. La fillette n'avait pas plus d'un an et était assise sur un gros coussin, joliment habillée, avec une robe, une barrette dans les cheveux et tenant dans une main un petit anneau. Elle était à demi tournée vers le photographe et affichait un sourire qui laissait apparaître quatre petites dents. Sur l'autre photo, elle avait environ trois ans. Erlendur s'imagina qu'elle avait été prise par sa mère. La photo était en couleurs. La petite fille se trouvait dans un bosquet d'arbustes et le soleil l'éclairait directement. Elle était vêtue d'un épais pull-over rouge, d'une jupe courte, de socquettes blanches, de chaussures noires ornées de jolies boucles. Elle regardait l'appareil avec des yeux malicieux. Cependant, l'expression de son visage était sérieuse. Sans doute n'avait-elle pas voulu sourire.

– Kolbrun ne s'en est jamais remise, dit Elin qui était revenue à la porte du salon. Erlendur s'étira.

– Il n'y a probablement rien de pire, dit-il en prenant la tasse de café. Elin se rassit dans le sofa avec sa tasse, Erlendur reprit sa place face à elle en buvant son café à petites gorgées.

– Si vous avez envie de fumer, je vous en prie, ne vous gênez pas, précisa-t-elle.

– J'essaie d'arrêter, dit Erlendur en faisant de son mieux pour ne pas avoir l'air de s'excuser et il pensa à la douleur qu'il ressentait à la poitrine. Il chercha à tâtons le paquet tout chiffonné dans la poche de son imperméable et en prit une. La neuvième de la journée. Elle poussa le cendrier vers lui.

– Non, continua-t-elle, il n'y a probablement rien de pire. Heureusement, son agonie a été de courte durée. Sa tête s'était mise à la faire souffrir. Ça ressemblait à des céphalées mais le médecin qui la suivait n'a jamais parlé d'autre chose que de migraine enfantine. Il lui avait prescrit des cachets mais ils n'ont eu aucun effet. Ce n'était pas un bon médecin. Kolbrun m'a confié que son haleine sentait l'alcool et cela l'inquiétait. Et puis, tout s'est passé si vite. L'état de la petite continuait à empirer. Il a été question d'une tumeur cutanée que son médecin aurait dû remarquer. Des taches. A l'hôpital, ils ont appelé ça des taches de café. Localisées principalement sous les bras. Pour finir, elle a été hospitalisée ici, à Keflavik, et ils ont conclu qu'il s'agissait d'une sorte de tumeur du système nerveux. En fait, il s'agissait d'une tumeur au cerveau. Tout cela s'est déroulé sur une période d'environ six mois.

Elin marqua une pause.

– Comme je l'ai déjà dit, Kolbrun n'a plus jamais été la même après tout ça, soupira-t-elle. Je n'imagine pas que quiconque puisse se remettre de tels malheurs.

– Le corps d'Audur a-t-il été autopsié? demanda Erlendur devant les yeux duquel apparut le petit corps éclairé par un néon sur une table d'acier glaciale avec une entaille en forme d'Y sur la poitrine.

– Kolbrun ne voulait pas en entendre parler, poursuivit Elin, mais ce n'était pas à elle d'en décider. Elle était hors d'elle quand elle a compris qu'ils l'avaient ouverte. Elle était folle de douleur, évidemment, après la mort de l'enfant et rien ne pouvait la raisonner. Elle ne pouvait accepter l'idée qu'on aille ouvrir sa petite fille. Elle était morte et rien ne pouvait y changer quoi que ce soit. L'autopsie a confirmé le diagnostic médical. Ils ont découvert une tumeur maligne au cerveau.

– Et votre sœur… ?

– Elle a mis fin à ses jours trois ans plus tard. Elle a sombré dans une dépression chronique incurable et a dû s'en remettre au corps médical. Elle a effectué un séjour à l'hôpital psychiatrique de Reykjavik pendant un certain temps puis elle est rentrée à la maison, à Keflavik. J'ai essayé de m'occuper d'elle comme je pouvais mais on aurait dit qu'elle s'était éteinte. Elle n'avait plus aucun désir de vivre. Audur lui avait apporté la joie de vivre, malgré les conditions effroyables de sa conception. Mais la petite avait disparu.

Elin regarda Erlendur.

– Vous vous demandez probablement comment elle s'y est prise.

Erlendur ne lui répondit pas.

– Elle s'est allongée dans la baignoire et s'est ouvert les poignets des deux côtés. Pour le faire, elle avait acheté des lames de rasoir pour la première fois de son existence.

Elin se tut, l'obscurité du salon les enveloppait tous les deux.

– Vous savez ce qui me vient à l'esprit quand je pense à son suicide ? Ce n'est pas le sang dans la baignoire. Ni l'image de ma sœur allongée dans l'eau rougie par le sang. Ni les entailles. Je m'imagine Kolbrun en train d'acheter les lames au magasin. De rassembler l'argent pour les lames de rasoir. De compter les couronnes.

Elle fit une pause.

– Vous ne trouvez pas que l'esprit humain fonctionne d'une manière étrange ? demanda-t-elle, comme si elle se parlait à elle-même.

Erlendur ne savait pas quoi répondre.

– C'est moi qui l'ai découverte, reprit Elin. Elle avait préparé les choses dans ce sens. Elle m'avait appelée la veille au soir en me demandant de venir chez elle.

Nous avons discuté quelques instants. J'étais toujours sur le qui-vive à cause de sa dépression mais on aurait dit que ça s'était amélioré les derniers temps. Comme si la brume était en train de se dissiper. Comme si elle redevenait capable d'affronter la vie. Je n'ai rien discerné dans sa voix qui aurait laissé supposer qu'elle était sur le point de se suicider ce soir-là. Bien au contraire. Nous avons parlé de l'avenir. Nous avions l'intention de partir faire un voyage toutes les deux. Lorsque je l'ai trouvée, elle semblait paisible comme je ne l'avais pas vue depuis longtemps. Paisible et résignée. Pourtant, je sais bien qu'elle était loin d'être résignée et que son âme ne trouvait pas la paix.

– Je dois encore vous poser une question, ensuite, ce sera terminé, dit Erlendur. Il faut que j'entende votre réponse.

– Oui, de quoi s'agit-il?

– Avez-vous des informations sur l'assassinat de Holberg?

– Non, je ne sais rien.

– Et vous n'y avez joué aucun rôle, que ce soit de façon directe ou indirecte?

– Non.

Ils se turent quelques instants.

– L'inscription qu'elle avait choisie pour sa fille mentionnait un ennemi, reprit Erlendur.

– *Préserve ma vie d'un ennemi terrifiant.* C'était elle qui avait choisi cette phrase, même si elle ne se rendait jamais sur la tombe de la petite, répondit Elin qui se leva pour aller jusqu'à un charmant placard vitré dont elle ouvrit un tiroir pour en tirer une petite boîte noire. Elle l'ouvrit à l'aide d'une clef, souleva quelques enveloppes et prit une petite feuille de papier.

– J'ai trouvé ça sur la table de la cuisine le soir de sa mort mais je ne suis pas sûre qu'elle aurait souhaité que je le fasse graver sur sa pierre tombale. J'en doute. J'ai l'impression de ne pas avoir mesuré les souffrances qu'elle endurait avant de tomber sur ce message.

Elle tendit la feuille à Erlendur et il lut les trois premiers mots du psaume qu'il avait trouvé dans la Bible plus tôt dans la journée : *Écoute, ô, Dieu.*

12

Quand Erlendur rentra chez lui ce soir-là, sa fille Eva Lind était assise, adossée à la porte de son appartement, et semblait endormie. Il lui parla et essaya de la réveiller. Il n'obtint aucune réaction de sa part, il l'attrapa donc sous les aisselles, la souleva et l'amena à l'intérieur de l'appartement. Il ne savait pas si elle était endormie ou sous l'emprise d'une drogue. Il la déposa sur le sofa du salon. Sa respiration était régulière. Son pouls semblait correct. Il la regarda pendant un bon moment en se demandant ce qu'il devait faire. Il lui aurait volontiers donné un bain. Il émanait d'elle une mauvaise odeur, ses mains étaient dégoûtantes et ses cheveux tout collés de saletés.

– Où est-ce que tu es allée te fourrer ? soupira Erlendur.

Il prit place dans un fauteuil à côté d'elle sans avoir enlevé son chapeau ni son imperméable et pensa à sa fille jusqu'à ce qu'il tombe dans un profond sommeil.

Il eut du mal à se réveiller quand Eva Lind le secoua le lendemain matin. Il tentait de s'accrocher aux lambeaux d'un rêve qui éveillait en lui le même malaise que la nuit précédente. Il savait qu'il s'agissait du même rêve mais ne parvenait pas plus qu'alors à le garder en mémoire, il n'arrivait pas à l'analyser. Tout ce qu'il en restait était l'état de malaise et d'inquiétude qui l'accompagnait après le réveil.

Il n'était pas encore huit heures et l'obscurité la plus totale régnait au-dehors. Erlendur eut l'impression que le bruit de la pluie et des bourrasques glacées de l'automne avait cessé. A son grand étonnement, il sentit une odeur de café provenir de la cuisine, mêlée à celle de la vapeur d'eau, comme si quelqu'un avait pris un bain. Il remarqua qu'Eva Lind avait passé une de ses chemises ainsi qu'un vieux jean qu'elle serrait autour de sa taille fine à l'aide d'une ceinture. Elle était pieds nus et propre comme un sou neuf.

— Dis donc, tu étais dans un bel état hier soir, dit-il en regrettant aussitôt ses paroles. Il se fit ensuite la réflexion qu'il aurait mieux fait d'arrêter de s'en soucier depuis longtemps.

— J'ai pris une décision, annonça Eva Lind en allant dans la cuisine. Je vais te faire grand-père. Papy Erlendur. C'est toi.

— Donc, tu t'offrais une dernière fiesta hier soir, c'est ça ?

— Ça ne te dérangerait pas que j'habite ici un moment, juste le temps de trouver autre chose ?

— Pas de problème.

Il s'assit à la table de la cuisine et but le café qu'elle lui avait servi dans la tasse.

— Et comment es-tu parvenue à cette conclusion ?

— Seulement…

— Seulement quoi ?

— Est-ce que je peux rester chez toi ?

— Aussi longtemps que tu veux. Tu le sais bien.

— Tu veux bien arrêter de me poser des questions ? Arrêter ces interrogatoires. On dirait que tu es toujours au boulot.

— Je suis toujours au boulot.

— Tu as retrouvé la fille de Gardabaer ?

— Non, ce n'est pas une priorité. J'ai eu une discussion avec son mari, hier. Il ne sait rien. La fille a laissé un message disant qu'*Il* était ignoble et elle se demandait ensuite : qu'est-ce que *j'ai* fait ?

– Il y a sûrement quelqu'un qui lui a tapé l'embrouille pendant le mariage.

– Tapé l'embrouille ? observa Erlendur. Quelle drôle d'expression.

– Quel genre de truc est-ce qu'on peut faire à la mariée pendant un mariage pour l'amener à se tirer ?

— Je n'en sais rien, répondit Erlendur d'un air absent. Je suppose que le gars a tripoté les demoiselles d'honneur et qu'elle s'en est aperçue. Je suis content que tu aies décidé de garder l'enfant. Cela t'aidera peut-être à te sortir de ce cycle infernal. Il est grand temps.

Il marqua une pause.

– C'est bizarre de voir à quel point tu es en forme par rapport à l'état dans lequel tu étais hier soir, ajouta-t-il.

Il prenait toutes les précautions possibles pour s'exprimer mais il savait aussi que si l'ordre des choses avait été respecté, Eva Lind n'aurait absolument pas dû être fraîche comme une rose, qu'elle n'aurait pas pris un bain ni préparé du café et qu'elle ne se comporterait pas non plus comme si elle n'avait jamais rien fait d'autre que de s'occuper de son père. Il la regardait et constata qu'elle réfléchissait aux diverses réponses envisageables en attendant le discours, il attendait qu'elle se lève et lui fasse l'article. Mais elle n'en fit rien.

– J'ai pris quelques cachets, dit-elle très calmement. Ça ne se fait pas tout seul. Et pas non plus d'un seul coup. C'est un processus qui prend du temps et je le fais comme je veux.

– Et l'enfant ?

– Ce que je prends n'aura aucune conséquence sur sa santé. Je n'ai pas envie de lui faire du mal. J'ai l'intention de le garder.

– Que sais-tu des effets que peuvent avoir ces saletés de médicaments sur le fœtus ?

– Je les connais parfaitement.

– Tu fais comme tu veux. Prends des trucs, mets-toi en isolement, enfin, je sais pas comment vous appelez ça, reste ici dans l'appartement et fais bien attention à toi. Je peux…

– Non, rétorqua Eva Lind. Tu ne fais rien. Tu continues à vivre ta vie en évitant de me fliquer. Tu ne te demandes pas ce que je fais. Si je ne suis pas à la maison quand tu rentres, c'est pas grave. Si je rentre tard ou même pas du tout à l'appartement, alors tu t'en occupes pas. Ça veut dire que je suis pas là, point.

– Donc, ça ne me concerne pas.

– Ça t'a jamais concerné, confirma Eva Lind en buvant une gorgée de café.

Au même moment, le téléphone sonna et Erlendur se leva pour répondre. C'était Sigurdur Oli qui appelait de chez lui.

– Je n'ai pas réussi à te joindre hier, dit-il. Erlendur se souvint qu'il avait éteint son téléphone portable pendant qu'il discutait avec Elin à Keflavik et il ne l'avait pas rallumé ensuite.

– Il se passe quelque chose ? demanda Erlendur.

– J'ai interrogé hier un certain Hilmar. Il est aussi chauffeur routier et il couchait parfois chez Holberg, à Nordurmyri. Temps de repos obligatoire comme ils appellent ça. Il m'a dit qu'Holberg était un bon gars, qu'il n'avait rien à lui reprocher et qu'à sa connaissance il se montrait agréable avec tout le monde au travail, serviable et bon camarade, blablabla. Il ne pouvait pas lui imaginer d'ennemis, mais il a quand même précisé qu'il ne le connaissait pas si bien que ça. Après m'avoir fait entendre toutes ces louanges, Hilmar a fini par me dire que Holberg n'était pas vraiment comme à son habitude la dernière fois qu'il était resté chez lui, il y a environ dix jours. Il avait même eu un comportement bizarre.

– Comment ça, bizarre ?

– D'après la description de Hilmar, le fait de répondre au téléphone le rendait nerveux. Il lui avait confié qu'il ne parvenait pas à se débarrasser d'un casse-couilles – c'est le terme qu'il avait employé – qui passait son temps à lui téléphoner. Hilmar affirme qu'il a dormi chez lui la nuit du samedi au dimanche, Holberg lui a demandé une fois de décrocher à sa place. C'est ce qu'il a fait mais quand le correspondant a compris que ce n'était pas Holberg qui avait répondu, il a raccroché immédiatement.

– Peut-on savoir de qui provenaient les appels reçus par Holberg ces temps derniers ?

– Je suis en train de m'en occuper. Il y a autre chose. Je viens de recevoir un relevé de la compagnie nationale du téléphone concernant les appels passés par Holberg et il fait apparaître un détail plutôt intéressant.

– Quoi donc ?

– Tu te rappelles son ordinateur ?

– Oui.

– Nous ne l'avons pas allumé.

– Non, la police scientifique s'en occupe.

– As-tu remarqué s'il était connecté à la prise téléphonique ?

– Non.

– La majeure partie des appels de Holberg, la plupart d'entre eux, étaient dirigés vers un fournisseur d'accès Internet. Il passait des journées entières à surfer sur Internet.

– Qu'est-ce que ça signifie ? demanda Erlendur qui était particulièrement peu doué dans le domaine de l'informatique.

– Nous le découvrirons peut-être quand nous allumerons son ordinateur, répondit Sigurdur Oli.

Ils arrivèrent en même temps à l'immeuble de Holberg, dans le quartier de Nordurmyri. Le ruban jaune de la

91

police avait disparu et il n'y avait plus de traces visibles du crime. Il n'y avait aucune lumière dans les étages. Les voisins ne semblaient pas être chez eux. Erlendur avait la clef de l'appartement. Ils allèrent directement à l'ordinateur et l'allumèrent. Celui-ci se mit à ronronner.

– C'est une machine très puissante, commenta Sigurdur Oli et il se demanda un moment s'il devait en détailler les caractéristiques techniques pour Erlendur mais il abandonna l'idée. Après quelques négociations auprès du fournisseur d'accès à Internet, celui-ci avait fini par lui communiquer le numéro d'identifiant de Holberg.

– Ok, dit-il, on ferait peut-être mieux de savoir s'il utilise Netscape, qui est la seule façon d'aller sur Internet une fois la connexion établie avec le fournisseur d'accès, aller dans Démarrer, puis Tous les programmes, regarde, voilà le programme Internet et là, il y a Netscape. Voyons voir s'il conservait des dossiers dans les Favoris, y'en a un sacré paquet, un putain de paquet. Les Favoris te permettent d'aller plus rapidement à des pages que tu visites souvent. Tu vois à quel point la liste est longue. J'ai l'impression que ce ne sont rien que des sites pornographiques, allemands, hollandais, suédois, américains. Il est possible qu'il ait téléchargé une partie du contenu de ces sites sur C, le disque dur. Alors, on ferme tout ça, on va dans Démarrer puis Tous les Programmes et ensuite Windows Explorer, on l'ouvre. Voilà le contenu du disque dur. Eh bien, dis donc !

– Quoi ? demanda Erlendur.

– Le disque dur est bourré à craquer.

– Ce qui signifie ?

– Il faut une quantité phénoménale de données pour remplir le disque. Il doit contenir des films en version intégrale. Là, il a quelque chose qu'il appelle les films A3. On regarde ce que c'est ?

92

– Absolument.

Sigurdur Oli double-cliqua sur le fichier et une petite fenêtre s'ouvrit avec un film. Ils le regardèrent quelques instants. C'était un court extrait de film porno.

– Est-ce que c'était une chèvre qu'ils tenaient au-dessus de la fille ? demanda Erlendur incrédule.

– Les fichiers films A sont au nombre de 303, ils peuvent contenir des scènes comme celles-ci, voire des films entiers.

– Les films A ? demanda Erlendur.

– Je ne sais pas, répondit Sigurdur Oli, peut-être les films avec Animaux. Voilà les films G. On regarde le film G88 ? Double-cliquer sur le fichier, agrandir l'image…

– Double-cli… répéta Erlendur mais il s'arrêta net quand quatre hommes en pleine action occupèrent la totalité de l'écran 17 pouces.

– Les films G sont donc probablement les films gays, conclut Sigurdur Oli à la fin de l'extrait. Du porno homo.

– Il était dingue de ça, le gars, observa Erlendur. Ça fait combien de films en tout ?

– Il y a environ deux mille fichiers mais il est possible qu'ils soient encore plus nombreux.

Le portable d'Erlendur sonna dans la poche de son imperméable. C'était Elinborg. Elle avait cherché à savoir où trouver les deux hommes qui accompagnaient Holberg à Keflavik la nuit où Kolbrun avait déclaré avoir subi l'agression. Elinborg annonça à Erlendur que l'un d'entre eux, Grétar, avait disparu depuis des années.

– Disparu ? demanda Erlendur.

– Oui, il s'agit de l'une de nos fameuses disparitions.

– Et l'autre ? demanda Erlendur.

– L'autre est à la prison de Litla-Hraunid, continua Elinborg. Un délinquant connu de longue date. Il lui

93

reste un an à tirer sur une condamnation de quatre ans.

– Pour quel motif ?

– Tout un tas de trucs.

13

Ils indiquèrent l'ordinateur à la police scientifique. Cela allait prendre un sacré bout de temps d'examiner tous les documents qu'il contenait. Erlendur exigea que chaque fichier soit ouvert, enregistré, classé et qu'il soit effectué une description précise de son contenu. Après avoir parlé à la police scientifique, Sigurdur Oli et Erlendur se mirent en route vers l'est dans la direction de Litla-Hraunid. Il leur fallut une bonne heure pour y parvenir. La visibilité était mauvaise, il y avait du verglas sur la route et, comme la voiture était encore équipée de ses pneus d'été, ils conduisirent prudemment. Le temps se réchauffa quand ils redescendirent le col de Threngslir. Ils traversèrent la rivière Olfusa et virent bientôt à travers la brume les deux bâtiments de la prison s'élever sur la butte de lave. Le plus ancien des deux était un immeuble de béton peint en blanc, sur trois niveaux, dans le style des fermes islandaises. Pendant des années, il avait été recouvert d'un toit de tôle ondulée rouge et ressemblait, vu de loin, à une gigantesque ferme typiquement islandaise. Aujourd'hui, le toit était peint en gris, afin de ne pas jurer avec le bâtiment récemment construit juste à côté. Celui-ci, de couleur gris-bleu, était habillé d'acier, d'allure moderne et solide, il comportait une tour de surveillance et n'était pas sans rappeler les locaux du ministère des Finances à Reykjavik.

Ce que les temps changent, pensa Erlendur en lui-même.

Elinborg avait prévenu les responsables de la prison de leur arrivée et les avait informés de l'identité de la personne qu'ils voulaient voir. Ce fut le directeur de la prison qui les accueillit, il les invita à monter dans son bureau et s'y installa avec eux. Il leur dit qu'il souhaitait leur communiquer des informations sur le détenu avant qu'ils n'aillent l'interroger. Ils avaient mal choisi leur moment. Le prisonnier purgeait une peine en cellule d'isolement pour s'être attaqué, avec deux autres détenus, à un condamné pour viol sur mineurs récemment incarcéré ; les trois hommes l'avaient pratiquement laissé mort. Il leur expliqua ne pas vouloir se perdre dans les détails mais simplement communiquer ces données aux policiers de façon à ce qu'il soit clair que leur visite allait interrompre cette peine d'isolement et que le détenu se trouverait par conséquent, dans le meilleur des cas, dans une situation psychologique instable. Après cette entrevue, on les accompagna jusqu'à une salle faisant office de parloir. Ils s'assirent là et attendirent le détenu.

Il s'appelait Ellidi, c'était un multirécidiviste âgé de cinquante-six ans. Erlendur connaissait l'homme, il avait lui-même autrefois conduit Ellidi à la prison de Litla-Hraunid. Celui-ci avait eu toutes sortes d'occupations au cours d'une vie peu reluisante, travaillé en mer, dans la pêche et sur des bateaux de commerce où il faisait de la contrebande d'alcool et de drogue, ce pour quoi il fut finalement condamné. Ellidi s'était aussi essayé à escroquer les assurances la fois où il avait entrepris de couler un bateau de vingt tonnes en y mettant le feu devant la pointe de Reykjanes. Ils furent seulement trois à s'en tirer. Par négligence, le quatrième larron y resta, enfermé dans la salle des machines, et coula avec le bateau. Le forfait fut découvert quand on fit descendre des plongeurs sur l'épave qui constatèrent que le feu s'était déclaré en trois endroits à la fois. Ellidi avait atterri à Hraunid pendant quatre ans pour escroquerie aux assurances, non-assistance à personne en danger, ainsi que pour quelques autres délits qui s'étaient accumulés chez le procureur de la République et pour lesquels on le jugea en même temps. Il fut incarcéré pendant une période de deux ans cette fois-là.

Ellidi était réputé pour ses agressions physiques d'une violence inouïe qui entraînaient, dans les pires cas, des mutilations et un handicap durable. Erlendur gardait surtout en mémoire un exemple qu'il avait relaté à Sigurdur Oli pendant qu'ils roulaient sur la lande. Ellidi considérait qu'il était en reste avec un homme demeurant boulevard Snorrabraut et avant l'arrivée de la police sur les lieux, il était parvenu à lui faire la leçon d'une façon qui lui fit passer quatre jours entre le monde des vivants et celui des morts. Il avait attaché l'homme sur une chaise et s'était amusé à lui taillader le visage avec des tessons de bouteille. Avant qu'on parvienne à maîtriser Ellidi, celui-ci avait assommé un officier de police et cassé le bras d'un autre. Il écopa de deux ans fermes pour ça et pour quelques autres petits délits qui s'étaient accumulés comme dans l'affaire précédente. L'annonce de la sentence provoqua son hilarité.

La porte s'ouvrit et Ellidi fut introduit dans la salle, accompagné de deux gardiens. En dépit de son âge, il avait conservé sa forte corpulence, il était totalement chauve, sombre de peau. Ses oreilles étaient petites et les lobes solidaires de la tête. Il était tout de même parvenu à y percer un trou pour accrocher une petite croix gammée noire qui pendait à l'une d'elles. Il portait un dentier qui claquait quand il parlait. Il était vêtu d'un jean usé, d'un T-shirt noir à manches courtes qui laissait apparaître ses épais biceps. Ses deux bras étaient couverts de tatouages. Il mesurait presque deux mètres de haut. Ils remarquèrent qu'il était menotté. L'un de ses yeux était injecté de sang, il avait des égratignures sur le visage et la lèvre supérieure tuméfiée.

– Quel sadique pitoyable, murmura Erlendur en lui-même.

Les gardiens prirent place à la porte, Ellidi s'avança vers la table et s'assit face à Erlendur et Sigurdur Oli. Il les considéra de ses yeux gris délavés sans manifester le moindre intérêt.

– Connaissez-vous un dénommé Holberg? demanda Erlendur.

Ellidi ne manifesta aucune réaction. Il se comportait comme s'il n'avait pas entendu la question. Il regardait Erlendur et Sigurdur Oli à tour de rôle. Les gardiens discutaient à voix basse à la porte. On entendait des bruits provenant de l'intérieur du bâtiment. Des claquements de portes. Erlendur répéta la question. Ses mots résonnaient dans la salle.

– Holberg! Est-ce que vous vous souvenez de lui?

Il n'obtint aucune réaction du détenu qui se mit à regarder autour de lui en faisant comme s'ils n'étaient pas là. Un moment passa ainsi, dans le silence. Erlendur et Sigurdur Oli se regardèrent et Erlendur répéta la question. Avait-il connu Holberg et quel genre de relation avaient-ils entretenu? Il annonça que Holberg était mort. Qu'on l'avait trouvé, assassiné.

L'intérêt d'Ellidi s'éveilla quand il entendit le dernier mot. Il posa son bras épais sur la table, ce qui fit cliqueter les menottes. Il ne pouvait dissimuler son étonnement. Il regarda Erlendur avec une expression inquisitrice.

– Holberg a été assassiné à son domicile ce week-end, précisa Erlendur. Nous interrogeons ceux qui l'ont connu à une période ou une autre et il est apparu que vous vous connaissiez.

Ellidi s'était mis à fixer Sigurdur Oli, lequel soutenait son regard. Il ne répondait pas à Erlendur.

– C'est la routine de…

– Je ne vous dirai rien tant que je serai menotté, déclara tout à coup Ellidi sans quitter Sigurdur Oli du regard.

Sa voix était rauque, vulgaire et agressive. Erlendur s'accorda un instant de réflexion, se leva et se dirigea vers les gardiens. Il leur exposa la requête d'Ellidi et leur demanda s'ils pouvaient lui enlever les menottes. Ils hésitèrent puis se dirigèrent vers lui, le libérèrent et reprirent leur place à la porte.

– Que pouvez-vous nous dire sur le compte de Holberg ? demanda Erlendur.

– Il faut d'abord qu'ils sortent, répondit Ellidi en faisant un signe de la tête en direction des gardiens.

– C'est exclu, déclara Erlendur.

– Dis donc, tu serais pas une sale petite pédale ? demanda Ellidi à Sigurdur Oli.

– Pas de conneries de ce genre ! dit Erlendur. Sigurdur Oli garda le silence. Ils continuaient à se regarder dans les yeux.

– Rien n'est exclu, continua Ellidi. Il n'y a rien qui soit exclu.

– Ils restent ici, dit Erlendur.

– Alors ? T'es pédé ? demanda à nouveau Ellidi en fixant toujours Sigurdur Oli qui demeurait impassible.

Ils se turent pendant un bon moment. Enfin, Erlendur se leva, se dirigea vers les deux gardiens, leur transmit la requête d'Ellidi et leur demanda s'il y avait une quelconque possibilité qu'on les laisse seuls avec lui. Les gardiens affirmèrent que c'était hors de question, qu'ils avaient des ordres. Au bout d'un moment de négociation, Erlendur obtint de parler au directeur de la prison dans un talkie-walkie. Il argua du fait que le côté de la porte où se trouvaient les gardiens importait peu, qu'ils avaient parcouru tout ce chemin depuis Reykjavik et que le détenu montrait un certain esprit de coopération pourvu que certaines conditions soient remplies. Le directeur de la prison s'adressa ensuite à ses hommes à qui il affirma se porter personnellement garant des deux policiers. Les gardiens sortirent et Erlendur revint à la table pour s'asseoir.

– Êtes-vous disposé à nous parler maintenant ? demanda-t-il.

– Je ne savais pas que Holberg avait été tué, commença Ellidi. Ces fachos m'ont mis au mitard à cause d'une putain d'histoire dans laquelle j'ai rien à voir. Comment a-t-il été tué ?

Ellidi continuait à fixer Sigurdur Oli.

– Ça ne vous regarde pas, répondit Erlendur.

– Mon père disait que j'étais la créature la plus curieuse de la terre. Il n'arrêtait pas de dire ça. Ça te regarde pas. Ça te regarde pas ! Enfin, il est mort. Cet imbécile. Est-ce qu'il s'est fait poignarder ? Hein, Holberg a été poignardé ?

– Ça ne vous regarde pas.

– Ah bon, ça me regarde pas ! reprit Ellidi. Alors, allez vous faire foutre !

Erlendur réfléchit un moment. En dehors de la police criminelle, personne ne connaissait les détails de l'enquête. Il commençait à en avoir assez de devoir se plier de façon systématique aux quatre volontés de ce bonhomme.

– On l'a frappé à la tête. Sa boîte crânienne a été défoncée. Il est mort pratiquement sur le coup.

– Avec un marteau ?

– Un cendrier.

Ellidi quitta lentement des yeux Sigurdur Oli pour regarder Erlendur.

– Quel genre de pauvre type se sert d'un cendrier ? dit-il. Erlendur remarqua que de petites gouttes de sueur commençaient à perler sur le front de Sigurdur Oli.

– C'est ce que nous essayons de découvrir, répondit Erlendur. Avez-vous eu des contacts avec Holberg ?

– Il a souffert ?

– Non.

– Quel idiot.

– Vous vous souvenez de Grétar ? demanda Erlendur. Le gars qui était avec vous et Holberg à Keflavik.

– Grétar ?

– Vous vous souvenez de lui ?

– Pourquoi est-ce que vous m'interrogez sur lui ? demanda Ellidi. Qu'est-ce qu'il a à voir là-dedans ?

– Je crois savoir que Grétar a disparu il y a bien des années, expliqua Erlendur. Vous savez quelque chose à ce sujet ?

– Et qu'est-ce que je devrais savoir ? demanda Ellidi. Qu'est-ce qui vous fait croire que je sais quelque chose ?

– Que faisiez-vous tous les trois, vous, Grétar et Holberg à Keflavik…

– Grétar était un pauvre type, dit Ellidi en coupant la parole à Erlendur.

– Que faisiez-vous à Keflavik quand…

– Quand il a violé la salope ?

Ellidi acheva la phrase d'Erlendur.

– Pardon, qu'avez-vous dit ? demanda Erlendur.

– C'est ça qui vous amène ici ? La salope de Keflavik ?

– Vous vous en rappelez ?

– Et en quoi cette affaire la concerne ?

– Je n'ai jamais dit que…

– Ça amusait Holberg d'en parler, connard de flic. Il s'en vantait. Et s'en est tiré sans rien.

– Quoi…

– Il l'a baisée deux fois de suite, vous saviez ça ? annonça tout à coup Ellidi en les regardant à tour de rôle de ses yeux délavés.

– Vous parlez bien du viol qui a eu lieu à Keflavik, n'est-ce pas ?

– Qu'est-ce que tu portes comme slip, ma chérie ? lança tout à coup Ellidi à Sigurdur Oli qu'il se remit à fixer. Erlendur regardait son camarade qui ne lâchait pas Ellidi du regard.

– Pas d'obscénités, gronda Erlendur.

– C'est la question qu'il lui a posée. Holberg. Il lui a demandé ce qu'elle mettait comme slip. Il était encore plus cinglé que moi, ricana Ellidi et c'est moi qu'ils envoient à Hraunid.

– A qui a-t-il posé cette question de slip ?

– A la fille de Keflavik.

– Il vous l'a raconté ?

– Avec tous les détails, continua Ellidi. Il passait son temps à en parler. Pourquoi est-ce que vous m'interrogez sur Keflavik ? Qu'est-ce que l'enquête a à voir avec Keflavik ? Et pourquoi vous me posez des questions sur Grétar maintenant ? Qu'est-ce qui se trame ?

– Rien d'autre que la routine de l'enquête, répondit Erlendur.

– Ouais, justement, et qu'est-ce que j'y gagne, moi ?

– Vous avez obtenu tout ce que vous demandiez. Nous sommes assis ici face à vous, on vous a retiré les menottes. Il faut qu'on se farcisse vos obscénités. Nous ne pouvons rien faire de plus pour vous. Soit vous répondez à nos questions maintenant, soit nous partons d'ici.

Erlendur en avait assez de ce petit jeu, il se pencha au-dessus de la table et enserra le visage d'Ellidi de ses deux mains puissantes pour le forcer à le regarder.

– Votre père ne vous a jamais dit que ce n'est pas poli de fixer les gens ? demanda Erlendur. Sigurdur Oli continuait à le regarder.

– Je m'en occupe, je n'ai pas besoin de ton aide, dit-il. Erlendur lâcha Ellidi.

– Comment avez-vous fait la connaissance de Holberg ? demanda-t-il. Ellidi se caressait le menton. Il savait que la victoire lui appartenait déjà à moitié. Et il n'en avait pas fini.

– N'allez pas croire que je ne me souviens pas de vous, dit-il à Erlendur. N'allez pas vous imaginer que je ne sais pas qui vous êtes. Et ne croyez pas que je ne connais pas Eva.

Erlendur fixa le prisonnier, totalement décontenancé. Ce n'était pas la première fois qu'il entendait des paroles de ce genre sortir de la bouche de criminels mais il y était toujours aussi mal préparé. Il ne savait pas exactement qui Eva Lind fréquentait mais il y avait parmi eux des délinquants, des dealers, des cambrioleurs, des prostituées, des braqueurs de drugstores, des agresseurs. La liste était longue. Elle-même avait eu maille à partir avec la police. Elle avait une fois été arrêtée sur dénonciation d'un parent d'élève alors qu'elle vendait de la drogue à la sortie d'un collège. Il était tout à fait possible qu'un individu comme Ellidi la connaisse..

– Comment avez-vous fait la connaissance de Holberg ? répéta Erlendur.

– Elle est sympa, Eva, répondit Ellidi. Erlendur pouvait donner à ses paroles d'innombrables interprétations.

– Si tu mentionnes encore une fois son nom, nous partons, menaça-t-il. Et tu n'auras plus personne avec qui t'amuser.

– Des cigarettes, la télé dans ma cellule, pas de putain d'esclavage et plus d'isolement. C'est trop demander ? Deux super-flics ne sont pas capables de vous procurer ça ? Et ça serait pas mal si on pouvait m'amener une pute ici, disons, une fois par mois. Sa fille, par exemple, dit-il en regardant Sigurdur Oli.

Erlendur se leva d'un coup et Sigurdur Oli lentement. Ellidi se mit à ricaner d'un rire rauque qui lui montait de l'estomac et s'échappait en quintes grinçantes. Finalement, il toussa et expulsa un crachat jaunâtre qu'il envoya sur le sol. Ils lui tournèrent le dos et se dirigèrent vers la porte.

– Il me parlait souvent du viol de Keflavik! leur cria-t-il dans le dos. Il m'en racontait tous les détails. La façon dont la salope couinait comme une truie et ce qu'il lui murmurait à l'oreille en attendant de bander à nouveau. Vous voulez savoir ce que c'était? Vous voulez entendre ce qu'il lui a dit? Bande de pauvres types! Vous voulez entendre ce que c'était?!!

Erlendur et Sigurdur Oli s'arrêtèrent. Ils se retournèrent et virent Ellidi, éructant des jurons et des imprécations, agiter devant eux sa tête écumante. Il s'était levé et, arc-bouté sur la table dont il se servait comme appui, il étendait sa grosse tête dans leur direction et leur beuglait dessus comme un taureau en furie.

La porte de la salle s'ouvrit et les deux gardiens entrèrent.

– Il lui a parlé de l'autre! hurla Ellidi. Il lui a raconté comment il s'y est pris avec l'autre espèce de salope qu'il a violée!

14

A la vue des gardiens, Ellidi se déchaîna. Il bondit par-dessus la table, se précipita en hurlant vers les quatre hommes et se jeta sur eux. Erlendur et Sigurdur Oli atterrirent sous lui et se fracassèrent tous les deux contre le sol en moins de temps qu'il ne faut pour le dire. Ellidi heurta le visage de Sigurdur Oli d'un violent coup de tête, ce qui provoqua chez les deux hommes d'abondants saignements de nez, et il avait déjà le poing levé, prêt à frapper le visage sans protection d'Erlendur quand l'un des gardiens se saisit d'un petit appareil noir à l'aide duquel il lui assena une décharge électrique dans les flancs. Cela calma un peu Ellidi mais il n'abandonnait pas la lutte. Il leva à nouveau la main. Il fallut attendre que l'autre gardien lui envoie également une décharge pour qu'il s'affaisse lourdement et retombe sur Erlendur.

Ils se libérèrent de son poids en rampant. Sigurdur Oli porta son mouchoir à son nez pour tenter d'arrêter l'hémorragie. Ellidi reçut la troisième décharge qui l'immobilisa totalement. Les gardiens lui passèrent à nouveau les menottes et le relevèrent avec bien des difficultés. Ils allaient l'emmener mais Erlendur leur demanda d'attendre un peu. Il s'approcha d'Ellidi.

– Quelle autre ? demanda-t-il.

Ellidi ne montra aucune réaction.

– Quelle autre femme est-ce qu'il a violée ? répéta Erlendur.

Ellidi tenta de sourire, tout étourdi après les décharges électriques, et une grimace se dessina sur son visage. Le sang qui lui coulait du nez avait atteint la bouche et son dentier était sanglant. Erlendur essayait de ne pas laisser paraître l'excitation dans sa voix. De faire comme si ce qu'Ellidi savait était totalement dénué d'importance à ses yeux. De ne lui laisser aucune porte ouverte. De ne rien laisser transparaître sur son visage. Il savait que la moindre faiblesse avait le pouvoir d'accélérer les battements de cœur des individus de la trempe d'Ellidi, qu'elle faisait d'eux des hommes, leur fournissait un but dans leur lamentable vie d'illusions. La moindre faille suffisait. Une inflexion qui trahissait l'excitation dans la voix, un regard, des gestes de la main, un signe d'impatience. Ellidi était déjà parvenu à lui faire perdre les pédales quand il avait nommé Eva Lind. Erlendur n'avait pas l'intention de lui accorder à nouveau le plaisir de ramper à ses pieds.

Ils se regardèrent dans les yeux.

– Sortez-moi ça d'ici, dit finalement Erlendur et il tourna le dos à Ellidi. Les gardiens s'apprêtaient à emmener le détenu mais celui-ci se raidit et ne bougea pas d'un pouce quand ils voulurent se mettre en route. Il regarda Erlendur un bon moment, comme s'il était en train de manigancer quelque chose, mais finalement il céda et la porte se referma derrière les trois hommes. Sigurdur Oli essayait d'arrêter les saignements. Il avait le nez tuméfié et son mouchoir était gorgé de sang.

– Tu saignes sacrément, dit Erlendur en examinant le nez de Sigurdur Oli. Mais c'est tout, rien de grave. Tu n'es pas blessé et ton nez n'est pas cassé.

Il pinça fortement l'appendice et Sigurdur Oli laissa échapper un hurlement de douleur.

– Il est peut-être cassé en fin de compte, bon, je ne suis pas médecin, continua Erlendur.

– Quel sale type, éructa Sigurdur Oli. Quel putain de gros connard !

– Est-il en train de s'amuser avec nous ou bien a-t-il réellement connaissance d'une autre victime ? s'interrogea Erlendur en ouvrant la porte pour quitter la pièce. S'il y en a une seconde, alors il y en a peut-être plusieurs autres dont on n'a jamais su qu'elles avaient été violées par Holberg.

– Y'a pas moyen de parler sérieusement avec ce gars-là, observa Sigurdur Oli. Il nous a sorti ça pour s'amuser, pour nous faire gamberger. Il s'est foutu de nous. Il n'y a pas un seul mot de vrai dans ce qu'il raconte. Ce gros connard. Ce putain de gros connard.

Ils entrèrent dans le bureau du directeur de la prison et lui firent un bref exposé de ce qui venait de se produire. Ils en profitèrent pour exprimer le fond de leur pensée : Ellidi avait sa place dans la cellule capitonnée d'un asile psychiatrique. Le directeur opina d'un air fatigué en précisant que la seule solution que les autorités avaient trouvée était de l'enfermer à Hraunid. Ce n'était pas la première fois qu'Ellidi était placé en isolement pour violence dans l'enceinte de la prison et ce ne serait sûrement pas la dernière.

Là-dessus, ils le saluèrent et sortirent à l'air libre. Alors qu'ils allaient quitter la prison et attendaient l'ouverture du grand portail peint en bleu, Sigurdur Oli remarqua qu'un gardien courait vers eux à toutes jambes en leur faisant signe de s'arrêter. Ils attendirent qu'il arrive jusqu'à la voiture.

– Il veut te parler, dit le gardien, essoufflé après sa course quand Erlendur eut abaissé la vitre.

– Qui ça ? demanda Erlendur.

– Ellidi. Ellidi veut te parler.

– Nous lui avons déjà parlé, répondit Erlendur. Dis-lui de laisser tomber.

– Il dit qu'il veut te communiquer les renseignements que tu voulais.

– Il ment.

– C'est ce qu'il a dit.

Erlendur regarda Sigurdur Oli qui haussa les épaules. S'accorda quelques instants de réflexion.

– D'accord, on arrive, dit-il finalement.

– Il ne veut que toi, pas lui, précisa le gardien en regardant Sigurdur Oli.

Ellidi ne fut pas ressorti de sa cellule, Erlendur dut donc lui parler à travers une petite ouverture pratiquée dans la porte de la cellule d'isolement. Celle-ci s'ouvrait à l'aide d'un système à glissière. L'obscurité régnait à l'intérieur, Erlendur ne distinguait donc pas le prisonnier. Il n'entendait rien que sa voix, rauque et graillonnante. Le gardien avait accompagné Erlendur jusqu'à la porte et l'avait ensuite laissé tout seul.

– Comment va le pédé ? fut la première question qu'Ellidi posa. Il ne s'appuyait pas contre la porte, auprès de l'ouverture. Peut-être était-il étendu sur la paillasse. Peut-être était-il assis, adossé au mur. Erlendur avait l'impression que la voix provenait des profondeurs de l'obscurité. Ellidi s'était calmé.

– Nous ne sommes pas dans un salon de thé, répondit Erlendur. Vous vouliez me parler.

– Qui soupçonnez-vous d'avoir tué Holberg ?

– Nous n'avons aucun suspect. Que me voulez-vous ? Qu'avez-vous à me dire sur Holberg ?

– Elle s'appelait Kolbrun, la fille qu'il a violée là-bas, à Keflavik. Il en parlait souvent. Disait qu'il l'avait échappé belle, puisque cette traînée avait été assez stupide pour porter plainte. Il racontait tous les détails. Vous voulez savoir ce qu'il disait ?

– Non, répondit Erlendur. Quelles étaient vos relations ?

– On se croisait toujours de temps en temps. Je lui vendais du Brennivin* et je lui rapportais des revues porno quand je partais en mer. Nous nous sommes rencontrés quand nous travaillions tous les deux dans la même équipe pour le Service des phares et des affaires portuaires. Avant qu'il se mette à conduire les camions. On écumait les ports de pêche. *Un tiens vaut mieux que deux tu l'auras*. Voilà la première chose qu'il m'a enseignée. Il était joli garçon. Beau parleur, doué pour s'attirer les faveurs des filles. Un gars marrant.

– Vous travailliez dans les ports de pêche ?

– C'est pour ça qu'on était à Keflavik, pour repeindre le phare de Reykjanes. Nom de Dieu, ce qu'il y avait comme fantômes là-bas ! Ça grinçait et ça couinait toute la nuit. Pire que dans ce trou à rats. Holberg ne craignait pas les fantômes. Il n'avait peur de rien.

– Et il vous a tout de suite raconté le viol qu'il a commis sur Kolbrun alors qu'il venait juste de faire votre connaissance ?

– Il m'a fait un clin d'œil quand il l'a suivie après la fête. Je savais ce que ça voulait dire. Il pouvait se montrer galant. Il a trouvé ça marrant de s'en sortir indemne. Il a bien rigolé du flic qui a accueilli Kolbrun et a tout foutu en l'air.

– Ils se connaissaient, Holberg et le flic ?

– J'en sais rien.

– Est-ce qu'il vous a parlé de la fille à laquelle Kolbrun a donné naissance après le viol ?

– La fille ? Non, il en est sorti un gosse ?

– Vous avez connaissance d'un autre viol, demanda Erlendur sans répondre à sa question. Qui était-ce ? Comment s'appelait la femme ?

---

* Une eau-de-vie islandaise à base de pomme de terre aromatisée au cumin. On la surnomme également la Mort noire.

– J'en sais rien.

– Alors, pourquoi est-ce que vous m'avez appelé ?

– Je ne connais pas son nom, mais je sais à quelle époque ça s'est passé et où elle habitait. Enfin, presque. Ça suffira pour que vous la retrouviez.

– Où ? Et quand ?

– Exact, et vous me donnez quoi en échange ?

– A vous ?

– Qu'est-ce que vous pouvez faire pour moi ?

– Je ne peux rien faire et je n'ai pas envie de faire quoi que soit pour vous.

– Évidemment. Bon, je vais quand même vous dire ce que je sais.

Erlendur s'accorda un moment de réflexion.

– Je ne peux rien vous promettre, dit Erlendur.

– Je supporte pas cet isolement.

– C'est pour cette raison que vous m'avez fait appeler ?

– Vous ne savez pas l'effet que ça a sur vous. Je suis en train de devenir dingue dans cette cellule. Ils n'allument jamais la lumière. Je ne sais pas quel jour nous sommes. On est enfermé comme dans une cage. On nous traite comme une bête.

– Dites donc ! Vous vous prenez pour le Comte de Monte-Cristo ou quoi ? répondit Erlendur d'un ton ironique. Vous êtes un sadique, Ellidi. Un demeuré sadique de la pire espèce. Un parfait imbécile fasciné par la violence. Pour couronner le tout, vous êtes homophobe et raciste. Vous êtes la pire espèce d'idiot que je connaisse. Je me contrefiche du fait qu'ils vous gardent enfermé ici pour le reste de votre existence. Je vais même monter leur conseiller de le faire.

– Je vais vous dire où elle habitait si vous me sortez d'ici.

– Je ne peux pas vous sortir d'ici, espèce d'imbécile. Ce n'est pas en mon pouvoir et je n'en ai pas envie. Si

110

vous voulez que cet isolement soit écourté, vous feriez mieux d'arrêter de vous en prendre aux gens et de leur sauter dessus.

– Vous pouvez négocier avec eux. Vous pouvez leur dire que vous m'avez énervé. Vous pouvez dire que c'est le pédé qui a commencé. Que je me suis montré coopératif, mais qu'il m'a fait des remontrances. Et que j'ai fait avancer l'enquête. Ils vous écouteront. Ils savent qui vous êtes. Ils vous écouteront.

– Holberg vous a parlé d'autres femmes à part ces deux-là ?

– Est-ce que vous allez faire ça pour moi ?

Erlendur réfléchit.

– Je vais voir ce que je peux faire. Est-ce qu'il en a mentionné d'autres ?

– Non, jamais. A ma connaissance, il n'y a que ces deux-là.

– Vous êtes en train de me mentir ?

– Non, je ne vous mens pas. L'autre n'a jamais porté plainte. Ça s'est passé un peu après 1960. Il n'a jamais remis les pieds dans le village en question.

– Quel village ?

– Vous allez me sortir de là ?

– Quel village ?

– Je veux avoir votre parole !

– Je ne peux rien vous promettre, répondit Erlendur. Je vais leur en parler. Comment s'appelait le village ?

– Husavik.

– Quel âge avait-elle ?

– C'était le même genre de truc que la fille de Kefla-vik, seulement en plus violent, dit Ellidi.

– En plus violent ?

– Vous voulez que je vous raconte ? demanda Ellidi dont la voix ne dissimulait pas l'impatience. Vous voulez entendre ce qu'il a fait ?

Ellidi n'attendit même pas la réponse. Sa voix s'échappa

de l'ouverture et Erlendur, incliné devant la porte, prêtait l'oreille à l'obscurité.

Sigurdur Oli l'attendait dans la voiture et ils quittèrent la prison. Erlendur l'informa brièvement de la conversation qu'il avait eue avec Ellidi mais ne souffla pas un mot du monologue final du détenu. Ils décidèrent de faire examiner le registre des habitants de Husavik à partir des années 60. Si la femme avait bien le même âge que Kolbrun, comme Ellidi le laissait entendre, alors il serait possible de retrouver sa trace.

– Et Ellidi ? demanda Sigurdur Oli pendant qu'ils traversaient à nouveau le col de Threngslin sur la route du retour vers Reykjavik.

– Je leur ai demandé s'ils voulaient bien écourter son isolement mais ils ont refusé. Je ne peux rien faire de plus.

– Tu as fait de ton mieux, dit Sigurdur Oli qui esquissa un sourire. Si Holberg a violé ces deux femmes, il pourrait y en avoir d'autres…

– Ce n'est pas impossible, répondit Erlendur d'un air absent.

– Dis donc, à quoi tu penses ?

– Il y a deux choses qui me turlupinent, répondit Erlendur.

– Il y a toujours des choses qui te turlupinent, commenta Sigurdur Oli.

– J'ai envie de savoir très précisément de quoi la petite fille est morte, continua Erlendur. Il entendit Sigurdur Oli soupirer lourdement à côté de lui. Et j'ai envie d'avoir l'absolue certitude qu'elle était bien la fille de Holberg.

– Qu'est-ce que t'as derrière la tête ?

– Ellidi m'a dit que Holberg avait eu une sœur.

– Une sœur ?

– Décédée en bas âge. Il faut que nous mettions la main sur son dossier médical. Fais des recherches dans les hôpitaux. Vois ce que tu peux trouver.

– De quoi est-elle morte, la sœur de Holberg ?

– Peut-être du même genre de maladie qu'Audur. Holberg avait parlé de quelque chose dans sa tête. En tout cas, c'est comme ça qu'Ellidi a décrit la maladie. Je lui ai demandé si c'était une tumeur au cerveau mais Ellidi n'en savait rien.

– Et vers quoi cela nous oriente-t-il ? demanda Sigurdur Oli.

– Je crois qu'il s'agit d'une question de filiation, expliqua Erlendur.

– De filiation ? Attends, à cause du message que nous avons trouvé ?

– Exact, dit Erlendur, à cause du message. Tout cela se résume peut-être à une question de filiation et de généalogie.

15

Le médecin demeurait dans une petite maison du premier quartier construit dans la banlieue Grafarvogur. Il avait cessé son activité professionnelle classique et vint lui-même accueillir Erlendur à la porte. Il l'invita à pénétrer dans un hall d'entrée spacieux qui lui servait de cabinet. Il confia à Erlendur qu'il travaillait encore un peu pour le compte d'avocats pour lesquels il effectuait des expertises médicales destinées à évaluer le degré d'invalidité. Son cabinet, sobre et propre, contenait un petit bureau et une machine à écrire. Le médecin, un homme maigre et de petite taille, avait des gestes vifs et portait une chemise dans la poche de laquelle se trouvaient fichés deux stylos. Un bel homme, du nom de Frank.

Erlendur avait annoncé sa venue par un coup de téléphone. C'était l'après-midi du même jour et la nuit avait commencé à tomber. Sigurdur Oli et Elinborg s'étaient plongés dans les photocopies du registre des habitants de Husavik remontant à quarante ans en arrière. On les leur avait envoyées par fax depuis le bureau du préfet dans le nord du pays. Le médecin l'invita à s'asseoir.

– Tous ceux qui viennent vous consulter ne sont-ils pas simplement une bande de simulateurs ? demanda Erlendur en parcourant le bureau du regard.

– Des simulateurs ? Je n'irais pas jusqu'à dire ça, répondit le médecin d'un ton hésitant. C'est le cas de certains d'entre eux, sans aucun doute. Les maladies du cou sont les pires. Il n'y a pas d'autre solution que d'accorder foi à ce que dit le patient qui se plaint d'avoir mal au cou après un accident de voiture. Ce sont les cas les plus difficiles à traiter. Certains sont plus handicapés que d'autres. Mais je ne crois pas qu'ils soient nombreux à s'amuser avec ce genre de chose.

– Quand je vous ai téléphoné, vous vous êtes tout de suite souvenu de la petite fille de Keflavik.

– De telles choses s'oublient difficilement. Pas facile d'oublier la mère, Kolbrun. Si je me souviens bien, elle s'est suicidée.

– Toute cette histoire est une effroyable tragédie, commenta Erlendur. Il se demanda s'il devait parler au médecin de la douleur qu'il ressentait à la poitrine quand il se réveillait le matin, mais décida de laisser tomber. Le médecin parviendrait indubitablement à la conclusion qu'il était promis à une mort certaine, le ferait admettre à l'hôpital et il se retrouverait à jouer de la harpe en compagnie des anges d'ici la fin de la semaine. Erlendur s'épargnait les mauvaises nouvelles quand il pouvait les éviter et il n'attendait aucune bonne nouvelle au sujet de son état de santé.

– Vous m'avez dit que cela avait un rapport avec le meurtre de Nordurmyri, annonça le médecin, arrachant ainsi Erlendur d'un coup à ses pensées pour le faire revenir dans son cabinet.

– Holberg, la victime, était très probablement le père de la petite fille de Keflavik, expliqua Erlendur. C'est ce que la mère n'a cessé de clamer. Holberg n'a jamais avoué et jamais démenti. Il reconnaissait avoir eu des rapports sexuels avec Kolbrun. Il n'a pas été possible de prouver qu'il y avait eu viol. Bien souvent, il n'est pas facile de prouver grand-chose dans ces affaires-là. Nous sommes en train d'enquêter sur le passé de l'homme. La fillette est tombée malade et elle est morte dans sa quatrième année. Que s'est-il passé ?

– Je ne vois vraiment pas ce que cela pourrait avoir à faire avec le meurtre.

– Ne vous inquiétez donc pas pour ça.

Le médecin dévisagea Erlendur pendant un bon moment.

– Il vaut peut-être mieux que je vous l'avoue tout de suite, Erlendur, dit-il enfin, comme s'il avait dû rassembler tout son courage. A cette époque-là, j'étais un autre homme.

– Un autre homme ?

– Oui, et bien pire. Un autre homme, bien pire. Il y a maintenant bientôt trente ans que je n'ai pas touché à une goutte d'alcool. Je préfère vous le dire directement, afin de vous éviter la peine de chercher plus loin : on m'a retiré le droit d'exercer la médecine entre 1969 et 1972.

– A cause de la petite fille ?

– Non, non, pas à cause d'elle, même si ç'aurait été une raison suffisante. C'était pour cause d'alcoolisme et d'incompétence. Je préférerais ne pas m'étendre sur la question à moins que ce ne soit absolument nécessaire.

Erlendur avait envie d'en rester là mais ne pouvait s'y résoudre.

– Vous étiez donc toujours plus ou moins en état d'ébriété au cours de ces années, si je comprends bien ?

– Oui, plus ou moins.

– Vous avez retrouvé votre droit d'exercer ?

– Oui.

– Et pas commis d'incartades par la suite ?

– Non, pas d'incartades, dit le médecin en secouant la tête. Mais, bon, je n'étais pas dans mon état normal quand j'ai soigné la petite fille de Kolbrun. Audur. Elle se plaignait de maux de tête et j'ai cru qu'il s'agissait de migraines. Elle était prise de vomissements le matin. Lorsque la douleur s'est amplifiée, je lui ai prescrit des médicaments plus puissants. Tout cela est voilé d'une

116

épaisse brume dans ma tête. J'ai choisi d'oublier cette époque autant que possible. Tout le monde fait des erreurs, y compris les médecins.

– Quelle est la maladie qui a causé sa mort ?

– Cela n'aurait sûrement rien changé du tout si j'avais réagi plus vite et que je l'avais envoyée à l'hôpital, dit le médecin comme en lui-même. En tout cas, c'est ce que j'essayais de me dire. Il n'y avait pas beaucoup de pédiatres à cette époque et les magnifiques images des scanners n'existaient pas. Nous devions nous fier beaucoup plus à notre intuition et à nos connaissances et, comme je l'ai dit, pendant ces années-là, je n'avais pas d'intuition pour grand-chose d'autre que l'alcool. Un divorce difficile n'a pas arrangé les choses. Je ne me cherche pas d'excuses, dit-il en regardant Erlendur, même si c'était précisément ce qu'il était en train de faire.

Erlendur hocha la tête.

– Au bout de deux mois, j'ai commencé à soupçonner quelque chose de plus sérieux qu'une banale migraine infantile. L'état de la petite fille ne s'améliorait pas. Les moments de répit se réduisaient. Elle allait de mal en pis. Elle s'étiolait, maigrissait. Divers diagnostics étaient envisageables. J'ai pensé à quelque chose comme une tuberculose fulgurante. On parlait autrefois de rhume de cerveau quand les gens n'y connaissaient rien. Finalement, le diagnostic conclut à une méningite malgré l'absence de certains symptômes. Du reste, la méningite évolue plus vite. La petite avait sur la peau ce qu'on appelle des taches de café et finalement, je me suis mis à penser à une maladie tumorale.

– Des taches de café ! dit Erlendur qui se souvint en avoir entendu parler avant.

– Elles peuvent être la conséquence d'une maladie tumorale.

– Et vous l'avez envoyée à l'hôpital de Keflavik.

– C'est là-bas qu'elle est morte. Je me rappelle la tragédie que ç'a été pour sa mère. Elle en a perdu la raison. Nous avons dû lui faire des injections pour la calmer. Elle refusait catégoriquement que sa fille soit autopsiée. Elle nous hurlait que cela ne se ferait pas.

– Mais cela s'est quand même fait ?

Le médecin hésita.

– C'était inévitable. Absolument inévitable.

– Et qu'a révélé l'autopsie ?

– Une maladie tumorale, comme je vous l'ai dit.

– Qu'entendez-vous par maladie tumorale ?

– Une tumeur au cerveau, dit le médecin. Elle a été emportée par une tumeur au cerveau.

– Quelle sorte de tumeur au cerveau ?

– Je ne suis pas bien sûr, dit le docteur. Je ne sais pas s'ils en ont fait des analyses très poussées. Mais il me semble probable que ce soit le cas. Si je me rappelle bien, ils ont parlé d'une sorte de maladie génétique.

– Une maladie génétique ! dit Erlendur en haussant la voix.

– Est-ce que ce n'est pas le mot à la mode ? Les recherches en génétique. En quoi cela a-t-il un rapport avec le meurtre de Holberg ? demanda le médecin.

Erlendur était assis, profondément absorbé dans ses pensées, sans entendre le médecin.

– Pourquoi me demandez-vous des informations sur cette petite fille ?

– Je réfléchis, répondit Erlendur.

16

Eva Lind ne se trouvait pas à l'appartement quand Erlendur rentra chez lui dans la soirée. Il essaya de se conformer à ses recommandations et de ne pas trop se poser de questions sur l'endroit où elle était allée, celui où elle se trouvait, si elle allait rentrer et, si oui, dans quel état elle serait à son retour. Il avait fait un arrêt dans un fast-food et il avait rapporté pour elle et lui quelques morceaux de poulet dans un sachet. Il le balança sur une chaise et, au moment où il enlevait son manteau, il sentit une odeur familière de cuisine. Cela faisait longtemps qu'il n'avait pas senti le fumet de la nourriture s'échapper de la cuisine. Des morceaux de poulet, comme ceux qui se trouvaient sur la chaise, constituaient son régime habituel ; il consommait aussi des hamburgers, des plats préparés achetés chez Mulakaffi ou provenant du rayon traiteur des grands magasins, du mouton bouilli et froid, du fromage blanc dans des boîtes en plastique, des plats insipides conçus pour aller au micro-ondes. Il ne se rappelait pas la dernière fois qu'il s'était fait à manger lui-même. Il ne se rappelait pas la dernière fois qu'il avait ressenti l'envie de le faire.

Erlendur s'avança prudemment dans la cuisine comme s'il s'attendait à tomber sur des criminels, mais il constata qu'on avait dressé la table pour deux avec de jolies assiettes qu'il se souvint subitement posséder. Deux verres à pied destinés à contenir du vin étaient placés à côté des assiettes sur lesquelles étaient disposées des serviettes. Des bougies rouges scintillaient, fichées dans deux bougeoirs dépareillés qu'Erlendur n'avait jamais vus auparavant.

Il s'approcha de la cuisinière et remarqua que quelque chose mijotait dans une grande casserole. Il souleva le couvercle et son regard se posa sur une soupe à la viande particulièrement appétissante. Une mince pellicule de graisse flottait au-dessus des rutabagas, des pommes de terre, des morceaux de viande et des herbes aromatiques. Un fumet montait de la casserole et emplissait tout son appartement d'une authentique odeur de nourriture. Il approcha son nez de la casserole et inspira l'odeur de la viande mijotée et des légumes.

– Il me manquait des carottes, annonça Eva Lind dans l'encadrement de la porte de la cuisine. Erlendur n'avait pas remarqué qu'elle était rentrée dans l'appartement. Elle portait une doudoune qu'elle lui avait empruntée et tenait à la main un petit sac contenant des carottes.

– Où est-ce que tu as appris à faire la soupe à la viande ? demanda Erlendur.

– Maman n'arrêtait pas d'en faire, répondit Eva Lind. A une certaine époque, quand elle ne disait pas trop de mal de toi, elle affirmait que sa soupe à la viande était la meilleure que tu aies jamais mangée. Ensuite, elle ajoutait que tu étais une créature abjecte.

– La vieille avait raison dans les deux cas, dit Erlendur. Il regardait Eva Lind couper les carottes et les plonger dans la casserole avec les autres légumes. L'idée lui caressa l'esprit qu'il était en train de vivre une véritable vie de famille, ce qui le rendit heureux et triste à la fois. Il ne s'autorisait pas à croire que ce bonheur pouvait durer.

– Tu as trouvé le meurtrier ? demanda Eva Lind.

– Tu as le bonjour d'Ellidi, laissa échapper Erlendur avant de se rendre compte que des bêtes sauvages comme lui ne méritaient pas d'être mentionnées dans cet environnement.

– Ellidi, il est à Hraunid. Est-ce qu'il me connaît ?

– Les racailles que j'interroge mentionnent parfois ton nom, expliqua Erlendur. Ils croient que ça me fait perdre les pédales, ajouta-t-il.

– Et… c'est vrai ?

– Dans certains cas, oui. Comme dans celui d'Ellidi. Comment est-ce que tu le connais ? demanda Erlendur prudemment.

– J'ai entendu des histoires sur lui. Je l'ai rencontré une fois, ça fait des années. Il s'était collé les mâchoires avec de la Super Glue.

– C'est un imbécile de première classe.

Ils ne parlèrent plus d'Ellidi au cours de la soirée. Quand ils s'assirent à table, Eva Lind servit de l'eau dans les verres à vin et Erlendur mangea une telle quantité de soupe à la viande qu'il parvint tout juste à se traîner jusqu'au salon. C'est là qu'il s'endormit, tout habillé, jusqu'au matin, pour y passer une nuit agitée d'un mauvais sommeil.

Cette fois-ci, il se rappelait la majeure partie du rêve. Il savait que c'était le même que celui qui l'avait visité les nuits précédentes et qu'il n'était pas parvenu à analyser avant que celui-ci ne soit réduit à néant par l'état de veille.

EVA LIND LUI APPARAISSAIT COMME IL NE L'AVAIT JAMAIS VUE AUPARAVANT NIMBÉE D'UNE LUMIÈRE PROVENANT D'IL NE SAVAIT OÙ ET VÊTUE D'UNE JOLIE ROBE D'ÉTÉ QUI LUI DESCENDAIT JUSQU'AUX CHEVILLES SA CHEVELURE TOMBAIT EN ARRIÈRE LA VISION ÉTAIT IDYLLIQUE ET ÇA SENTAIT PRESQUE L'ÉTÉ ELLE VENAIT VERS LUI OU PEUT-ÊTRE FLOTTAIT-ELLE CAR IL SE FIT LA RÉFLEXION QUE JAMAIS ELLE NE TOUCHERAIT TERRE IL NE DISTINGUAIT PAS L'ENVIRONNEMENT ET TOUT CE QU'IL VOYAIT ÉTAIT LA

CLARTÉ AVEUGLANTE ET AU CENTRE DE LA LUMIÈRE EVA LIND QUI S'APPROCHAIT DE LUI EN SOURIANT DE TOUTES SES DENTS ET IL SE VOYAIT LUI-MÊME OUVRIR LES BRAS POUR L'ACCUEILLIR ATTENDANT DE POUVOIR LA SERRER IL RESSENTIT DE L'IMPATIENCE MAIS ELLE NE VINT PAS SE BLOTTIR DANS SES BRAS AU LIEU DE CELA ELLE LUI TENDIT UNE PHOTO ALORS LA LUMIÈRE DISPARUT EVA LIND DISPARUT ET IL TENAIT DANS LA MAIN CETTE PHOTO QU'IL CONNAISSAIT SI BIEN PRISE DANS UN CIMETIÈRE LA PHOTO S'ANIMA IL EN FAISAIT PARTIE ET REGARDAIT LE CIEL SOMBRE PENDANT QUE LA PLUIE LUI CINGLAIT LE VISAGE QUAND IL BAISSA LES YEUX IL VIT LA PIERRE TOMBALE SE RENVERSER ET LA TOMBE S'OUVRIR DANS LE NOIR JUSQU'À CE QUE LE CERCUEIL APPARAISSE ET S'OUVRE IL VIT LA PETITE FILLE DANS LE CERCUEIL SON CORPS AVAIT ÉTÉ ENTAILLÉ DU MILIEU JUSQU'AUX ÉPAULES ET TOUT À COUP LA FILLETTE OUVRIT LES YEUX ET LES LEVA VERS LUI ALORS ELLE OUVRIT LA BOUCHE ET UN CRI D'ANGOISSE TERRIFIANT LUI PARVINT DE LA TOMBE.

Il se réveilla en sursaut et regarda droit devant lui le temps de reprendre ses esprits. Il appela Eva Lind mais n'obtint aucune réponse. Il alla à sa chambre mais sentit qu'elle était vide avant même d'ouvrir la porte. Il savait qu'elle était partie.

Après avoir examiné le registre des habitants de Husavik, Elinborg et Sigurdur Oli avaient en main une liste de cent soixante-seize femmes susceptibles d'avoir été violées par Holberg. La seule chose sur laquelle ils pouvaient se baser était le témoignage d'Ellidi affirmant qu'il s'agissait "d'un truc dans le même genre". Ils prirent donc l'âge de Kolbrun en se donnant une marge de dix ans, en plus ou en moins. A première vue, le groupe pouvait se diviser en trois, un quart d'entre elles vivait encore à Husavik, la moitié avait déménagé à Reykjavik et le dernier quart était disséminé aux quatre coins du pays.

– Un travail de titan, soupira Elinborg en parcourant la liste du regard avant de la tendre à Erlendur. Elle remarqua alors qu'il était plus débraillé qu'à son habitude. Il avait une barbe de plusieurs jours, sa chevelure brun-roux était tout ébouriffée, son costume usé et tout froissé aurait eu grand besoin d'un nettoyage ; Elinborg se demanda si elle ne devait pas lui proposer d'y mettre le feu mais l'expression sur le visage d'Erlendur n'invitait pas à ce genre de plaisanterie.

– Comment est-ce que tu dors ces jours-ci, mon cher Erlendur ? demanda-t-elle avec prudence.

– Sur le trou du cul, répondit Erlendur.

– Et alors ? s'offusqua Sigurdur Oli. Il faudrait peut-être que nous allions voir toutes ces femmes pour leur demander si quelqu'un ne les aurait pas violées il y a des lustres ? Est-ce que ce n'est pas un peu… grossier ?

– Je ne vois pas comment on pourrait s'y prendre autrement. Nous commencerons par celles qui ont déménagé, dit Erlendur. D'abord celles qui habitent Reykjavik, nous verrons bien si nous arrivons à nous procurer des renseignements sur cette fameuse femme, chemin faisant. Si cette espèce d'imbécile d'Ellidi ne ment pas, alors Holberg a parlé d'elle à Kolbrun. Peut-être même que celle-ci l'a raconté à sa sœur, voire à Runar. Il faut que j'aille refaire un tour du côté de Keflavik.

Erlendur s'accorda un instant de réflexion.

– On pourrait réduire un peu le groupe, dit-il.

– Le réduire ? Comment ça ? interrogea Elinborg. A quoi tu penses ?

– Ça vient juste de me traverser l'esprit.

– Quoi donc ?

Elinborg fut saisie d'impatience. Elle s'était rendue au travail vêtue d'un tailleur neuf vert clair auquel personne ne semblait accorder la moindre attention.

– La filiation, la généalogie et les maladies, dit Erlendur.

– Exact, dit Sigurdur Oli.

– Nous savons que Holberg était un violeur. Mais nous n'avons pas idée du nombre de femmes qu'il a violées. Nous le savons pour deux d'entre elles mais, en réalité, nous ne sommes parfaitement certains que pour l'une des deux. Bien qu'il se soit refusé à l'admettre, tout indique qu'il a bien violé Kolbrun. Il a conçu Audur ou bien admettons que ce soit le cas mais il est également possible qu'il ait eu un autre enfant avec la femme de Husavik.

– Un autre enfant? demanda Elinborg.

– Oui, qui serait né avant Audur, dit Erlendur

– Ce n'est pas franchement incroyable? observa Sigurdur Oli.

Erlendur haussa les épaules.

– Tu veux que nous réduisions le groupe à celles de ces femmes qui ont mis au monde un enfant un peu avant… quelle date déjà, 1964?

– Je pense que ça ne serait pas idiot.

– Mais alors, il pourrait tout aussi bien avoir d'autres enfants à droite à gauche, remarqua Elinborg.

– Il n'a pas non plus nécessairement commis plus d'un viol, observa Erlendur. Tu as réussi à savoir de quoi sa sœur est morte?

– Non, je suis en train d'y travailler, répondit Sigurdur Oli. J'ai essayé de faire des recherches sur leurs ancêtres, à elle et à Holberg, mais cela n'a rien donné.

– Je me suis chargée de Grétar, ajouta Elinborg. Il a disparu tout à coup, comme si la terre l'avait englouti. Nul ne s'est inquiété de sa disparition. Sa mère a appelé la police au bout de deux mois sans nouvelles de lui. Une photo a été publiée dans la presse et diffusée à la télé mais cela n'a donné aucun résultat. Ça remonte à 1974, l'année du onze centième anniversaire de la

Colonisation. Pendant l'été. Est-ce que tu étais à Thing-vellir ?

– Oui, j'y étais, répondit Erlendur. Qu'est-ce que Thingvellir a à voir là-dedans ? Tu crois qu'il a disparu à Thingvellir ?

– Je n'en sais pas plus, dit Elinborg. On a procédé à l'enquête de routine pour les cas de disparition, inter-rogé ceux dont sa mère savait qu'ils le connaissaient, parmi lesquels Holberg et Ellidi. Trois autres personnes ont été interrogées mais aucune ne savait rien. Grétar ne manquait à personne, sa sœur et sa mère exceptées. Il était né à Reykjavik, n'avait ni femme, ni enfants, ni petite amie et pas de proches parents. L'affaire resta en suspens pendant quelques mois, puis elle mourut de sa belle mort. Il avait trente-quatre ans.

– Si c'était le même genre d'individu que ses amis Ellidi et Holberg, je ne suis pas surpris qu'il n'ait man-qué à personne, observa Sigurdur Oli.

– Au cours des années 70, l'année de la disparition de Grétar, treize personnes ont disparu, précisa Elinborg. Douze dans les années 80, sans compter les hommes morts en mer.

– Treize disparitions, demanda Sigurdur Oli, est-ce que ça ne fait pas un peu beaucoup ? Aucune n'a été élucidée ?

– Elles ne cachent pas obligatoirement un crime, com-menta Elinborg. Les gens disparaissent, s'arrangent pour disparaître, souhaitent disparaître, disparaissent.

– Si je comprends bien, dit Erlendur, les choses se pré-sentent ainsi : Ellidi, Holberg et Grétar s'amusent au bal de Krossinn au cours d'un week-end de l'année 1963.

Il vit le visage de Sigurdur Oli se changer en point d'interrogation.

– Krossinn était un ancien dispensaire militaire qui avait été transformé en salle de bal. On y donnait des bals de campagne endiablés.

– Je crois que c'est là que Hljomar a débuté, glissa Elinborg.

– Ils rencontrent des jeunes femmes dans le bal et l'une d'entre elles les invite chez elle à poursuivre la fête, continua Erlendur. Il faut que nous essayions de retrouver ces femmes. Holberg en raccompagne une, du nom de Kolbrun, jusque chez elle et la viole. Il semble qu'il n'en soit pas à son coup d'essai. Il lui murmure à l'oreille comment il s'y est pris avec une autre femme. Il se peut que cette dernière habite ou ait habité à Husavik mais, selon toute probabilité, elle n'a pas porté plainte contre lui. Trois jours plus tard, Kolbrun a enfin rassemblé assez de courage pour aller déclarer le viol mais elle tombe sur un policier qui a bien peu de compassion pour les femmes qui invitent des hommes chez elles après le bal et crient ensuite au viol ! Kolbrun met au monde un enfant. Il se peut que Holberg ait eu connaissance de l'existence de cet enfant, nous retrouvons dans son bureau une photo représentant la pierre tombale de sa sépulture. Qui a pris ce cliché ? Pourquoi ? La petite fille décède d'une maladie incurable et sa mère met fin à ses jours quelques années après. L'un des camarades de Holberg disparaît trois ans plus tard. Holberg est assassiné il y a quelques jours et un message incompréhensible est laissé sur les lieux du crime.

Erlendur marqua une brève pause dans son discours.

– Pourquoi Holberg n'est assassiné que maintenant, alors qu'il a un certain âge ? Le meurtrier a-t-il quelque chose à voir avec ce passé ? Et, dans ce cas, pourquoi ne s'est-il pas attaqué à lui avant ? Pourquoi toute cette attente ? A moins que le meurtre n'ait rien à voir avec le fait que Holberg était un violeur, si tant est que le fait soit avéré ?

– Je trouve que nous ne devrions pas négliger le fait que le meurtre ne semble pas porter trace de préméditation, glissa Sigurdur Oli dans la conversation. Comme

Ellidi le dit si bien, quel genre de lavette se servirait d'un cendrier ? Ce n'est pas comme si ç'avait été le fruit d'une longue maturation avec toute une histoire derrière. Le message est simplement une sorte de blague, une chose sans queue ni tête. Le meurtre de Holberg n'a pas le moindre rapport avec le viol. Tout le service est occupé à rechercher le jeune homme en treillis.

— Holberg n'était pas un enfant de chœur, reprit Elinborg. Il s'agit peut-être d'une vengeance ou bien… comment dirais-je ? Quelqu'un a peut-être eu l'impression que c'était tout ce qu'il méritait.

— La seule personne dont nous soyons certains qu'elle détestait Holberg, c'est Elin, à Keflavik, continua Erlendur. Je ne me l'imagine vraiment pas assassinant qui que ce soit avec un cendrier.

— Peut-être a-t-elle trouvé quelqu'un pour le faire ? demanda Sigurdur Oli.

— Qui donc ? demanda Erlendur.

— Je n'en sais rien. En revanche, et je penche plutôt pour cette hypothèse, il semble que quelqu'un ait rôdé dans le quartier, essayé de cambrioler ou de se livrer à des actes de vandalisme, Holberg l'aurait surpris et aurait reçu le coup de cendrier sur le crâne. C'était sûrement un drogué complètement paumé. Cela n'a aucun lien avec le passé, mais plutôt avec la ville de Reykjavik et ce qu'elle est devenue à présent.

— En tout cas, quelqu'un a trouvé que c'était une bonne chose de le zigouiller, contredit Elinborg. Nous devons accorder de l'importance au message. Il n'a rien d'une blague.

Sigurdur Oli regarda pensivement Erlendur.

— Quand tu disais que tu voulais savoir exactement de quoi la petite fille est décédée, est-ce que tu penses à la chose à laquelle je crois que tu penses ? demanda-t-il.

— J'ai bien peur que oui, répondit Erlendur.

17

Runar vint lui-même ouvrir la porte et regarda Erlendur un bon moment avant de le remettre. Erlendur se tenait dans la petite entrée, trempé comme une soupe après s'être réfugié dans la maison. A sa droite se trouvait un escalier montant à l'étage. Les marches étaient recouvertes de moquette et celle-ci était usée jusqu'à la trame à l'endroit le plus passant. Une odeur d'humidité imprégnait l'air et Erlendur se demanda si cette maison abritait des éleveurs de chevaux. Il demanda à Runar s'il se souvenait de lui, ce qui semblait être le cas puisqu'il tenta de refermer la porte immédiatement. Cependant, Erlendur fut le plus rapide et il était entré dans l'appartement avant même que Runar ait eu le temps de lever le petit doigt.

— Confortable, commenta Erlendur en scrutant l'obscurité de l'appartement.

— Tu vas me laisser tranquille !

Runar tenta de lui crier dessus mais sa voix se brisa et devint suraiguë.

— Tu devrais surveiller ta tension. Je n'ai pas envie de te faire du bouche à bouche si tu passes l'arme à gauche. Je dois t'interroger sur quelques points de détail, ensuite je pars et tu pourras continuer à mourir ici en paix. Ce qui ne devrait pas prendre bien longtemps. Il faut dire que tu n'as pas franchement l'air du Vieillard de l'année…

– Sors d'ici ! répondit Runar en affichant autant de colère que son âge le lui permettait. Il se retourna, entra dans un petit salon et s'assit sur le sofa. Erlendur le suivit et se laissa lourdement tomber dans un fauteuil en face de lui. Runar ne lui accorda aucune attention.

– Est-ce que Kolbrun t'a parlé d'un autre viol quand elle est venue te voir à cause de Holberg ?

Runar ne répondait rien.

– Plus tôt tu me répondras, plus tôt tu seras débarrassé de moi.

Runar leva les yeux et regarda Erlendur.

– Elle n'a jamais mentionné d'autre viol. Est-ce que tu veux bien t'en aller ?

– Nous avons des raisons de croire que Holberg a violé d'autres femmes avant Kolbrun. Et il se peut qu'il ait conservé cette habitude après l'avoir violée. Kolbrun est la seule femme qui ait déposé une plainte même si cela n'a eu aucun effet, grâce à toi.

– Sors d'ici !

– Tu es sûr qu'elle n'a pas parlé d'une autre femme ? On peut penser que Holberg s'est vanté d'un autre viol et qu'il l'a raconté à Kolbrun.

– Elle n'a pas parlé de ça, répondit Runar en baissant les yeux sur la table de cuisine.

– Holberg était avec deux amis ce soir-là. L'un d'eux s'appelle Ellidi, une racaille de longue date dont tu as peut-être entendu parler. Il se débat avec les fantômes et les mauvais esprits dans une cellule sans lumière à Hraunid. L'autre s'appelait Grétar. Il a disparu de la surface de la terre au cours de l'été du onze centième anniversaire de la Colonisation. Est-ce que tu sais quelque chose sur leur copinage ?

– Non, fiche-moi la paix !

– Qu'est-ce qu'ils faisaient en ville le soir où Kolbrun a été victime du viol ?

– Je n'en sais rien.

– Tu n'as jamais interrogé aucun d'entre eux ?

– Non.

– Qui s'est occupé de l'enquête à Reykjavik ?

Runar leva les yeux vers Erlendur pour la première fois.

– C'était Marion Briem.

– Marion Briem !

– Oui, cette espèce d'imbécile.

Elin n'était pas chez elle lorsque Erlendur frappa à sa porte. Il retourna s'asseoir dans la voiture, alluma une cigarette et se demanda s'il ne ferait pas mieux de continuer sa route en direction de Sandgerdi. La pluie cinglait la voiture et Erlendur, qui ne suivait pas le bulletin météo, se demanda si elle allait s'arrêter un jour. Peut-être s'agissait-il d'une version abrégée du Déluge, pensa-t-il en lui-même en regardant à travers la fumée bleutée de la cigarette. Il n'était peut-être pas inutile de laver les péchés du genre humain de temps à autre.

Erlendur redoutait la rencontre avec Elin et fut à moitié soulagé de constater qu'elle n'était pas chez elle. Il savait qu'elle allait s'opposer à lui de toutes ses forces et il n'avait surtout pas envie de susciter chez elle la même humeur que celle qui l'avait poussée à le traiter de salaud de flic. Il ne pouvait cependant y échapper. C'eut été reculer pour mieux sauter. Il soupira lourdement et fuma la cigarette jusqu'à ce qu'il en sente la chaleur au bout de ses doigts. Pendant qu'il l'éteignait, il retint la fumée dans ses poumons avant de l'expirer avec lassitude. Le slogan d'une publicité antitabac lui traversa l'esprit : il suffit simplement d'une cellule malade pour développer un cancer.

Il avait ressenti la douleur dans sa poitrine le matin mais elle avait maintenant disparu.

Erlendur était en train de s'éloigner de la maison en marche arrière quand Elin frappa au carreau de sa voiture.

– Vous vouliez me voir ? demanda-t-elle sous son parapluie pendant qu'il descendait la vitre.

Erlendur afficha sur son visage un sourire grimaçant impossible à interpréter et hocha nonchalamment la tête. Il savait que les hommes étaient déjà partis pour le cimetière.

Elle lui ouvrit la porte de sa maison et il avait l'impression d'être un traître. Il retira son chapeau qu'il plaça sur une patère, enleva son imperméable et pénétra dans le salon vêtu de son costume tout froissé. Il portait un gilet de laine marron par-dessous la veste mais avait boutonné le lundi avec le dimanche et la boutonnière du bas pendouillait. Il prit place dans le fauteuil qu'il avait occupé la première fois qu'il était entré dans cette maison et Elin s'assit face à lui quand elle réapparut. Elle était passée par la cuisine où elle avait mis le café en route et l'odeur emplissait la petite maison.

Le traître se racla la gorge.

– L'un de ceux qui s'amusaient avec Holberg le soir où il a violé Kolbrun s'appelle Ellidi, il est incarcéré à la prison de Litla-Hraunid. Il y a belle lurette qu'il est connu des services de police. Le troisième larron s'appelait Grétar. Il a disparu de la surface terrestre en 1974, l'année des célébrations du onze centième anniversaire de la Colonisation.

– J'étais à Thingvellir, dit Elin. J'y ai vu Tomas et Halldor*.

Erlendur s'éclaircit la voix.

– Et vous avez interrogé cet Ellidi ? poursuivit Elin.

– Un individu particulièrement détestable, précisa Erlendur.

_____

* Tomas Gudmundsson et Halldor Laxness. Deux grands écrivains islandais du XXe siècle. Le second a reçu le prix Nobel de littérature en 1955.

Elin lui demanda de l'excuser, se leva et alla à la cuisine. Il entendit les tasses s'entrechoquer. Son téléphone portable sonna dans la poche de son imperméable et il fit une grimace dès qu'il l'eut allumé. Il vit sur l'écran que c'était Sigurdur Oli.

– Nous sommes prêts, annonça Sigurdur Oli. Erlendur discernait le clapotis de la pluie à travers le téléphone.

– N'entreprends rien avant que je ne te rappelle, dit Erlendur. C'est bien compris ? Attends d'avoir de mes nouvelles ou bien que j'arrive sur place avant de commencer quoi que ce soit.

– Tu as parlé avec la vieille ?

Erlendur ne lui répondit pas, il raccrocha et remit le téléphone dans sa poche. Elin apporta le café, posa les tasses sur la table et les servit. Tous les deux le prenaient noir. Elle reposa la cafetière sur la table et se réinstalla face à Erlendur. Il se racla la gorge.

– Ellidi affirme que Holberg a violé une autre femme avant Kolbrun et qu'il s'en est vanté auprès d'elle, annonça-t-il. Il vit une expression d'étonnement traverser le visage d'Elin.

– Si Kolbrun a eu connaissance d'une autre victime, alors elle ne m'en a jamais parlé, dit-elle, pensive, en secouant la tête. Est-il possible qu'il dise vrai ?

– Nous devons considérer que tel est le cas, dit Erlendur. Ellidi est en réalité tellement tordu qu'il serait bien capable d'inventer une chose pareille. En revanche, nous ne possédons aucun élément qui puisse mettre ses dires en doute.

– Nous ne parlions pas souvent du viol, reprit Elin. Je crois que c'était à cause d'Audur. Entre autres raisons. Kolbrun était une femme très réservée, timide et renfermée sur elle-même, elle se referma encore plus après l'événement. En outre, il était horrible de parler de cette ignominie alors qu'elle portait l'enfant, et encore plus une fois que la petite était venue au monde. Kolbrun faisait tout ce qu'elle pouvait pour oublier que ce viol avait eu lieu. Ainsi que tout ce qui s'y rattachait.

– J'imagine que si Kolbrun avait eu connaissance d'une autre victime, elle en aurait tout du moins informé la police pour corroborer sa propre déposition. Mais elle ne mentionne ce fait dans aucun des rapports de police que j'ai pu lire.

– Elle a peut-être voulu protéger cette femme, observa Elin.

– La protéger ?

– Kolbrun savait ce que c'était que de subir un viol. Elle savait ce que ça faisait d'aller porter plainte pour viol. Elle-même a beaucoup hésité à le faire et cela ne l'a menée à rien d'autre qu'à être humiliée au poste de police. Si l'autre femme n'a pas souhaité se manifester, Kolbrun a peut-être respecté cette position. J'imagine ça sans difficulté. En tout cas, je ne vois pas exactement de quoi vous parlez.

– Il n'est pas obligatoire qu'elle ait eu connaissance de détails, d'un nom, c'était peut-être juste un soupçon imprécis. Holberg avait peut-être fait allusion à quelque chose.

– Elle ne m'a jamais rien mentionné de tel.

– Quand vous abordiez le sujet du viol, c'était de quelle façon, alors ?

– Nous n'en parlions que de façon indirecte, précisa Elin.

Le portable sonna à nouveau dans la poche d'Erlendur et Elin s'arrêta de parler. Erlendur attrapa brutalement le téléphone et vit le numéro de l'appelant. C'était Sigurdur Oli. Erlendur éteignit l'appareil et le replongea dans sa poche.

– Veuillez m'excuser, dit-il.

– Ils sont vraiment insupportables, ces téléphones, non ?

– Tout à fait, opina Erlendur. Le temps allait maintenant lui manquer.

– Elle disait à quel point elle aimait sa fille, sa petite Audur. Leur relation était vraiment exceptionnelle en dépit de ces affreuses conditions. Audur représentait tout pour elle. C'est évidemment terrible à dire, mais je crois qu'elle n'aurait pas voulu être privée de la joie de faire la connaissance d'Audur. Vous comprenez ? J'avais même l'impression qu'elle considérait la petite comme une sorte de consolation, de réparation, ou plutôt… comment dirais-je, enfin, pour le viol. Je sais que c'est maladroit d'exprimer les choses comme ça mais c'était comme si la fillette avait été la chance dans son malheur. Je ne suis pas à même de rapporter ce que pensait ma sœur, comment elle se sentait ou les sentiments qu'elle éprouvait, je ne le sais moi-même que de façon très partielle et je n'ai pas l'intention de faire la bêtise de me risquer à parler à sa place. Mais, à mesure que le temps passait, elle vénérait de plus en plus la petite fille et ne s'en séparait pas un instant. Jamais. Leur relation était en grande partie fondée sur ce qui avait eu lieu dans le passé et pourtant, Kolbrun n'a jamais vu en elle le reflet du monstre qui avait détruit sa vie. Elle ne percevait rien d'autre que cette enfant magnifique qu'était Audur. Ma sœur surprotégeait sa fille et cela jusque dans la tombe et par-delà la mort comme l'inscription sur sa pierre tombale l'indique. Mon Dieu, protégez-moi d'un ennemi terrifiant.

– Savez-vous précisément ce qu'entendait votre sœur par ces paroles ?

– Comme vous pouvez le voir à la lecture du psaume, il s'agit d'une imploration à Dieu. L'inscription faisait évidemment référence au décès de la petite. A la manière dont il s'est produit et à quel point tout cela était affreux. Kolbrun se refusait à l'idée qu'on pratique une autopsie sur Audur. Elle ne voulait même pas y penser.

Erlendur abaissa les paupières et se redressa. Elin ne remarqua rien.

– On imagine aisément, poursuivit Elin, que ces événements terribles, que ce soit le viol ou le décès de sa fille, ont eu de sérieuses répercussions sur sa santé mentale. Elle a fait une dépression. Quand il a été question d'autopsie, son instinct de protection envers la petite Audur et cette paranoïa ont été décuplés. Elle avait donné la vie à une fillette dans des conditions épouvantables et l'avait perdue immédiatement après. Elle considérait qu'il s'agissait là de la volonté divine. Ma sœur voulait qu'on laisse sa fille en paix.

Erlendur demeura pensif pendant quelques instants avant de franchir le pas.

– Je crois que je suis l'un de ces ennemis.

Elin le dévisagea sans comprendre le sens de ses paroles.

– Je crois qu'il est nécessaire d'exhumer le cercueil et de pratiquer une autopsie plus complète si c'est faisable.

Erlendur prononça ces mots en prenant autant de précautions que possible. Il fallut un certain temps à Elin pour les comprendre et les placer dans leur contexte et, une fois qu'elle eut saisi leur sens, elle regarda Erlendur, incrédule.

– Mais qu'est-ce que vous me racontez ?

– Cela nous permettra peut-être de découvrir la cause précise de sa mort.

– La cause précise ? C'était une tumeur au cerveau !

– C'est possible…

– De quoi parlez-vous ? L'exhumer ? L'enfant ? C'est incroyable ! Je viens juste de vous dire que…

– Nous avons deux raisons de le faire.

– Deux raisons ?

– De pratiquer une autopsie.

Elin s'était levée et faisait les cent pas dans le salon,

folle de rage. Erlendur se cramponnait au fauteuil moelleux dans lequel il s'était enfoncé.

– J'ai interrogé les médecins de l'hôpital de Keflavik. Ils n'ont retrouvé aucun rapport concernant Audur à part une déclaration du médecin qui l'a autopsiée. Celui-ci est décédé. L'année de la mort d'Audur était aussi sa dernière année d'exercice à l'hôpital. Il a simplement diagnostiqué une tumeur au cerveau et conclu que c'était la cause du décès. Je veux savoir quel genre de maladie a emporté la petite. Je veux savoir si ç'aurait pu être une maladie héréditaire.

– Une maladie héréditaire ! Quelle maladie héréditaire ? ? !

– Nous sommes en train de la rechercher chez Holberg, expliqua Erlendur. La seconde raison pour exhumer Audur, c'est d'obtenir la certitude absolue qu'elle est bien la fille de Holberg. Cela se fait en effectuant une analyse d'ADN.

– Vous avez des doutes ?

– Pas vraiment, mais il est nécessaire que l'on en ait confirmation.

– Et pourquoi donc ?

– Holberg a toujours nié être le père de l'enfant. Il a avoué avoir eu des rapports sexuels avec Kolbrun avec son consentement mais a toujours nié la paternité. Lorsque l'affaire a été abandonnée, il n'y avait plus de raison de prouver qu'il était bien le père. Votre sœur n'a jamais rien exigé de semblable. Elle en avait évidemment assez de tout ça et voulait que Holberg sorte de sa vie.

– Qui d'autre aurait pu être le père ?

– Il nous faut une confirmation à cause du meurtre.

– Du meurtre de Holberg ?

– Exactement.

Elin se tenait debout, elle surplombait Erlendur et le fixait dans les yeux.

– Ce monstre va-t-il donc nous torturer par-delà la mort et jusque dans la tombe ?

Erlendur s'apprêtait à répondre mais Elin lui coupa l'herbe sous le pied.

– Vous croyez toujours que ma sœur a menti, dit Elin. Vous n'allez jamais la croire. Vous ne valez pas mieux que cet imbécile de Runar. Vous ne valez pas un sou de plus.

Elle se pencha vers lui, toujours assis dans le fauteuil.

– Espèce de salaud de flic ! vociféra-t-elle. Je n'aurais jamais dû vous laisser franchir le seuil de ma maison.

18

Sigurdur Oli vit les phares de la voiture s'approcher à travers la pluie, il savait que c'était Erlendur. L'excavatrice s'avança en toussotant jusqu'à la sépulture, elle était prête à commencer à creuser dès que le signal serait donné. Il s'agissait d'une excavatrice petit modèle qui s'était faufilée en hoquetant parmi les tombes. Les chenilles dont elle était équipée dérapaient dans la boue. Elle crachait un panache de fumée noire et emplissait l'air d'une épaisse odeur de diesel.

Sigurdur Oli et Elinborg se tenaient aux abords de la tombe, accompagnés d'un médecin légiste envoyé par le procureur, d'un huissier de justice, d'un prêtre et de son assistant, de quelques policiers de Keflavik et de deux employés municipaux. Tous tentaient de se protéger de la pluie et enviaient Elinborg qui était la seule à avoir pris un parapluie sous lequel elle autorisait Sigurdur Oli à s'abriter partiellement. Ils remarquèrent qu'Erlendur était seul lorsqu'il sortit de la voiture et se dirigea à pas lents dans leur direction. Ils étaient en possession de documents des autorités leur donnant le permis d'exhumer, mais rien ne devait être entrepris avant qu'ils n'aient obtenu le feu vert d'Erlendur.

Erlendur parcourut les lieux du regard et regretta en silence ce désordre, ces dégâts et cette atmosphère de profanation. La stèle avait été retirée et déposée dans une allée en surplomb de la tombe. Un globe verdâtre muni d'un support qu'il était possible d'enfoncer dans la terre avait suivi. Un petit bouquet de roses aux couleurs passées se trouvait à l'intérieur du globe et Erlendur se fit la réflexion que c'était sûrement Elin qui l'avait mis là. Il prit place, lut encore une fois l'inscription et secoua la tête. La clôture de bois peinte en blanc qui atteignait à peine vingt centimètres de hauteur et délimitait la tombe gisait, abattue et cassée, à côté de la stèle. Erlendur avait déjà vu de semblables clôtures sur des sépultures d'enfants, il soupira. Il leva les yeux vers le ciel obscur. La pluie gouttait du bord de son chapeau sur ses épaules et il plissait les yeux pour l'éviter. Il regarda le groupe rassemblé autour de l'excavatrice et s'attarda enfin sur Sigurdur Oli à qui il fit un signe de la tête. Sigurdur Oli donna alors le signal au conducteur de l'engin. La pelle s'éleva en l'air et s'enfonça dans la terre détrempée.

Erlendur regarda l'excavatrice rouvrir une plaie vieille de trente ans. Il tressaillait de douleur à chaque incursion de la pelle. Le tas de terre augmentait constamment ; plus le trou gagnait en profondeur, plus l'obscurité s'y engouffrait. Erlendur se tenait à quelque distance et suivait les mouvements de la pelle qui creusait toujours plus profondément dans la plaie. Il eut tout à coup l'impression d'avoir déjà vécu cette scène, comme s'il avait déjà vu tout cela en rêve et, pendant quelques instants, l'espace auquel il faisait face prit un caractère onirique ; ses collègues, debout, qui plongeaient leur regard dans la tombe, les employés municipaux vêtus de leurs combinaisons orange et inclinés sur leurs pelles, le prêtre et son épais imperméable noir, la pluie qui s'écoulait dans la tombe et en remontait à chaque pelletée, comme si le trou saignait.

Était-ce exactement ainsi qu'il avait vu la scène en rêve ?

Puis la sensation s'évanouit et comme c'est toujours

139

le cas quand une telle chose se produit, il n'avait aucun moyen de comprendre d'où elle provenait. Pourquoi avait-il l'impression de revivre des événements qui ne s'étaient jamais produits ? Erlendur ne croyait pas aux présages, aux visions et aux rêves, pas plus qu'à la réincarnation ou au karma, il ne croyait pas en Dieu ni à la vie éternelle, bien qu'il eût très souvent lu des passages de la Bible ; il ne croyait pas non plus que son comportement au cours de cette vie déciderait de l'endroit où il irait ensuite, le paradis ou bien l'enfer. Il lui semblait que la vie elle-même offrait un compromis des deux.

Et malgré cela, il éprouvait parfois ce sentiment incompréhensible et surnaturel de répétition, il avait l'impression qu'il avait déjà vu tel lieu et vécu tel moment, comme s'il quittait son propre corps, se transformant ainsi en spectateur de sa propre vie. Il ne pouvait en aucune manière expliquer ce qui se produisait ni pour quelle raison son esprit se jouait ainsi de lui.

Erlendur revint à lui quand la pelle buta sur le couvercle du cercueil et qu'un bruit sourd se fit entendre au fond de la tombe. Il s'approcha d'un pas. La pluie s'écoulait dans le trou et il vit se dessiner la forme du cercueil.

– Doucement ! cria Erlendur au conducteur de l'excavatrice en levant les bras au ciel.

Derrière lui, il remarqua que les phares d'une voiture s'avançaient sur la route. Tous se mirent à regarder dans la direction de la lumière et virent la voiture se frayer un passage sous la pluie jusqu'à la grille du cimetière où elle s'arrêta. Ils notèrent qu'elle portait le panneau de la compagnie de taxi sur le toit. Une femme d'âge mûr en manteau vert descendit. C'était Elin. Le taxi disparut et elle vint à toute vitesse en direction de la sépulture. Quand Erlendur fut à portée de voix, elle se mit à crier en levant le poing vers lui.

– Pilleur de tombes ! l'entendit crier Erlendur. Pilleur de tombes ! Détrousseur de cadavres !

– Occupez-vous d'elle, dit calmement Erlendur aux policiers qui se dirigèrent vers Elin et l'arrêtèrent quelques mètres avant qu'elle ne parvienne à la tombe. Elle tenta de se débattre, prise d'une colère noire, mais ils lui attrapèrent les mains et la contraignirent à se tenir tranquille.

Les deux employés municipaux descendaient maintenant dans le trou et, armés de leurs pelles, ils libérèrent le cercueil et placèrent des cordes aux deux extrémités. Il était en assez bon état. La pluie venait cingler le couvercle et le lavait de la terre. Erlendur s'imagina que celui-ci avait été blanc. Un petit cercueil blanc muni de poignées en laiton sur le côté et orné d'un crucifix sur le couvercle. Les employés fixèrent les cordes à la pelle de l'excavatrice qui arracha le cercueil à la terre avec d'infinies précautions. Il était encore d'un seul tenant mais semblait extrêmement fragile. Erlendur vit qu'Elin avait cessé de se débattre et de lui hurler dessus. Elle s'était mise à pleurer quand le cercueil était apparu et s'était immobilisé un instant au-dessus de la tombe, maintenu par les cordes. Une petite camionnette recula lentement dans l'allée et prit place. Le cercueil fut posé à terre et on détacha les cordes. Le prêtre s'en approcha, fit un signe de croix et ses lèvres récitèrent une prière. Les employés municipaux placèrent le cercueil dans la camionnette et en refermèrent les portes. Elinborg s'assit sur le siège du passager, à côté du chauffeur qui démarra et quitta le cimetière, passant la grille puis descendant la route jusqu'à ce que le rougeoiement des feux arrière s'évanouisse dans la pluie et l'obscurité.

Le prêtre alla vers Elin et pria les policiers de la libérer. Ils s'exécutèrent sur-le-champ. Il lui demanda s'il y avait quelque chose qu'il pouvait faire pour elle. Ils se connaissaient visiblement bien et conversaient à mi-voix. Elin paraissait avoir retrouvé son calme. Erlendur et Sigurdur Oli échangèrent un regard puis examinèrent l'intérieur de la tombe. L'eau de pluie avait commencé à s'accumuler dans le fond du trou.

Erlendur entendit Elin dire au prêtre : "Je voulais juste essayer d'empêcher cette ignominie, cette profanation", et il se sentit quelque peu soulagé en voyant qu'Elin s'était calmée. Il se dirigea vers elle et Sigurdur Oli le suivit à distance.

– Je ne vous le pardonnerai jamais, dit Elin à Erlendur. Le prêtre se tenait à ses côtés. Jamais ! dit-elle. Sachez-le !

– Je le comprends bien, répondit Erlendur, mais l'enquête est prioritaire.

– L'enquête ! Que les trolls emportent votre enquête, grommela Elin. Où emmenez-vous la dépouille ?

– A Reykjavik.

– Et quand la remettrez-vous en place ?

– Dans deux jours.

– Regardez un peu ce que vous avez fait à sa tombe, soupira Elin à court d'arguments et d'un ton résigné, comme si elle n'avait pas encore complètement compris ce qui s'était passé. Elle passa devant Erlendur, se dirigea vers la stèle et la petite clôture, le globe contenant les fleurs et la tombe béante.

Erlendur décida de l'informer du message qui avait été trouvé dans l'appartement de Holberg.

– Il y avait un message laissé par le meurtrier chez Holberg quand nous l'avons découvert, dit Erlendur en suivant Elin. Nous n'y comprenions pas grand-chose avant de découvrir l'existence d'Audur et d'interroger son vieux médecin. Les meurtriers islandais ne laissent en général aucune trace derrière eux à part du désordre et de la saleté mais celui qui a assassiné Holberg a voulu nous donner un casse-tête à résoudre. Quand le médecin a mentionné la possibilité d'une maladie héréditaire, le message a subitement pris un sens bien précis. Et aussi après ce qu'Ellidi m'a dit à la prison. Holberg n'a aucun parent vivant. Il avait une sœur qui est morte à l'âge de neuf ans. Sigurdur Oli, ici présent, dit Erlendur en montrant du doigt son équipier, a retrouvé des rapports médicaux la concernant et ce qu'Ellidi pensait s'avère juste. Elle est décédée, comme Audur, des suites d'une tumeur au cerveau. Très probablement de la même maladie.

– Qu'est-ce que vous me racontez ? Quel genre de message ? demanda Elin.

Erlendur hésita. Il regarda Sigurdur Oli, lequel regarda Elin avant de passer à Erlendur. Les deux hommes échangèrent un regard l'espace d'un instant.

– Je suis lui, dit Erlendur.

– Que voulez-vous dire ?

– C'était la teneur du message : *Je suis lui*. L'accent portait sur le dernier mot. LUI.

– *Je suis lui*, répéta Elin. Qu'est-ce que ça signifie ?

– C'est impossible à dire en réalité, mais je me suis demandé si cela ne renvoyait pas à une sorte de filiation ou de parenté. Celui qui a écrit *Je suis LUI* considérait qu'il avait quelque chose en commun avec Holberg. Mais il pourrait tout aussi bien s'agir du délire d'un détraqué qui ne connaissait Holberg ni d'Ève ni d'Adam. Un délire incompréhensible. Cependant, je ne le pense pas. Je crois que la maladie nous aide. Je crois qu'il faut que nous découvrions la nature exacte de ce mal.

– De quelle sorte de parenté voulez-vous parler ?

– Holberg n'avait pas d'enfant d'après les documents officiels. Il n'avait pas reconnu Audur. Elle n'était rien que Kolbrunardóttir, c'est-à-dire la fille de Kolbrun. Mais si Ellidi dit vrai, si Holberg a violé d'autres femmes que Kolbrun et qu'elles n'en ont pas parlé, il est tout aussi envisageable qu'il ait eu d'autres enfants. Que Kolbrun n'ait pas été la seule de ses victimes à

143

avoir un enfant de lui. Nous avons réduit le champ des recherches pour retrouver une possible victime à Husavik en ne prenant en compte que les femmes ayant mis au monde des enfants à une époque déterminée et nous avons bon espoir de découvrir quelque chose prochainement.

– Husavik ?

– L'autre victime de Holberg est probablement originaire de là-bas.

– Et cette maladie héréditaire ? demanda Elin. De quoi s'agit-il exactement ? Est-ce que c'est celle-là qui a tué Audur ?

– Il nous reste encore à examiner Holberg, à confirmer qu'il était bien le père d'Audur et à rassembler les pièces du puzzle. Mais, si la théorie est juste, alors, il s'agit probablement d'une maladie rare qui se transmet avec les gènes.

– Et Audur en était atteinte ?

– Il se peut qu'elle soit morte depuis trop longtemps pour qu'on puisse parvenir à une conclusion irréfutable mais nous nous devons d'essayer.

Ils étaient remontés vers l'église, Elin aux côtés d'Erlendur, Sigurdur Oli les suivait. C'était Elin qui ouvrait la marche. L'église était ouverte, ils y pénétrèrent, laissant derrière eux la pluie, ils firent une halte sous le porche et plongèrent leur regard dans l'obscurité hivernale.

– Je suis persuadé que Holberg était le père d'Audur, poursuivit Erlendur. Je n'ai en réalité aucune raison de mettre en doute votre parole et ce que vous a confié votre sœur. Mais il faut que nous ayons une confirmation. C'est une nécessité du point de vue de l'enquête policière. Si nous sommes en présence d'une maladie héréditaire qui lui a été transmise par Holberg, il se peut que d'autres personnes en soient atteintes. Il est envisageable qu'elle ait des liens avec l'assassinat de Holberg.

Ils ne remarquèrent pas une voiture qui s'éloignait lentement du cimetière en empruntant la vieille route, tous feux éteints et difficile à distinguer dans l'obscurité. Lorsqu'elle arriva à Sandgerdi, sa vitesse augmenta, ses phares s'allumèrent et elle eut bientôt rattrapé la camionnette transportant le cercueil. Sur la route de Keflavik, le chauffeur prit garde à ménager un espace d'une ou deux voitures entre la sienne et la camionnette. Il suivit ainsi le cercueil jusqu'à Reykjavik.

Lorsque la camionnette s'arrêta devant la morgue de la rue Baronstigur, il gara la voiture à quelque distance et observa le transport du cercueil vers l'intérieur du bâtiment dont les portes se refermèrent. Il regarda la camionnette s'éloigner et vit la femme qui avait accompagné le cercueil sortir de la morgue et monter dans un taxi.

Lorsque tout fut redevenu calme, il s'éloigna lentement en silence.

19

Marion Briem l'accueillit à la porte. Erlendur ne l'avait pas prévenue de sa visite. Il revenait juste de Sandgerdi et décida d'aller discuter avec Marion avant de rentrer chez lui. Il était six heures et une obscurité totale régnait à l'extérieur. Marion invita Erlendur à entrer en lui demandant de l'excuser pour le désordre qui régnait chez elle. L'appartement était petit, constitué d'un salon, d'une chambre à coucher, d'une salle de bains et d'une cuisine, il portait les marques du manque d'ordre typique du célibataire et n'était pas sans rappeler l'appartement d'Erlendur. Des journaux, des revues et des livres se trouvaient disséminés un peu partout dans le salon, la moquette était usée et sale, de la vaisselle s'était accumulée à côté de l'évier dans la cuisine. La lumière d'une lampe de bureau éclairait faiblement le salon où régnait la pénombre. Marion dit à Erlendur d'enlever les journaux de l'un des fauteuils, de les poser par terre et de s'asseoir.

– Tu m'as dit que tu avais été chargée de l'affaire à cette époque-là, commença Erlendur.

– Et ça ne fait pas partie de mes exploits, dit Marion en allumant un cigarillo qu'elle tira d'une petite boîte de ses petites mains fines, avec une expression de douleur sur le visage ; elle avait une grosse tête mais était en revanche très mince. Erlendur refusa le cigarillo qu'elle lui offrait. Il savait que Marion Briem se tenait toujours au courant des affaires qui éveillaient l'intérêt, qu'elle partait à la pêche aux informations auprès d'anciens collègues qui travaillaient encore dans la police et donnait parfois son opinion si elle en avait l'occasion.

– Tu veux en savoir plus sur Holberg ? demanda Marion.

– Et sur ses amis, répondit Erlendur une fois qu'il eut repoussé une pile de journaux sur le côté. Et aussi sur Runar, de Keflavik.

– Ah oui, Runar, de Keflavik, dit Marion. Autrefois, il avait l'intention de me tuer.

– Il y a peu de chances qu'il le fasse aujourd'hui, ce vieux débris, observa Erlendur.

– Donc, tu l'as rencontré, demanda Marion. Il a un cancer, tu le savais ? C'est davantage une question de semaines que de mois.

– Je ne savais pas, répondit Erlendur qui vit apparaître devant lui le visage maigre et décharné de Runar. Ainsi que la goutte qu'il avait au nez pendant qu'il ramassait les feuilles dans le jardin.

– Il avait des amis extrêmement puissants au ministère. Voilà pourquoi il restait en poste. Je m'étais prononcée en faveur de son exclusion. On s'est contenté de lui donner un blâme.

– Est-ce que tu te rappelles un peu de Kolbrun ?

– La plus misérable victime que j'ai vue de toute ma vie, dit Marion. Je ne l'ai pas bien connue mais j'ai tout de suite su qu'elle était incapable d'inventer quelque mensonge que ce soit. Elle a accusé Holberg et décrit le traitement que lui avait infligé Runar. Dans cette affaire, c'était sa parole contre celle de Runar, cependant, son témoignage était convaincant. Il n'aurait pas dû la renvoyer chez elle, quoi qu'il en soit de l'histoire de la petite culotte. Holberg l'avait violée. C'était une évidence. Je les ai confrontés, Holberg et Kolbrun. Et cela ne faisait aucun doute.

147

– Tu as organisé une confrontation ?

– C'était une erreur de ma part. Je croyais que cela nous aiderait. Pauvre femme !

– Comment ça ?

– Je me suis arrangée pour que cela ait l'air d'être le fruit du hasard ou d'un accident. Je ne me suis pas rendu compte… Je ne devrais pas te raconter tout ça. J'étais au point mort dans l'enquête. Elle déclarait quelque chose et il affirmait le contraire. Je les ai convoqués tous les deux en même temps et me suis arrangée pour qu'ils se rencontrent.

– Et que s'est-il passé ?

– Ça l'a rendue hystérique et nous avons dû appeler un médecin. Je n'avais jamais rien vu de tel. Et je n'ai pas revu ça depuis.

– Et lui ?

– Il se contentait de rester debout et souriait d'un air moqueur.

Erlendur se taisait.

– Tu crois qu'il était le père de l'enfant ?

Marion haussa les épaules.

– C'est ce que Kolbrun a toujours soutenu.

– Kolbrun t'a parlé d'une autre femme que Holberg aurait violée avant elle ? demanda Erlendur pour finir.

– Il y en avait une autre ?

Erlendur rapporta ce qu'Ellidi lui avait dit et bientôt, il eut décrit les détails principaux de l'enquête. Marion, assise, fumait son cigarillo et écoutait. Ses yeux fixaient Erlendur, petits, attentifs et perçants. Rien ne leur échappait. Ce qu'ils voyaient devant eux était un homme d'âge moyen, fatigué, avec des cernes sombres sous les yeux, une barbe de plusieurs jours sur les joues, des sourcils épais qui montaient droit en l'air, une touffe de cheveux brun-roux plaqués, des dents fortes qui apparaissaient parfois sous des lèvres presque exsangues, une expression de lassitude sur un visage qui avait été le témoin de tout ce que le genre humain recèle de pire. Dans les yeux de Marion Briem pouvaient se distinguer de la compassion ainsi que la triste certitude qu'ils étaient en train de contempler leur propre reflet.

Erlendur avait été le stagiaire de Marion Briem quand il avait commencé sa carrière dans la police criminelle et tout ce qu'il avait appris au cours de ses premières années, c'était Marion qui le lui avait enseigné. Tout comme Erlendur, Marion Briem n'était jamais montée en grade dans la hiérarchie de la police mais s'était toujours consacrée au travail sur le terrain, ce qui faisait qu'elle avait une expérience considérable. Sa mémoire infaillible ne s'était en rien altérée au fil des ans. Tout ce que ses yeux ou ses oreilles percevaient était trié, classé et enregistré dans la capacité de stockage infinie du cerveau et en ressortait sans la moindre difficulté en cas de nécessité. Marion pouvait retracer d'anciennes enquêtes dans leurs moindres détails, elle était un véritable océan de connaissances sur les tenants et les aboutissants de toutes les affaires criminelles d'Islande. Son intuition était acérée et sa pensée d'une logique implacable.

En tant que collègue, Marion Briem était une créature insupportablement pointilleuse, exigeante et impatiente, comme Erlendur l'avait formulé à Eva Lind un jour où ils avaient abordé le sujet. De profonds désaccords, apparus entre lui et son ancien maître, avaient perduré pendant des années et c'en était arrivé au point où ils ne s'adressaient pratiquement plus la parole.

Erlendur avait le sentiment qu'il avait, d'une manière incompréhensible, été source de déception pour Marion. Il avait l'impression que Marion le lui faisait sentir de plus en plus clairement jusqu'à ce que le maître quitte finalement son travail à cause de son âge. Au relatif soulagement d'Erlendur.

Après le départ en retraite de Marion, leurs relations

se rétablirent. La tension diminua et l'esprit de compétition disparut pratiquement.

– Voilà pourquoi j'ai eu l'idée de venir te voir, pour savoir ce que tu te rappelles au sujet de Holberg, d'Ellidi et de Grétar, conclut Erlendur.

– Tu n'espères tout de même pas retrouver Grétar au bout de toutes ces années ? dit Marion d'un ton qui ne dissimulait pas l'étonnement. Erlendur eut l'impression fugace de discerner de l'inquiétude sur le visage de Marion.

– A quel point étais-tu parvenue ?

– Je n'étais arrivée nulle part, du reste je n'ai mené qu'une enquête de routine, répondit Marion. Erlendur se réjouit un instant quand il décela des traces d'excuses dans la voix de Marion. Sa disparition a probablement eu lieu pendant le week-end des célébrations du onze centième anniversaire de la Colonisation à Thingvellir. J'ai interrogé sa mère et ses amis, Ellidi et Holberg, ainsi que ses collègues. Grétar travaillait pour la compagnie maritime Eimskip et déchargeait les bateaux à l'époque de sa disparition. Ses collègues ont penché pour l'hypothèse d'une chute dans la mer. Ils affirmaient que s'il avait suivi la cargaison et qu'il avait été chargé par mégarde sur le bateau avec elle, cela n'aurait pas échappé à leur attention.

– Où se trouvaient Holberg et Ellidi au moment de la disparition de Grétar ? Est-ce que tu t'en souviens ?

– Ils prétendaient tous les deux avoir assisté aux célébrations et nous avons pu le confirmer. Mais, évidemment, nous ne savons pas précisément à quel moment Grétar a disparu. Personne ne l'avait vu depuis deux semaines quand sa mère a pris contact avec nous. A quoi tu penses ? Il y a du nouveau du côté de Grétar ?

– Non, répondit Erlendur. D'ailleurs, je ne suis pas à sa recherche. S'il n'a pas subitement refait surface pour assassiner son vieux copain Holberg dans le quartier de

Nordurmyri, alors il peut bien avoir disparu pour l'éternité en ce qui me concerne. J'essaie juste de me représenter le genre de bande que ces gars-là formaient : Holberg, Ellidi et Grétar.

– C'était de la racaille. Tous. Tu connais Ellidi. Grétar ne valait pas mieux. Un pauvre type. J'ai eu une fois maille à partir avec lui dans une affaire de cambriolage et j'ai eu l'impression que c'était une pitoyable graine de délinquant. Ils travaillaient ensemble pour le Service des phares et des affaires portuaires. C'est comme ça qu'ils se sont connus. Ellidi tenait le rôle du sadique imbécile. Il provoquait des bagarres chaque fois qu'il le pouvait. S'attaquait aux plus faibles. Il n'a pas changé, si je comprends bien. Holberg était en quelque sorte le chef de la bande. Le plus intelligent des trois. Il s'en est tiré à bon compte dans l'affaire avec Kolbrun. Quand j'ai interrogé les gens à son sujet à cette époque-là, ils étaient peu enclins à parler. Grétar était le pauvre type qui s'accrochait à leurs basques, lâche et stupide, mais j'avais l'impression qu'il cachait bien son jeu.

– Est-ce que Runar et Holberg se connaissaient ?

– Ça, je ne pense pas.

– Nous ne l'avons pas encore annoncé publiquement, dit Erlendur, mais nous avons trouvé un message sur le cadavre.

– Un message ?

– Le meurtrier a tracé : *Je suis lui*, sur une feuille qu'il a posée sur Holberg.

– *Je suis lui ?*

– Tu ne crois pas que ça renvoie à une question de filiation ?

– A moins qu'il ne s'agisse d'un complexe messianique. De l'œuvre d'un intégriste religieux.

– Je mettrais plutôt ça sur le compte de la filiation.

– *Je suis lui ?* Qu'est-ce qu'on peut bien vouloir dire avec ça ? Que faut-il entendre par là ?

Erlendur se leva et mit son chapeau sur sa tête en disant qu'il fallait qu'il rentre chez lui. Marion lui demanda des nouvelles d'Eva Lind et il lui répondit qu'elle s'employait à régler ses problèmes. Marion l'accompagna à la porte et lui ouvrit. Il y eut une poignée de mains franche sur le seuil. Alors qu'Erlendur descendait l'escalier, Marion l'appela.

– Erlendur ! Attends un peu, Erlendur.

Erlendur se retourna, leva les yeux vers la porte devant laquelle il vit Marion et constata combien la vieillesse avait apposé sa marque sur son apparence respectable, les épaules s'étaient affaissées et les rides du visage témoignaient d'une vie difficile. Il y avait longtemps qu'il n'était pas entré dans cet immeuble et, pendant qu'il était resté assis face à Marion dans le fauteuil, il avait médité sur la façon dont le temps se joue des êtres.

– Ne te laisse pas trop démonter par ce que tu vas découvrir sur Holberg, conseilla Marion Briem. Ne le laisse pas détruire en toi quelque chose que tu ne voudrais pas perdre. Ne le laisse pas remporter la victoire. C'était tout.

Erlendur restait immobile sous la pluie, sans être certain de ce que sa conseillère voulait lui faire comprendre. Marion Briem lui fit un signe de la tête.

– De quel genre de cambriolage s'agissait-il ? lui cria Erlendur avant que la porte ne se referme.

– Quel genre de cambriolage ? demanda Marion et la porte se rouvrit.

– Celui de Grétar. Quel endroit est-ce qu'il a visité ?

– Un magasin d'appareils photo. Il avait probablement une passion pour la photo, dit Marion Briem. Il en faisait.

Plus tard dans la soirée, deux hommes, tous deux vêtus de blousons en cuir et de chaussures de cuir noir lacées jusqu'aux mollets, frappèrent à la porte et déran-

gèrent Erlendur chez lui alors qu'il était pris de bâille-
ments dans son fauteuil. Il était rentré, avait appelé Eva
Lind sans obtenir de réponse et s'était assis sur le sac
contenant les morceaux de poulet demeuré sur le fauteuil depuis qu'il y avait dormi la nuit précédente. Les
deux hommes demandèrent Eva Lind. Erlendur ne les
avait jamais vus et il n'avait pas non plus revu sa fille
depuis qu'elle l'avait régalé de la délicieuse soupe.
Ils avaient un air sournois quand ils demandèrent à
Erlendur où ils pouvaient la joindre en essayant de voir
l'intérieur de l'appartement sans toutefois réellement
bousculer Erlendur. Il leur demanda ce qu'ils voulaient
à sa fille. Ils lui demandèrent s'il la cachait chez lui, ce
vieux maquereau. Erlendur leur demanda s'ils étaient
des branleurs. Ils lui demandèrent de fermer sa gueule.
Il leur conseilla de déguerpir. Ils lui répondirent d'aller
se faire voir. Quand il s'apprêta à refermer la porte sur
eux, l'un d'eux plaça son genou entre la porte et le
montant. Ta fille n'est qu'une petite salope, hurla-t-il. Il
portait un pantalon de cuir.

Erlendur soupira.

Il avait eu une journée longue et difficile.

Il entendit le genou se rompre au moment où la porte
claqua dessus avec une telle violence que les charnières
du haut se désolidarisèrent du montant.

20

Sigurdur Oli réfléchissait à la manière dont il allait formuler la question. Il tenait à la main une liste comportant dix noms de femmes ayant habité à Husavik avant ou après 1960 et qui avaient déménagé à Reykjavik. Deux d'entre elles étaient décédées. Deux autres n'avaient jamais eu d'enfant. Six autres étaient mères de famille et avaient eu des enfants à l'époque où l'on considérait plausible que le viol ait eu lieu. Sigurdur Oli était arrivé chez la première. Elle habitait dans la rue Barmahlid. Divorcée, mère de trois enfants majeurs.

Mais comment allait-il donc formuler la question devant ces femmes d'âge mûr ? Excusez-moi, chère madame, mais, je suis de la police et on m'envoie vous demander si vous n'auriez pas subi un viol pendant que vous résidiez à Husavik ? Il en discuta avec Elinborg, qui avait une liste de dix autres femmes, mais elle ne voyait pas où était le problème.

Sigurdur Oli considérait que tout le dispositif qu'Erlendur avait mis en place ne servait à rien. Même s'il se trouvait qu'Ellidi dise la vérité, que les lieux et les époques concordent et qu'ils tombent finalement, à force de recherches, sur la bonne personne, quelle était la probabilité qu'elle avoue avoir été violée ? Elle avait tu l'événement pendant toute une vie. Pour quelles raisons se mettrait-elle à en parler maintenant ? Quand Sigurdur Oli ou l'un des cinq autres membres de la police criminelle en possession d'une liste semblable frapperaient à sa porte, il lui suffirait simplement de répondre "non" et ils ne pourraient pas faire grand-chose d'autre que répondre : "Excusez-moi pour le dérangement."

– C'est une question de réaction, fais preuve de psychologie, avait répondu Erlendur à Sigurdur Oli quand il avait tenté de lui exposer le problème. Essaie de t'introduire chez elles, de t'asseoir avec elles, d'accepter un café, de discuter, de te comporter comme une bonne femme.

– La psychologie ! ricana Sigurdur Oli en sortant de la voiture à Barmahlid et son esprit dériva jusqu'à la femme avec qui il partageait sa vie, Bergthora. Il ne savait même pas comment faire preuve de "psychologie" avec elle. Ils s'étaient rencontrés dans des conditions inhabituelles peu de temps auparavant : Bergthora était témoin dans une enquête difficile et, après une brève période de réflexion, ils décidèrent de se mettre en ménage. Il apparut qu'ils s'entendaient bien, partageaient des centres d'intérêt et avaient tous les deux comme désir principal de se construire un joli foyer orné de meubles bien choisis et d'objets d'art. Ils s'embrassaient quand ils se retrouvaient le soir à la fin d'une longue journée de travail. Allaient même jusqu'à ouvrir une bouteille de vin. Parfois, ils se mettaient directement au lit en rentrant mais cela se produisait de moins en moins souvent ces temps derniers.

C'était après qu'elle lui eut offert une paire de cuissardes finlandaises affreusement communes en cadeau d'anniversaire. Il avait essayé de rayonner de joie mais l'expression de surprise était demeurée trop longtemps sur sa figure et elle s'était rendu compte que quelque chose n'allait pas. Le sourire n'était pas franc quand il fit enfin son apparition.

– C'est parce que tu n'en as pas, avait-elle dit.

– Je n'ai pas eu de cuissardes depuis que j'ai… dix ans, avait-il répondu.

– Ça ne te fait pas plaisir ? avait-elle demandé.

– Si, je trouve ça génial, avait répondu Sigurdur Oli sachant qu'il ne répondait pas à la question. Ce qu'elle savait aussi. Non, sérieusement, avait-il ajouté, sentant qu'il creusait sa propre tombe, c'est vraiment super.

– Elles ne te font pas plaisir, avait-elle dit, déprimée.

– Mais si, mais si, avait-il continué, encore plus à côté de la plaque car il ne pouvait s'arrêter de penser à la montre de trente mille couronnes qu'il lui avait offerte pour son anniversaire, montre qu'il avait mis une semaine à acheter après une gigantesque expédition de reconnaissance aux quatre coins de la ville et des discussions avec les bijoutiers sur les modèles, les plaquages en or, les mécanismes, les fermoirs, l'étanchéité, la Suisse et ses coucous. Il avait fait appel à toutes les ressources de l'inspecteur de police criminelle pour mettre la main sur la bonne montre, il avait fini par la trouver et elle en avait été folle, sa joie et son plaisir étaient parfaitement authentiques.

Et voilà qu'il était assis là devant elle avec un sourire figé sur le visage, faisant de son mieux pour paraître réellement content mais il n'y parvenait simplement pas.

– La psychologie ! ricana Sigurdur Oli.

Il appuya sur la sonnette lorsqu'il fut arrivé à l'étage de l'immeuble de Barmahlid et amena la question avec toute la profondeur psychologique dont il était capable mais ce fut un échec retentissant. Avant même de s'en rendre compte, il avait demandé à toute vitesse à la femme qui lui faisait face sur le palier s'il lui était peut-être arrivé de se faire violer.

– Non mais, qu'est-ce que c'est que ces conneries, répondit la femme, toute peinturlurée, portant des breloques aux doigts avec une expression butée et colérique sur le visage, on avait l'impression qu'elle ne prenait jamais les choses avec calme. Qui êtes-vous donc ? Qu'est-ce que c'est que cette insolence ?

– Non, bon, excusez-moi, haleta Sigurdur Oli qui avait redescendu l'escalier quatre à quatre.

Les choses se passèrent mieux pour Elinborg, du reste elle avait la tête à son travail et savait s'y prendre pour engager la conversation avec les gens et se faire inviter chez eux. Sa spécialité, c'était la cuisine, elle était excellente cuisinière, s'intéressait beaucoup au sujet et n'avait aucune difficulté à susciter une conversation. A l'occasion, elle demandait quelle était la délicieuse odeur de cuisine qui provenait de chez les gens et même ceux qui se nourrissaient exclusivement de pop-corn depuis toute une semaine l'accueillaient avec joie.

Elle se trouvait maintenant dans le salon d'un appartement au sous-sol d'un immeuble de Breidholt et prenait le café en compagnie d'une femme d'âge mûr de Husavik, veuve depuis de nombreuses années cette dernière était mère de deux enfants adultes. Elle s'appelait Sigurlaug et figurait en dernière position sur la liste d'Elinborg. Il lui avait été donné de formuler la question sensible avec tact et elle avait demandé à ses interlocutrices d'entrer en contact avec elle si elles entendaient parler de quelque chose dans le groupe de leurs amis, des racontars de Husavik, faute de mieux.

– ... voilà donc pourquoi nous sommes à la recherche d'une femme de Husavik de votre âge qui aurait pu connaître Holberg à cette époque-là et avoir des problèmes avec lui.

– Je ne me rappelle aucun Holberg à Husavik, dit la femme. Quel genre de problème avez-vous en tête ?

– Holberg était de passage à Husavik, expliqua Elinborg, il est donc logique que vous ne vous souveniez pas de lui. Il n'y a jamais habité. Il s'agissait d'une agression physique. Nous savons qu'il a agressé une femme dans le village il y a des dizaines d'années et nous essayons de la retrouver.

– Vous avez certainement tout cela quelque part dans vos fichiers.

– La victime n'a jamais porté plainte pour l'agression.

– De quel genre d'agression s'agissait-il ?

– Un viol.

La femme porta machinalement sa main à sa bouche et ses yeux s'écarquillèrent.

– Seigneur Dieu ! s'exclama-t-elle. Je ne sais rien sur ça. Un viol ! Dieu tout-puissant. Je n'ai jamais entendu parler d'une telle chose !

– Non, il semble que ce soit demeuré secret, poursuivit Elinborg. Elle se déroba adroitement aux questions pressantes de la femme qui voulait connaître les moindres détails de l'affaire, parla d'une enquête encore balbutiante et ajouta que tout cela pouvait n'être que des rumeurs. Je me demandais, dit-elle ensuite, si vous connaissiez des gens qui pourraient en savoir plus sur la question. La femme lui communiqua les noms de deux de ses amies de Husavik dont elle confia que rien ne leur échappait jamais. Elinborg consigna leurs noms, resta encore un moment afin de ne pas se montrer impolie avant de prendre congé.

Erlendur avait au front une cicatrice sur laquelle il s'était mis un pansement. L'un des visiteurs de la veille au soir avait été neutralisé après qu'il lui eut claqué la porte sur le genou, le faisant ainsi tomber à terre, gémissant. L'autre assistait aux hostilités, décontenancé, et avant qu'il n'ait eu le temps de s'en rendre compte, Erlendur l'avait rejoint sur le pallier et, sans hésiter un instant, lui avait fait dévaler l'escalier d'un coup de tête. Celui-ci avait réussi à s'agripper à la rampe pour éviter de se cogner contre les marches. La vue du front tuméfié et sanglant d'Erlendur dans la cage d'escalier ne lui disait rien qui vaille. Il regarda un instant son camarade couché sur le sol et hurlant de douleur, regarda à nouveau Erlendur et pris la décision de disparaître. Il avait à peine plus de vingt ans.

Erlendur téléphona à une ambulance et pendant qu'il attendait, il parvint à savoir ce qu'ils voulaient à Eva Lind. L'homme était peu causant au départ mais quand Erlendur lui proposa d'examiner son genou, sa langue se délia immédiatement. C'étaient des encaisseurs. Eva Lind devait de l'argent et de la drogue à un individu quelconque dont Erlendur n'avait jamais entendu parler.

Erlendur n'expliqua pas la présence du pansement à qui que ce soit quand il retourna au travail le lendemain et personne n'osa le lui demander. La porte l'avait presque assommé quand elle était revenue vers lui après avoir heurté la jambe de l'encaisseur et l'avait atteint à la tête. Son front lui faisait diablement mal, il s'inquiétait terriblement pour Eva Lind et n'avait pas bien dormi pendant la nuit, il avait somnolé par intermittences dans le fauteuil en espérant que sa fille rentrerait avant que ça ne tourne au vinaigre. Il s'arrêta juste assez longtemps au bureau pour découvrir que Grétar avait eu une sœur, que sa mère était encore en vie et qu'elle était pensionnaire de la maison de retraite Grund.

Ainsi qu'il l'avait affirmé à Marion Briem, il ne se consacrait pas particulièrement à la recherche de Grétar, pas plus qu'à celle de la jeune fille de Gardabaer, mais cela ne pouvait nuire d'avoir plus d'éléments sur son compte. Grétar avait participé à la fête la nuit où Kolbrun avait été violée. Peut-être avait-il laissé derrière lui un souvenir de ce soir-là, un détail qu'il aurait confié à quelqu'un par mégarde. Erlendur ne s'attendait pas à apprendre quoi que ce soit de neuf sur la disparition ; pour sa part, Grétar pouvait bien reposer en paix où que ce soit. En revanche, il s'intéressait depuis longtemps au phénomène des disparitions en Islande. Derrière chacune d'elles se trouvait quelque chose d'effrayant mais son esprit nourrissait aussi une étrange fascination pour ces gens que la terre engloutissait sans que quiconque sache pourquoi.

La mère de Grétar était nonagénaire et aveugle. Erlendur eut un bref entretien avec la responsable de la maison de retraite qui avait bien du mal à détacher son regard de son front. Il apprit que Theodora était l'une des pensionnaires les plus âgées de la maison et qu'elle figurait également parmi ceux qui y avaient vécu le plus longtemps, une femme exemplaire sous tous rapports, aimée et admirée du personnel tout autant que des autres pensionnaires.

On accompagna Erlendur jusqu'à Theodora à qui on le présenta. La vieille dame était assise dans un fauteuil roulant, dans sa chambre, vêtue d'une salopette avec une couverture de laine posée sur les genoux, ses longs cheveux gris formant une grande tresse qui descendait le long du dossier du fauteuil, le corps recroquevillé, les mains décharnées et le visage respirant la bonté. Elle avait peu d'effets personnels. Une photographie de John F. Kennedy, le président des États-Unis, était accrochée dans un cadre au-dessus de son lit. Erlendur prit place dans un fauteuil face à elle, plongea son regard dans ces yeux qui ne voyaient plus et il annonça qu'il voulait lui parler de Grétar. Son ouïe semblait en bon état et ses idées claires. Elle ne manifesta aucun étonnement et alla droit au but, ainsi qu'elle l'avait, à l'évidence, toujours fait. On avait dit à Erlendur qu'elle était originaire du Skagafjördur. Elle parlait avec un fort accent du Nord.

– Mon petit Grétar n'avait rien d'un garçon modèle, commença-t-elle. A vrai dire, c'était une misérable canaille. Je ne sais pas d'où il tenait ça. Voleur et pitoyable. Il se bagarrait avec d'autres pauvres types de sa trempe, un ramassis de détritus et de saletés en tout genre. Est-ce que, par hasard, vous l'auriez retrouvé ?

– Non, répondit Erlendur. Mais l'un de ses amis a été assassiné récemment. Holberg. Vous en avez peut-être entendu parler.

– Non, il a été occis, dites-vous ?

Erlendur sourit ; pour la première fois depuis longtemps, il voyait une raison de sourire.

– Oui, assassiné à son domicile. Ils travaillaient ensemble dans le temps, lui et votre fils. Au service des phares et des affaires portuaires.

– La dernière fois que j'ai vu mon petit Grétar, et à cette époque-là, j'y voyais encore parfaitement clair, c'est quand il est venu me rendre visite pendant l'été des célébrations du onze centième anniversaire de la Colonisation. Il m'a volé de l'argent que je gardais dans un porte-monnaie ainsi qu'un peu d'argenterie. Je ne m'en suis rendu compte qu'après son départ, quand j'ai constaté que les sous avaient disparu. Ensuite, c'est Grétar lui-même qui a disparu. Comme s'il avait, lui aussi, été subtilisé. Connaîtriez-vous le coupable de ce vol ?

– Non, répondit Erlendur. Savez-vous ce qu'il fabriquait avant la disparition ? Et avec qui il frayait ?

– Je n'en ai pas la moindre idée, dit la vieille femme. Je n'ai jamais su ce que Grétar magouillait. Je vous l'ai déjà dit à cette époque-là.

– Saviez-vous qu'il faisait de la photo ?

– Oui, il prenait des photos. Il passait son temps à prendre ces sacrées photos. Je ne sais pas dans quel but. Il m'avait dit que les photos étaient les miroirs du temps présent mais je ne voyais pas ce qu'il voulait dire par là.

– N'était-ce pas un peu pompeux venant de Grétar ?

– Je ne l'avais jamais entendu s'exprimer de cette manière.

– Sa dernière adresse connue était à Bergstadastræti où il louait une chambre. Que sont devenus ses objets personnels, son appareil photo et les pellicules ? En avez-vous connaissance ?

– Peut-être que ma petite Klara le sait, répondit Theodora. Ma fille. C'est elle qui s'est chargée de vider sa chambre. Elle a jeté toutes ces saletés, je crois.

Erlendur se leva et elle accompagna son mouvement de la tête. Il la remercia de son aide en précisant que celle-ci avait été fort utile. Il lui vint l'idée de la complimenter sur son apparence impeccable et sa vivacité d'esprit mais ne le fit pas. Il ne voulait pas lui parler comme à un enfant. Il parcourut du regard le mur au-dessus de son lit, s'arrêta sur la photo de Kennedy et ne put s'empêcher de lui poser la question.

– Pourquoi avez-vous mis une photo de Kennedy au-dessus de votre lit ? demanda-t-il en regardant dans ses yeux vides.

– Aïe, soupira Theodora, j'avais le béguin pour lui de son vivant.

21

Les cadavres étaient allongés côte à côte sur la table de dissection réfrigérée de la morgue de la rue Baronstigur. Erlendur s'efforça d'éviter de penser à la façon dont il avait réuni le père et la fille dans la mort. Le corps de Holberg avait déjà été autopsié et examiné mais il restait à pratiquer des examens complémentaires à la recherche de la maladie héréditaire ainsi que des tests génétiques attestant sa parenté avec Audur. Erlendur remarqua que ses doigts étaient noirs. On avait relevé ses empreintes digitales sur son cadavre. La dépouille d'Audur était enveloppée d'un drap de toile blanche sur la table à côté de celle de Holberg. On ne l'avait pas encore touchée.

Erlendur ne connaissait pas le médecin légiste et ne le voyait que rarement. De haute taille, ses grandes mains recouvertes de fins gants de latex, il portait un tablier blanc par-dessus une combinaison verte qui se boutonnait à l'arrière et un pantalon vert d'un tissu identique. Il avait un masque devant la bouche, un bonnet de plastique bleu sur la tête et portait aux pieds des chaussures de sport blanches.

Il était déjà arrivé à Erlendur de venir à la morgue et, à chaque fois, il ressentait le même malaise. L'odeur de la mort emplissait ses sens et imprégnait ses vêtements, l'odeur du formol, des produits de nettoyage et la puanteur terrifiante des corps morts qui avaient été ouverts.

De puissants néons descendaient du plafond et éclairaient la salle sans fenêtre d'une lumière blanche et aveuglante. De grandes dalles de faïence couvraient le sol, les murs étaient carrelés jusqu'à mi-hauteur et leur partie supérieure recouverte de peinture acrylique blanche. On avait placé contre eux des tables couvertes de microscopes et d'autres instruments d'analyse. Sur les murs se trouvaient des placards dont certains étaient munis de portes vitrées à travers lesquelles on pouvait voir des instruments et des éprouvettes qui dépassaient la compétence d'Erlendur. En revanche, il comprenait parfaitement la fonction des scalpels, des pinces et des scies, disposés de manière ordonnée sur la longue table à outils.

Erlendur remarqua qu'un diffuseur de parfum était accroché au néon qui se trouvait au-dessus de l'une des deux tables de dissection. Il était illustré d'une jeune fille vêtue d'un bikini rouge qui courait sur une étendue de sable blanc. Une radio-cassette se trouvait sur l'une des tables, accompagnée de quelques cassettes. Il en sortait de la musique classique. Mahler, à ce que croyait Erlendur. Le plateau-repas du médecin était posé sur la table, à côté de l'un des microscopes.

– Il y a longtemps qu'elle ne sent plus rien, la gamine, mais le corps est encore en bon état, dit le médecin qui leva les yeux vers Erlendur, voyant qu'il hésitait à entrer dans la pièce illuminée de la mort et de la pourriture.

– Hein ? fit Erlendur qui ne quittait pas des yeux la forme blanche. Le médecin avait pris un ton enjoué qu'il ne comprenait pas.

– Je veux parler de la fille en bikini, précisa le médecin en indiquant le diffuseur de parfum d'un mouvement de la tête. Il faut que je m'achète un nouveau diffuseur. On ne s'habitue sûrement jamais à l'odeur. Entrez donc. N'ayez pas peur. Ce ne sont que des restes de viande. (Il fit tournoyer un scalpel au-dessus du corps de Holberg.)

Sans âme, sans vie, juste un amas de viande. Vous croyez aux fantômes ?

– Hein ? fit à nouveau Erlendur.

– Pensez-vous que leurs âmes soient en train de nous surveiller ? Pensez-vous qu'elles flottent en l'air dans cette pièce ou qu'elles se soient installées dans d'autres corps ? Qu'elles se soient réincarnées ? Croyez-vous à la vie après la mort ?

– Non, je n'y crois pas, répondit Erlendur.

– L'homme que voilà est mort après avoir reçu sur la tête un coup violent qui a perforé le cuir chevelu, brisé la boîte crânienne et atteint directement le cerveau. Je suppose que celui qui a donné le coup se trouvait face à lui. Il n'est pas improbable qu'ils se soient regardés dans les yeux. L'assaillant était sûrement droitier, la blessure se trouvant sur le côté gauche. Et il est en bonne forme physique, un homme jeune ou dans la force de l'âge, il ne peut s'agir d'une femme, à moins qu'elle effectue un travail de force. Le coup a entraîné la mort d'une façon presque instantanée. Il a vu le couloir et la grande lumière.

– Il y a de bonnes chances pour qu'il ait emprunté l'autre route, rectifia Erlendur.

– Bon. L'estomac est presque vide, des restes d'œuf et de café, le gros intestin est plein. Il souffrait, si le mot n'est pas trop fort, de constipation. Ce qui n'a rien d'exceptionnel vu son âge. Personne n'a réclamé le corps, autant que je sache, nous avons donc demandé l'autorisation de nous en servir à des fins d'enseignement. Qu'en pensez-vous ?

– Il sera donc plus utile mort que vif.

Le médecin regarda Erlendur, se dirigea vers l'une des tables et attrapa sur un plateau d'acier un amas de chair rougeâtre qu'il brandit en l'air d'une main.

– Je ne puis dire si les gens étaient bons ou mauvais, dit-il. Ceci pourrait tout aussi bien être le cœur d'un saint. Ce que nous devons découvrir, si je vous comprends bien, c'est si cet organe a pompé du sang dégénéré.

Décontenancé, Erlendur regarda le médecin tenir et examiner le cœur de Holberg. Il le regarda trifouiller ce muscle sans vie comme s'il n'y avait rien au monde de plus normal.

– C'était un cœur solide, poursuivit le médecin. Il aurait pu continuer à pomper pendant des années, il aurait pu faire un centenaire de son propriétaire. En parfait état.

Le médecin reposa le cœur sur le plateau d'acier.

– Notre cher Holberg présente une particularité assez intéressante, dit-il, que je n'ai pas encore examinée avec toute l'attention qu'elle mérite. Vous allez certainement vouloir que je le fasse. Il présente un certain nombre de symptômes légers indiquant une maladie particulière. J'ai découvert une petite tumeur à l'intérieur de son cerveau, une tumeur bénigne qui lui a toutefois causé quelques désagréments et il porte également des taches cutanées, particulièrement ici, sous les bras.

– Des taches de café ? demanda Erlendur.

– Café au lait, c'est ainsi qu'on les nomme dans les ouvrages scientifiques. C'est bien cela, des taches de café. Vous savez de quoi il s'agit ?

– Absolument pas.

– Je trouverai sans doute d'autres symptômes lors d'un examen plus approfondi.

– Il a été question de taches de café dans le cas de la fillette. Elle a eu une tumeur au cerveau. Une tumeur maligne. Savez-vous de quelle maladie il s'agit ?

– Je ne peux pas encore le dire.

– Sommes-nous en présence d'une maladie héréditaire ?

– Je n'en sais rien.

Le médecin s'approcha de la table sur laquelle était étendue Audur.

– Connaissez-vous l'histoire d'Einstein ? demanda-t-il.

– Einstein ? répéta Erlendur.

– Albert Einstein.

– Quelle histoire ?

– C'est une histoire étrange. Mais authentique. Thomas Harvey, vous avez déjà entendu parler de lui ? Le médecin légiste.

– Non.

– Il était de service quand Einstein est mort, continua le médecin. C'était un homme doté d'une grande curiosité d'esprit. C'est lui qui a autopsié le cadavre mais, comme il s'agissait d'Einstein, il n'a pas pu s'empêcher d'ouvrir son crâne et d'examiner son cerveau. Seulement, il ne s'est pas borné à ça. Il a volé le cerveau d'Einstein.

Erlendur demeurait silencieux, il ne voyait absolument pas où le docteur voulait en venir.

– Il l'a rapporté chez lui. Les gens ont la manie de collectionner de drôles de choses, surtout quand cela met en jeu des hommes célèbres. Harvey a perdu son poste quand on a découvert le vol et il est devenu de plus en plus secret, un vrai héros de légende. Il y avait des histoires qui couraient sur lui. Il a toujours conservé le cerveau chez lui. Je ne sais comment il y est parvenu, mais les descendants d'Einstein essayaient constamment de lui faire rendre l'organe, sans aucun résultat. Quand il atteignit un âge avancé, il fit la paix avec les descendants et décida de leur rendre le cerveau. Il le plaça dans le coffre de sa voiture et traversa les États-Unis jusque chez les petits-enfants d'Einstein, en Californie.

– C'est vrai ?

– On ne peut plus vrai.

– Pour quelle raison est-ce que vous me racontez ça ? demanda Erlendur.

Le médecin souleva le drap du corps de l'enfant et regarda en dessous.

– Il manque son cerveau, annonça-t-il tout à coup.

L'expression d'insouciance avait déserté son visage.

– Hein ? fit Erlendur.

– Le cerveau, dit le médecin, n'est pas à sa place.

22

Erlendur ne saisissait pas le sens des paroles du médecin et le regardait comme s'il ne l'avait pas entendu. Il
ne comprenait pas de quoi le médecin parlait. Il glissa
un regard furtif sous le drap mais détourna subitement
les yeux quand il vit les os d'une petite main apparaître.
Il ne se sentait pas la force de conserver dans son esprit
l'image de ce qui se trouvait sous le drap. Il n'avait pas
envie de savoir à quoi ressemblaient les restes terrestres
d'une petite fille. Il ne voulait pas que cette image se
présente à lui à chaque fois qu'il penserait à elle.

– Elle a déjà subi une autopsie, continua le légiste.

– Le cerveau est manquant ? s'écria Erlendur.

– Elle a été autopsiée à cette époque-là.

– Exact, à l'hôpital de Keflavik.

– A quelle date est-elle décédée ?

– En 1968, répondit Erlendur.

– Et si je comprends bien, Holberg était censé être
son père mais ils n'habitaient pas sous le même toit, ses
parents ?

– La fillette n'avait que sa mère.

– Une autorisation de prélèvement d'organes à des
fins de recherche avait-elle été délivrée ? continua le
médecin. Savez-vous quelque chose à ce sujet ? Est-ce
que la mère a donné son aval ?

– Je ne peux absolument pas m'imaginer que ç'ait été
le cas, répondit Erlendur.

– Il a peut-être été prélevé sans autorisation. Qui s'est occupé d'elle quand elle est morte ? Qui était son médecin traitant ?

Erlendur mentionna le nom de Frank. Le médecin devint pensif.

– Je ne peux pas prétendre être tout à fait ignorant de ce genre de pratique. On demande parfois aux proches si l'on peut prélever des organes pour les besoins de la recherche. Tout cela, au nom de la science, évidemment. C'est une nécessité. Également pour l'enseignement. Je connais des cas où, aucun proche parent n'étant présent, certains organes ont été enlevés pour la recherche avant que le corps soit autopsié. En revanche, j'en connais bien peu où des organes ont été volés quand les proches prenaient part à la décision.

– Comment est-il possible que le cerveau ait disparu ? demanda à nouveau Erlendur.

– La tête a été sciée en deux morceaux et il a été enlevé d'un seul tenant.

– Non, je voulais dire…

– Cela a été fait proprement, continua le médecin. L'œuvre d'un spécialiste. La moelle épinière a été sectionnée ici, à l'arrière du cou, ce qui a libéré le cerveau.

– Je sais que le cerveau a été étudié à cause d'une tumeur, dit Erlendur. Vous suggérez donc qu'il n'aurait pas été remis à sa place.

– C'est une explication plausible, dit le médecin en recouvrant le corps. S'ils ont prélevé le cerveau afin de l'étudier, il y a peu de chances qu'ils aient pu le remettre en place à temps avant l'inhumation. Il faut qu'il se solidifie.

– Qu'il se solidifie ?

– Afin qu'il soit plus facile de l'examiner. Il doit acquérir la consistance du fromage frais. Et cela met un certain temps.

– N'aurait-il pas suffi de faire simplement quelques prélèvements ?

– Je ne sais pas, répondit le médecin. La seule chose que je sais, c'est que le cerveau n'est pas à sa place et qu'il sera, par conséquent, difficile de savoir précisément ce qui a entraîné la mort. Peut-être pourrons-nous le découvrir en pratiquant un test d'ADN dans les os. La question est de savoir ce que cela nous apprendra.

Frank ne cachait pas sa surprise quand il vint ouvrir la porte et vit à nouveau Erlendur sur les marches sous une pluie battante.

– Nous avons exhumé la petite, dit Erlendur sans ambages, et il manque son cerveau. Savez-vous quelque chose à ce propos ?

– Exhumée ? Le cerveau ? répondit le docteur, étonné, et il invita Erlendur à le suivre dans son cabinet. Qu'entendez-vous par *il manque son cerveau* ?

– Tout bêtement ce que je viens de vous dire. Le cerveau a été enlevé. Probablement pour l'étudier afin d'identifier la cause du décès, et puis, il n'a pas été remis en place. Savez-vous ce qui s'est produit ? Savez-vous quelque chose de cette affaire ?

– J'étais juste son médecin traitant comme je crois vous l'avoir expliqué lors de votre dernière visite. Elle était suivie par les médecins de l'hôpital de Keflavik.

– Celui qui a pratiqué l'autopsie est décédé. Nous avons obtenu une copie du rapport légal qu'il a produit, celui-ci est très elliptique et ne mentionne rien d'autre qu'une tumeur au cerveau. Si tant est qu'il ait effectué des examens plus approfondis, il n'en a laissé aucune trace. N'aurait-il pas été suffisant de faire des prélèvements ? Était-il nécessaire d'enlever l'ensemble du cerveau ?

Le médecin haussa les épaules.

– Je ne suis pas spécialiste de la question.

Il eut un moment d'hésitation.

– Manquait-il d'autres organes ? demanda-t-il ensuite.

– D'autres organes ? fit Erlendur.

– A part le cerveau. Était-ce le seul organe manquant ?

– Que voulez-vous dire ?

– Rien d'autre n'a été prélevé ?

– Je ne crois pas. Le légiste n'a pas parlé de ça. Rien d'autre n'a été prélevé ? Où voulez-vous en venir ?

Frank regarda Erlendur d'un air pensif.

– Je suppose que vous n'avez jamais entendu parler de la Cité des Jarres ?

– La Cité des Jarres ?

– Oui.

– Comment ça ? Quelle Cité des Jarres ?

– On l'a fermée, si mes informations sont exactes, il n'y a pas si longtemps. C'était comme ça qu'on surnommait ces salles. La Cité des Jarres.

– Quelles salles ?

– Là-bas, à Baronstigur. C'était là qu'ils entreposaient les organes.

– Les organes ?

– Ils étaient conservés dans du formol à l'intérieur de bocaux en verre. Toutes sortes d'organes, provenant des hôpitaux. A des fins pédagogiques. En médecine générale, en anatomie, en physiopathologie, enfin toutes ces disciplines aux noms compliqués. Ils étaient entreposés dans une salle que les étudiants en médecine surnommaient la Cité des Jarres. Des intestins, des reins, des membres. Ainsi que des cerveaux.

– Et ils provenaient des hôpitaux ?

– C'est à l'hôpital que les gens meurent. Et qu'ils sont autopsiés. Là encore avec un but pédagogique. Les organes sont examinés. Et ils ne sont pas tous remis en place, certains sont mis de côté pour les cours. A cette époque, on les envoyait à la Cité des Jarres.

– Pourquoi est-ce que vous me racontez ça ?

– Il n'est pas certain que le cerveau ait complètement disparu.

172

– Ah bon ?

– Il se peut qu'il se trouve dans une quelconque Cité des Jarres. Les échantillons prélevés pour l'enseignement sont tous répertoriés et classés. S'il est absolument nécessaire que vous retrouviez ce cerveau alors, il y a une possibilité qu'il soit encore conservé quelque part.

– Je n'ai jamais entendu parler d'une chose pareille. Est-ce qu'on prélève les organes en l'absence d'autorisation ou bien est-ce qu'on demande l'accord de la famille… comment est-ce que tout ça fonctionne ?

Le médecin haussa les épaules.

– A dire vrai, je ne sais pas. On rencontre sûrement tous les cas de figure. Les organes sont absolument essentiels pour l'enseignement. Tous les CHU du monde ont à leur disposition une importante collection d'organes. J'ai même entendu parler de certains médecins, des chercheurs, possédant leur propre collection privée, mais je ne donne pas cher de cette affirmation.

– Des collectionneurs d'organes ?

– Il en existe.

– Des collectionneurs d'organes ? !

– Oui.

– Qu'est devenue cette Cité des Jarres, si elle n'existe plus ?

– Je n'en sais rien.

– Croyez-vous que le cerveau aurait pu atterrir là-bas ? Conservé dans du formol ?

– Peu importe. Vous avez exhumé la fillette, n'est-ce pas ?

– C'était peut-être une erreur, soupira Erlendur. Peut-être tout cela est-il une gigantesque erreur.

23

Elinborg avait retrouvé Klara, la sœur de Grétar. Sa recherche d'une autre victime de Holberg, la Femme de Husavik, ainsi que l'avait surnommée Erlendur, n'avait donné aucun résultat. Toutes les femmes avaient réagi de la même façon : tout d'abord, un étonnement phénoménal et authentique, et ensuite une curiosité brûlante qui fit qu'Elinborg dut faire appel à toutes les ressources dont elle disposait pour ne pas se laisser tirer les vers du nez sur les détails de l'affaire. Bien qu'elle-même et les autres policiers en charge de l'enquête ne cessent de marteler qu'il s'agissait là d'une affaire extrêmement sensible dont il ne fallait parler à personne, elle savait qu'ils ne parviendraient pas à empêcher que les fils du téléphone arabe chauffent à blanc dès que viendrait le soir.

Klara occupait un appartement propret dans un immeuble du quartier de Seljahverfi, sur la colline de Breidholt, une banlieue de Reykjavik. Elle vint accueillir Elinborg sur le pas de la porte, c'était une femme frêle d'une soixantaine d'années, brune, vêtue d'un jean et d'un pull bleu. Elle fumait une cigarette.

– Vous avez interrogé maman ? dit-elle une fois qu'Elinborg se fut présentée et qu'elle l'eut invitée à entrer, amicale et intriguée.

– C'est Erlendur qui s'en est chargé, dit Elinborg, il travaille avec moi.

– Elle m'a dit qu'il n'allait pas bien, dit Klara en précédant Elinborg dans le salon où elle l'invita à s'asseoir. Elle fait toujours des tas de remarques incompréhensibles.

Elinborg ne répondit rien.

– Aujourd'hui, c'est mon jour de congé, poursuivitelle, comme si elle désirait expliquer pour quelle raison elle traînait ainsi chez elle au milieu de la journée, à fumer des cigarettes. Elle déclara travailler dans une agence de voyages. Son mari était au travail, ses deux enfants avaient quitté le cocon familial ; sa fille faisait médecine, dit-elle, pas peu fière. Elle venait à peine d'éteindre sa cigarette qu'elle en prit une nouvelle qu'elle alluma aussitôt. Elinborg toussa poliment mais Klara ne releva pas l'allusion.

– J'ai appris, pour Holberg, dans les journaux, dit Klara comme si elle voulait stopper net sa propre logorrhée. Maman m'a dit que l'homme qui est venu la voir l'avait interrogée sur Grétar. C'était mon demi-frère. Maman a oublié de préciser ça. Grétar et moi sommes de la même mère. Nos pères sont tous les deux morts depuis bien longtemps.

– Nous ne le savions pas, dit Elinborg.

– Vous voulez voir les saletés que j'ai récupérées chez Grétar ?

– Oui, ce serait bien, répondit Elinborg.

– Il habitait dans un taudis répugnant. Vous l'avez retrouvé ?

Klara regardait Elinborg en inspirant goulûment la fumée dans ses poumons.

– Non, nous ne l'avons pas retrouvé, répondit Elinborg, et je ne crois pas que ce soit précisément lui que nous recherchons. (Elle toussa poliment une seconde fois.) Il s'est écoulé plus d'un quart de siècle depuis sa disparition et par conséquent…

– Je n'ai aucune idée de ce qui s'est passé, interrompit

Klara en expirant une épaisse bouffée de fumée. Nous n'avions pas beaucoup de relations. Il était un peu plus âgé que moi, d'un caractère particulier et désagréable. Il ne disait jamais un mot, il profitait de maman et nous volait, elle et moi, à chaque fois qu'il le pouvait. Puis, il a quitté la maison.

– Vous ne connaissez donc pas Holberg? demanda Elinborg.

– Non.

– Ni Ellidi? ajouta-t-elle.

– Quel Ellidi?

– Ce n'est pas grave.

– Je ne connaissais pas les fréquentations de Grétar. Au moment de sa disparition, une certaine Marion est venue m'interroger et m'a emmenée chez lui. Un taudis infâme. Il régnait dans cette pièce une puanteur à faire vomir, le sol était jonché de détritus, de têtes de moutons à moitié mangées et de purée de navets moisie dont il se nourrissait.

– Marion? demanda Elinborg. Elle ne travaillait pas depuis assez longtemps à la Criminelle pour que ce nom lui dise quelque chose.

– Oui, c'était son nom.

– Vous vous souvenez d'un appareil photo parmi les saletés de votre frère?

– C'était la seule chose en état de marche dans la chambre. Je l'ai récupéré mais je ne m'en suis jamais servi. La police pensait que c'était un objet volé et je n'aime pas trop ce genre de chose. Je l'ai mis dans mon box, ici, à la cave. Vous désirez le voir? Est-ce pour l'appareil photo que vous êtes venue?

– Je pourrais le voir? demanda Elinborg.

Klara se leva. Elle pria Elinborg de patienter un instant, se dirigea vers la cuisine et revint avec un porte-clefs. Elles sortirent dans la cage d'escalier et descendirent jusqu'à la cave. Klara ouvrit la porte menant aux boxes, alluma la lumière, ouvrit l'une des portes. L'endroit regorgeait d'objets hétéroclites, des chaises longues et des sacs de couchage, du matériel de ski et de camping. Le regard d'Elinborg tomba immédiatement sur un appareil bleu servant à masser les pieds et sur un distributeur de soda, elle soupira de lassitude en son for intérieur.

– Je conserve tout ça dans un carton, dit Klara qui avait parcouru la moitié de la longueur du box en se faufilant entre les objets. Elle se baissa et attrapa un petit carton de couleur marron. Je crois que c'est là-dedans que j'ai tout mis. Ce gars-là ne possédait rien, excepté l'appareil photo. Elle ouvrit le carton et s'apprêtait à y prendre quelque chose mais Elinborg l'arrêta net.

– N'enlevez rien du carton, dit-elle en tendant les bras pour l'attraper. On ne sait jamais ce que le contenu du carton pourrait nous dévoiler, dit-elle en guise d'explication.

Klara lui tendit le carton d'un air plutôt vexé et Elinborg l'ouvrit. Il contenait trois romans policiers froissés en édition de poche, un canif, quelques pièces de monnaie et un appareil photo, un Kodak Instamatic qui pouvait se glisser dans la poche, dont Elinborg se souvint qu'il avait, dans le temps, été un cadeau de Noël ou de communion très à la mode. Ce n'était pas franchement une pièce intéressante pour un homme pris d'une passion dévorante pour les appareils photos mais il avait son utilité, sans aucun doute. Elle ne vit aucune pellicule dans le carton. Erlendur lui avait demandé de regarder, avant tout, si Grétar avait laissé des pellicules derrière lui. Elle prit son mouchoir, retourna l'appareil et vit qu'il était également vide. Il n'y avait pas non plus de photos dans le carton.

– Et puis, là-bas, vous avez toutes sortes de récipients et de liquides, dit Klara en indiquant le fond du box. Je crois qu'il faisait lui-même ses développements. Il y a aussi un peu de papier photo. Il est sûrement inutilisable, n'est-ce pas ? Bon à mettre à la poubelle.

– Il vaut mieux que je l'emporte aussi, dit Elinborg et Klara repartit s'enfoncer dans l'amas d'objets.

– Savez-vous où il rangeait ses photos ?

– Non.

– Et en connaissiez-vous le motif ?

– Eh bien, je suppose que c'était parce que ça lui plaisait bien, répondit Klara.

– Non, je veux dire le motif, enfin le sujet des photos qu'il prenait.

– Ah, non, il ne me montrait jamais rien. Nous n'avions pas beaucoup de contacts, comme je vous l'ai déjà dit. Je ne sais pas où sont ses photos. Grétar n'était rien qu'une sale petite racaille, continua-t-elle, se demandant si elle ne se répétait pas, puis elle haussa les épaules comme si elle pensait qu'on ne répétait jamais assez les vérités.

– Je serais très heureuse de pouvoir emmener le carton avec moi, dit Elinborg. J'espère que cela ne vous pose pas de problème. Nous vous le rendrons rapidement.

– Que se passe-t-il ? demanda Klara, manifestant pour la première fois de l'intérêt à cette visite de la police et aux questions demeurées en suspens à propos de son frère. Vous savez où se trouve Grétar ?

– Non, répondit Elinborg en essayant de dissiper la moindre trace de doute. Nous n'avons pas de nouveaux éléments concernant cette affaire. Absolument rien.

Le nom des deux femmes en compagnie de Kolbrun le soir où Holberg s'était attaqué à elle se trouvait mentionné sur les rapports de la police. Erlendur avait lancé des recherches et il était apparu qu'elles étaient toutes les deux originaires de Keflavik mais qu'elles n'y habitaient plus.

L'une d'elles avait épousé un militaire de la base américaine quelques années après les faits et demeurait aux

USA, quant à l'autre, elle avait déménagé de Keflavik à Stykkisholmur cinq ans plus tard. Elle y était encore officiellement domiciliée. Erlendur se demanda s'il devait consacrer toute une journée de voyage vers l'ouest jusqu'à Stykkisholmur ou bien se contenter de téléphoner à la femme en question et voir si cela ne suffisait pas.

Erlendur n'était pas très doué en anglais et s'arrangea pour que Sigurdur Oli retrouve la femme qui avait émigré aux USA. Celui-ci entra en contact avec son mari et il apparut qu'elle était décédée depuis quinze ans, emportée par un cancer. Elle avait été inhumée en terre américaine.

Erlendur téléphona à Stykkisholmur et entra sans difficulté en contact avec la seconde femme. Il appela d'abord chez elle où on lui dit qu'elle était au travail. Elle était infirmière à l'hôpital.

La femme écouta Erlendur lui expliquer la raison de son appel mais avoua qu'elle ne pouvait malheureusement lui être d'aucun secours. Elle n'avait pas été capable d'aider la police à cette époque-là et les choses n'avaient pas évolué depuis lors.

– Nous pensons que Holberg a été assassiné, dit Erlendur, et nous croyons que ce meurtre est lié à cet événement.

– J'ai vu ça au journal télévisé, répondit la voix au téléphone. La femme s'appelait Agnes et Erlendur essayait de se faire une idée de son apparence en se basant sur sa voix. Il se représenta d'abord une septuagénaire décidée et forte, plutôt enveloppée, à cause de son souffle court. Mais il remarqua ensuite qu'elle avait une mauvaise toux du fumeur et Agnes prit une autre forme dans son esprit, elle devint maigre comme un clou, sa peau jaunâtre et craquelée. Elle avait une méchante toux chargée de graillons qui se manifestait à intervalles réguliers.

– Vous vous souvenez de la soirée à Keflavik ? demanda Erlendur.

– Je suis rentrée chez moi avant eux, répondit Agnes.

– Vous étiez en compagnie de trois hommes.

– Je suis rentrée chez moi accompagnée d'un dénommé Grétar. Je vous l'ai déjà dit à cette époque-là. Ça me met plutôt mal à l'aise de parler de ça.

– Le fait que vous soyez rentrée chez vous en compagnie de Grétar est une information nouvelle en ce qui me concerne, observa Erlendur en feuilletant les rapports devant lui.

– Je le leur ai dit quand ils m'ont interrogée sur le même sujet, il y a toutes ces années.

Elle toussa en tentant de protéger Erlendur des graillons.

– Excusez-moi, mais je n'ai jamais réussi à arrêter cette saleté de cigarette. C'était une graine de racaille, ce pauvre Grétar. Je ne l'ai jamais revu depuis.

– Comment avez-vous fait la connaissance de Kolbrun ?

– Nous travaillions ensemble. C'était avant que je n'entreprenne mes études d'infirmière. Nous étions toutes les deux dans un magasin de Keflavik qui est fermé depuis longtemps. C'était la première et la dernière fois que nous sommes sorties ensemble. Ce qui se comprend bien.

– Vous avez cru Kolbrun quand elle a parlé du viol ?

– Je ne l'ai appris que quand la police a subitement fait irruption chez moi et qu'on m'a posé des questions concernant cette soirée. Je ne peux imaginer qu'elle ait inventé une chose pareille. Kolbrun était irréprochable. D'une honnêteté sans faille dans tout ce qu'elle entreprenait mais plutôt effacée. D'une constitution frêle et maladive. Elle n'avait rien d'une forte personnalité. Cela peut sembler terrible à dire, mais elle n'avait rien d'une fille sympathique, si vous voyez ce que je veux dire. Elle ne respirait pas franchement la joie de vivre.

Agnes marqua une pause, Erlendur attendit qu'elle reprenne.

– Elle n'était pas trop partante pour faire la fête et, ce soir-là, j'ai vraiment dû lui forcer la main pour qu'elle nous suive, moi et ma copine, la défunte Helga. Elle est morte en Amérique, vous le savez peut-être déjà. Kolbrun était tellement en retrait et d'une certaine manière si seule que j'avais envie de faire quelque chose pour elle. Elle avait donné son accord pour aller au bal, puis elle nous avait suivies jusque chez Helga mais avait l'intention de rentrer rapidement chez elle. Je suis malgré tout repartie avant elle, je ne sais donc pas exactement ce qui s'est passé là-bas. Elle n'est pas venue au travail le lundi suivant et je me rappelle lui avoir téléphoné, mais elle n'a pas répondu. Quelques jours plus tard, vous, ou plutôt la police est venue pour me poser des questions sur Kolbrun. Je ne savais pas quoi penser. Je n'avais rien remarqué d'anormal entre Holberg et Kolbrun. Il était plutôt charmant, si je me souviens bien. J'étais très étonnée quand les policiers m'ont parlé d'un viol.

– Il devait sûrement bien présenter, dit Erlendur. Un homme à femmes, je crois que c'est la description qu'on faisait de lui.

– Je me souviens qu'il était venu à la boutique.

– Qui ça, *il* ? Holberg ?

– Oui, Holberg. Je crois que c'est pour cette raison qu'il s'est assis à notre table ce soir-là. Il affirmait être inspecteur et avoir été envoyé par Reykjavik mais il mentait probablement, n'est-ce pas ?

– Ils travaillaient tous au Service des phares et des affaires portuaires, de quel genre de boutique s'agissait-il ?

– Une boutique féminine. Nous vendions des vêtements pour femmes. Et aussi de la lingerie.

– Et il est entré dans la boutique ?

– Oui, la veille. Le vendredi. Il a fallu que je me remémore tout ça à cette époque-là et je m'en souviens bien. Il disait qu'il cherchait quelque chose pour sa femme. C'est moi qui l'ai servi et quand nous nous sommes croisés au bal, il a fait comme s'il me connaissait.

– Êtes-vous restés en contact avec Kolbrun après l'événement ? Lui avez-vous parlé de ce que qui s'est passé ?

– Elle n'est jamais revenue à la boutique et, comme je vous dis, je n'ai su ce qui était arrivé que lorsque les policiers m'ont interrogée. Je ne la connaissais pas si bien que ça. J'ai tenté de lui téléphoner un certain nombre de fois au moment où elle a arrêté de venir au travail mais je ne suis jamais tombée sur elle. Je ne voulais pas trop m'occuper de ses affaires. Elle était comme ça. Secrète. Plus tard, sa sœur est venue me voir pour m'annoncer que Kolbrun ne reviendrait pas à la boutique. J'ai appris qu'elle était morte quelques années plus tard. A ce moment-là, j'avais déjà déménagé à Stykkisholmur. Il s'agissait d'un suicide, n'est-ce pas ? Enfin, c'est ce qu'on m'a dit.

– Elle est morte, répondit Erlendur puis il remercia poliment Agnes d'avoir accepté de lui parler.

Il pensa tout à coup à Sveinn, un homme dont il avait lu l'histoire. Celui-ci avait survécu à une tempête sur la lande de Mosfellsheidi. Les souffrances et la mort de ses camarades ne semblaient avoir aucun effet sur Sveinn. Il était le mieux équipé de tous les voyageurs et fut le seul à parvenir sain et sauf aux habitations. La première chose qu'il fit, après s'être restauré à la ferme la plus proche de la lande, fut de chausser ses patins à glace et de se laisser glisser jusqu'au prochain étang pour s'y amuser.

Pendant ce temps-là, ses compagnons étaient encore en train de mourir de froid sur la lande.

Après cet événement, on ne l'appela plus que par le nom de Sveinn-le-sans-âme.

24

La recherche de la Femme de Husavik n'avait toujours
donné aucun résultat quand, dans la soirée, Sigurdur Oli
et Elinborg prirent place dans le bureau d'Erlendur pour
faire le point avant de rentrer chez eux. Sigurdur
Oli affirma que cela ne l'étonnait pas, qu'ils ne trouveraient jamais la femme en s'y prenant de cette façon.
Lorsque Erlendur demanda, énervé, s'il connaissait une
meilleure méthode, celui-ci secoua la tête.

– Je n'ai pas l'impression que nous soyons en train
de rechercher le meurtrier de Holberg, dit Elinborg en
fixant Erlendur. On dirait que nous cherchons une
tout autre chose dont je ne vois pas exactement la nature.
Tu as fait exhumer la petite fille et, par exemple, je suis
absolument incapable de dire pourquoi. Tu t'es mis à la
recherche d'un homme disparu depuis des lustres et je ne
vois pas en quoi c'est lié à l'enquête. J'ai l'impression
que nous ne nous posons pas les bonnes questions : soit
le meurtrier est un proche de Holberg, soit il s'agit
de quelqu'un qui ne le connaît ni d'Ève ni d'Adam et
qui s'est introduit chez lui dans le but de se livrer à un
cambriolage. Personnellement, je trouve que c'est
l'explication la plus plausible. Je crois qu'il faut que
nous recherchions cet homme-là de façon plus active.
Cette espèce de junkie. L'homme au treillis vert. Car,
en réalité, nous n'avons pas du tout exploré cette piste.

– Peut-être est-ce quelqu'un que Holberg a payé en

échange de services, interrompit Sigurdur Oli. Si l'on considère tout le matériel pornographique présent dans son ordinateur, il n'est pas improbable qu'il ait payé pour des services sexuels.

Erlendur demeurait silencieux devant les critiques et regardait ses paumes. Il savait que la majeure partie des dires d'Elinborg était vraie. Peut-être son esprit critique s'était-il altéré à cause des soucis que lui occasionnait Eva Lind. Il ne savait pas où elle avait atterri, il ne savait pas dans quel état elle était, des hommes qui lui voulaient du mal étaient à sa recherche et il ne savait que faire pour arranger les choses. Il ne dévoila ni à Sigurdur Oli ni à Elinborg la découverte qu'il avait faite chez le médecin légiste.

– Nous avons le message, dit-il. Ce n'est tout de même pas un hasard si nous l'avons retrouvé avec le cadavre.

La porte s'ouvrit subitement et le chef de la police scientifique passa la tête.

– Je suis parti, annonça-t-il. Je voulais juste vous dire qu'ils sont encore en train d'analyser l'appareil photo et qu'ils vous appelleront dès qu'ils trouveront un élément digne d'intérêt.

Il referma sans dire au revoir.

– Peut-être qu'on est en train de chercher midi à quatorze heures, dit Erlendur. Peut-être y a-t-il une solution d'une simplicité désarmante à tout ça. Peut-être que c'est l'œuvre d'un détraqué. Mais peut-être, et je crois que c'est le cas, peut-être ce meurtre a-t-il des racines bien plus profondes que nous l'imaginons. Peut-être que cela n'a rien de simple. Peut-être que l'explication se trouve dans les secrets de Holberg et dans ce qu'il a fait au cours de sa vie.

Erlendur marqua une pause.

– Et le message, poursuivit-il. *Je suis lui*. Qu'est-ce que vous en faites ?

– Il pourrait être l'œuvre d'un ami, dit Sigurdur Oli en dessinant des guillemets en l'air avec ses doigts. Ou d'un collègue de travail. Nous ne nous sommes pas beaucoup attardés de ce côté-là. En vérité, je ne vois pas ce que va nous apporter la recherche de cette bonne femme. Je n'ai aucune idée de la manière dont je dois m'y prendre pour leur demander si elles ont été violées sans me prendre un pot de fleurs dans la figure.

– Et Ellidi n'aurait pas déjà inventé des choses pareilles au cours de son existence ? N'est-ce pas précisément ce qu'il recherche, que nous nous couvrions de ridicule ? Est-ce que tu y as réfléchi ?

– Allons, qu'est-ce que c'est que ça, dit Erlendur comme s'il n'avait plus la patience d'écouter ces jérémiades. C'est l'enquête qui nous a mis sur cette piste. Il serait des plus étranges de négliger d'examiner les indices qui se manifestent à nous, quelle que soit leur provenance. Je sais que les meurtres qui ont lieu en Islande ne sont pas complexes mais il y a quelque chose dans tout ça qui ne colle pas, si vous voulez mettre le meurtre sur le compte d'un simple hasard. Je suis persuadé qu'il y a eu préméditation.

Le téléphone sonna sur le bureau d'Erlendur. Il décrocha, écouta quelques instants, hocha ensuite la tête, remercia et raccrocha. Ses soupçons venaient d'obtenir confirmation.

– La Scientifique, annonça-t-il en regardant Sigurdur Oli et Elinborg. L'appareil photo est celui utilisé pour prendre le cliché du cimetière où se trouve la tombe d'Audur. Des rayures semblables apparaissent lors du développement. Nous savons donc maintenant qu'il y a de fortes chances pour que ce soit Grétar qui ait pris la photo. Il est possible que quelqu'un d'autre ait utilisé l'appareil mais l'autre alternative me semble plus probable.

– Et qu'est-ce que ça nous apporte ? demanda Sigurdur Oli en regardant l'heure. Il avait invité Bergthora au restaurant le soir afin d'essayer de rattraper les maladresses commises le jour de son anniversaire.

– Cela nous apporte, par exemple, d'apprendre que Grétar était au courant qu'Audur était la fille de Holberg. Ils étaient peu nombreux à être dans la confidence. Et cela nous apprend aussi que Grétar avait des raisons, en premier lieu de trouver la tombe et en deuxième lieu, de la photographier, elle, en particulier. L'a-t-il fait à la demande de Holberg ? L'a-t-il fait contre sa volonté ? La disparition de Grétar est-elle liée à l'existence de ce cliché ? Si tel est le cas, de quelle façon ? Que voulait faire Grétar de cette photo ? Pourquoi l'avons-nous retrouvée cachée dans le bureau de Holberg ? Qui donc prend des clichés de tombes d'enfants ?

Elinborg et Sigurdur Oli regardaient Erlendur poser les questions. Ils remarquèrent que sa voix s'était faite chuchotement et virent qu'il n'était plus occupé à leur parler mais qu'il avait disparu en lui-même, distrait et distant. Il posa machinalement sa main sur sa poitrine et se mit à la gratter sans paraître se rendre compte de ce qu'il était en train de faire. Les deux autres se regardèrent mais n'osèrent pas poser de questions.

– Qui donc prend des photos de tombes d'enfants ? soupira une nouvelle fois Erlendur.

Plus tard dans la soirée, Erlendur retrouva l'homme qui avait envoyé les encaisseurs à la poursuite d'Eva Lind. Il avait obtenu les informations auprès de la brigade des stupéfiants qui possédait sur son compte un dossier bien fourni et savait qu'il tenait son QG dans un bar à bière du centre-ville, le Napoléon. Erlendur se rendit au bar et s'installa face à l'individu. On le surnommait Eddi, il avait la cinquantaine, il était enveloppé, n'avait plus que quelques dents jaunes dans la bouche, il était chauve.

– Tu croyais qu'on traiterait Eva autrement sous

prétexte que tu es flic ? dit Eddi dès qu'Erlendur s'assit. Il parut savoir immédiatement qu'il s'agissait d'Erlendur même s'ils ne s'étaient jamais vus. Erlendur avait l'impression que l'homme l'attendait.

– Tu l'as trouvée ? demanda Erlendur en parcourant du regard la salle obscure où il vit quelques malheureuses trognes attablées qui jouaient aux machos en se faisant des accolades et des grimaces. L'appellation du lieu prit immédiatement sens dans son esprit.

– Tu comprends que je suis son ami, dit Eddi. Je lui donne ce qu'elle veut. Parfois, elle me paie. Parfois, elle met trop longtemps. Le gars avec le genou te passe le bonjour.

– C'est lui qui t'a cafté.

– C'est pas facile de trouver des mecs fiables, observa Eddi en montrant la salle du doigt.

– Elle te doit combien ?

– Eva ? Deux cents mille. Mais pas seulement à moi.

– On peut s'arranger pour ça ?

– Comme tu veux.

Erlendur sortit vingt mille couronnes qu'il avait retirées en route au distributeur et posa l'argent sur la table. Eddi ramassa l'argent, le compta soigneusement et le mit dans sa poche.

– Je peux t'apporter le reste dans une semaine.

– C'est bon.

Eddi observa Erlendur un instant d'un air interrogateur. Ils étaient sur la même longueur d'ondes.

– Je croyais que tu allais ouvrir ta gueule, dit-il.

– Dans quel but je le ferais ? demanda Erlendur.

– Je sais où elle est, dit Eddi, mais tu n'arriveras jamais à sauver Eva.

Erlendur localisa l'immeuble, il s'était déjà rendu dans des endroits semblables au cours d'opérations de police. A l'intérieur de ce squat, Eva Lind était allongée sur un matelas en compagnie d'autres personnes. Certaines d'entre elles avaient son âge mais d'autres étaient nettement plus âgées. L'immeuble était ouvert et le seul obstacle était un homme, auquel Erlendur donnait une vingtaine d'années, qui vint l'accueillir à la porte en agitant les bras. Erlendur le plaqua contre un mur et le flanqua dehors. Une ampoule électrique nue pendait au plafond de l'unique pièce. Il se baissa vers Eva et tenta de la réveiller. Sa respiration était régulière et normale, son pouls un tout petit peu rapide. Il la secoua, lui tapota doucement la joue et, bientôt, Eva ouvrit les yeux.

– Grand-père, dit-elle avant de refermer les yeux. Il souleva Eva et l'emmena hors de la pièce en prenant bien garde à ne pas marcher sur les gens immobiles et allongés par terre. Il ne savait pas s'ils dormaient ou bien s'ils étaient éveillés. Elle ouvrit à nouveau les yeux.

– Elle est ici, chuchota-t-elle sans qu'Erlendur comprenne de quoi elle parlait tandis qu'il continuait à la porter vers la voiture. Plus vite il l'emmènerait d'ici, mieux ce serait. Il la déposa debout sur le sol, afin de pouvoir ouvrir la portière, et elle prit appui sur lui.

– Est-ce que tu l'as trouvée ? demanda-t-elle.

– Qui ça, elle ? De quoi est-ce que tu parles ?

Il l'installa sur le siège avant, attacha la ceinture, prit place au volant et s'apprêta à partir.

– Est-ce qu'elle est avec nous ? demanda Eva Lind sans ouvrir les yeux.

– Enfin merde ! Qui ça ? cria Erlendur.

– La mariée, répondit Eva Lind. La jolie minette de Gardabaer. J'étais couchée à côté d'elle.

25

La sonnerie du téléphone finit par réveiller Erlendur. Elle lui résonna à l'intérieur de la tête jusqu'à ce qu'il ouvre les yeux pour regarder autour de lui. Il dormait sur le fauteuil du salon. Son imperméable et son chapeau étaient posés sur le canapé. Il faisait sombre dans l'appartement. Erlendur se leva lentement et se demanda s'il pouvait garder ses vêtements une journée de plus. Il ne se rappelait plus quand il s'était déshabillé la dernière fois. Il jeta un regard à l'intérieur de la chambre à coucher avant de répondre au téléphone et constata que les deux jeunes filles étaient allongées sur son lit, à l'endroit où il les avait déposées la veille au soir. Il repoussa doucement la porte de leur chambre.

– Les empreintes digitales sur l'appareil sont identiques à celles retrouvées sur la photo, annonça Sigurdur Oli de but en blanc quand Erlendur décrocha enfin. Il lui fallut répéter trois fois la phrase avant qu'Erlendur comprenne de quoi il parlait.

– Tu veux dire, les empreintes de Grétar ?

– Oui, les empreintes de Grétar.

– Et il y a aussi les empreintes de Holberg sur la photo, hein ? dit Erlendur. Que diable pouvaient-ils bien manigancer ?

– Bingo, répondit Sigurdur Oli.

– Quoi ? fit Erlendur.

– Rien du tout. En tout cas, Grétar a bien pris la photo.

Nous pouvons être affirmatifs. Il l'a montrée à Holberg ou alors Holberg l'a trouvée. Aujourd'hui, nous poursuivons les recherches pour trouver la Femme de Husavik, n'est-ce pas ? demanda Sigurdur Oli. Rien de nouveau de ton côté ?

– Si, dit Erlendur. Enfin, non.

– Je suis en route vers Grafarvogur. Nous terminons celles qui habitent à Reykjavik. Est-ce qu'on envoie des hommes dans le Nord quand on en aura fini ici ?

– Oui, répondit Erlendur, puis il raccrocha. Eva Lind était arrivée dans la cuisine. Elle avait été réveillée par la sonnerie du téléphone. Elle ne s'était pas déshabillée la veille, pas plus que la jeune fille de Gardabaer, d'ailleurs. Erlendur était finalement retourné à l'intérieur du squat pour la chercher elle aussi, puis, il les avait conduites toutes les deux chez lui.

Eva Lind s'engouffra dans les w-c sans dire un mot et Erlendur l'entendit rendre tripes et boyaux. Il alla faire un café bien corsé dans la cuisine, c'était le seul remède qu'il connaissait dans ce genre de situation ; il s'assit à la table de la cuisine et attendit que sa fille revienne. Un long moment s'écoula, il remplit deux tasses. Enfin, Eva Lind revint. Elle s'était nettoyé la figure. Erlendur trouvait qu'elle avait l'air très mal en point. C'était tout juste si son corps squelettique parvenait à se maintenir en un seul morceau.

– Je savais qu'il lui arrivait de se droguer, annonça Eva Lind d'une voix rauque en s'asseyant à côté d'Erlendur, mais c'est un sacré coup de bol que je sois tombée sur elle.

– Qu'est-ce qui t'est arrivé, à toi ? demanda Erlendur. Elle regarda son père.

– Je suis en train d'essayer, plaida-t-elle, mais c'est difficile.

– Il y a deux garçons qui sont passés ici, ils étaient à ta recherche. Ils se sont mal comportés. J'ai donné à un certain Eddi de l'argent que tu lui devais. C'est lui qui m'a indiqué la baraque.

– Eddi est un chic type.

– Et tu vas continuer à essayer ?

– Est-ce que je ne ferais pas mieux d'avorter ?

Eva Lind regardait par terre.

– Je n'en sais rien.

– J'ai tellement peur de l'avoir déjà bousillé.

– Peut-être le fais-tu de manière tout à fait consciente.

Eva Lind leva les yeux vers son père.

– Putain, ce que tu peux être chiant ! dit-elle.

– Moi !

– Oui, toi !

– Et qu'est-ce qu'on devrait croire ? Dis-moi un peu ! cria Erlendur. Enfin, merde, tu ne pourrais pas arrêter de t'apitoyer sur ton sort ? Ce que tu peux être lamentable. Est-ce que tu te complais dans cette espèce de nullité au point de ne pas pouvoir imaginer quelque chose de mieux ? Quel droit est-ce que tu as de t'infliger une telle vie ? Quel droit est-ce que tu as de traiter ainsi la vie que tu portes en toi ? Est-ce que tu t'imagines que tu souffres à ce point-là ? Est-ce que tu t'imagines que c'est toi qui souffres le plus sur la terre entière ? Je suis en train d'enquêter sur une petite fille qui n'a même pas atteint l'âge de quatre ans. Elle a eu une maladie et elle en est morte. C'est un mal incompréhensible qui l'a détruite avant de la tuer. Son cercueil ne mesurait pas plus d'un mètre de long. Est-ce que tu entends ce que je suis en train de te dire ? Quel droit est-ce que tu as de vivre ? Dis-le-moi !

Erlendur s'était mis à hurler. Il s'était levé et tapa du poing sur la table de la cuisine avec une telle violence que les tasses se renversèrent ; au moment où il s'en rendit compte, il les attrapa et les projeta contre le mur derrière Eva Lind. Une rage haineuse s'empara de lui et il perdit son sang-froid pendant quelques instants. Il renversa la table de la cuisine, balança tout ce qui lui tombait sous la main : assiettes, casseroles et verres volèrent vers le mur ou vers le sol. Eva Lind restait assise, clouée à sa place et regardait son père s'enflammer ; ses yeux s'emplirent de larmes.

Erlendur se calma enfin, il se tourna vers Eva Lind, vit que ses épaules tremblaient et qu'elle cachait son visage dans ses mains. Il regarda sa fille, les cheveux sales, les bras maigres, les poignets à peine plus épais que l'un de ses doigts, le corps d'une maigreur squelettique et saisi de tremblements. Elle était pieds nus et avait les ongles en deuil. Il s'approcha d'elle et tenta d'écarter les doigts de son visage mais elle ne le laissa pas faire. Il avait envie de lui demander pardon. Il avait envie de la prendre dans ses bras. Mais il ne fit aucune de ces deux choses.

A la place, il s'assit par terre à côté d'elle. Le téléphone sonna mais il ne décrocha pas. La fille dans la chambre ne se manifestait pas. La sonnerie du téléphone s'arrêta et ce fut à nouveau le silence dans l'appartement. Le seul bruit, c'étaient les sanglots d'Eva Lind. Erlendur savait bien qu'il n'avait rien d'un père modèle et que le discours qu'il venait de tenir aurait tout aussi bien pu s'adresser à lui-même. Il était probable que c'était tout autant à lui-même qu'il se parlait, contre lui-même qu'il se mettait en rage plutôt que contre Eva Lind. Un psychologue aurait dit qu'il effectuait un transfert de sa colère sur sa fille. Mais peut-être que ce qu'il venait de dire avait eu un quelconque effet. Il n'avait jamais vu Eva Lind pleurer auparavant. Pas depuis qu'elle était enfant. Il l'avait quittée quand elle avait deux ans.

Eva Lind finit par enlever les mains de son visage, elle renifla et s'essuya le visage.

— Il s'agissait de son père, dit-elle.

— Son père ? demanda Erlendur.

– Qui était un dégoûtant, précisa Eva Lind. "Il est dégoûtant. Qu'est-ce que j'ai fait ?" Elle parlait de son père. Il avait commencé à la harceler quand sa poitrine avait poussé et il allait toujours plus loin. Il ne lui fichait même pas la paix le jour de son mariage. Il s'était isolé avec elle dans un couloir. Lui avait dit qu'elle était drôlement sexy en robe de mariée et qu'il n'arrivait pas à se contrôler. Qu'il ne supportait pas qu'elle le quitte. Il s'était mis à la peloter. Elle a pété les plombs.

– Drôles de gens ! soupira Erlendur.

– Je savais qu'il lui arrivait de se droguer. Elle m'avait demandé de la fournir. Elle s'est littéralement effondrée, s'est enfuie et est allée voir Eddi. Elle s'est terrée dans ce taudis depuis ce moment-là.

Eva Lind marqua une pause.

– Je crois que sa mère était au courant, continua-t-elle. Qu'elle s'était rendu compte au fil du temps. Elle ne faisait rien. Trop belle maison. Trop de voitures.

– Et la fille ne veut pas porter plainte ?

– *Wow* !

– Quoi ?

– Faire toutes ces foutues démarches pour que ça finisse par une condamnation à trois mois avec sursis, au cas où quelqu'un la croirait. Allons, allons ! *Come on* !

– Et elle a l'intention de faire quoi ?

– Elle va retourner avec le gars. Avec son mari. Je crois qu'elle est amoureuse de lui.

– Elle a cru qu'elle était fautive, ou quoi ?

– Elle ne sait pas trop quoi penser.

– Puisqu'elle a écrit ça : "qu'est-ce que j'ai fait ?", elle a endossé la faute.

– C'est pas étonnant qu'elle soit un peu déboussolée.

– C'est toujours comme ça et les sales pervers qui font ces trucs-là sont les plus heureux. Ils sourient aux anges en toute bonne conscience, ces fichus imbéciles.

– Ne me parle plus comme ça, dit Eva Lind. Ne me parle plus jamais comme ça.

– Est-ce que tu dois du fric à d'autres qu'Eddi ? demanda Erlendur.

– Oui, à quelques-uns, mais c'est Eddi le problème.

Le téléphone sonna à nouveau. La jeune fille dans la chambre se retourna dans son lit et se redressa sur les coudes, elle regarda autour d'elle et sortit du lit. Erlendur se demanda s'il devait répondre. S'il devait aller au travail. S'il ne valait pas mieux passer la journée avec Eva Lind. Lui tenir compagnie, peut-être la convaincre d'aller avec lui chez un médecin qui examinerait le fœtus, si on pouvait encore lui donner le nom de fœtus, pour voir si tout allait bien. Et prendre une décision avec elle.

Mais le téléphone ne voulait pas s'arrêter de sonner. La jeune fille était arrivée dans le couloir et regardait de tous côtés, d'un air perdu. Elle appela pour voir s'il y avait quelqu'un dans l'appartement. Eva Lind répondit qu'ils étaient dans la cuisine. Erlendur se releva, accueillit la jeune fille à la porte et lui souhaita bonjour. Il n'obtint aucune réponse. Les deux filles avaient dormi tout habillées, exactement comme Erlendur. Le regard de la fille parcourut la cuisine qu'Erlendur avait mise sens dessus dessous puis elle le regarda en roulant les yeux.

Erlendur finit par décrocher le téléphone.

– Quel genre d'odeur y avait-il dans l'appartement de Holberg ?

Erlendur mit un certain temps à reconnaître la voix de Marion Briem.

– L'odeur ? demanda Erlendur.

– Oui, qu'est-ce ça sentait dans son appartement ? répéta Marion Briem.

– C'était, disons, une mauvaise odeur comme dans une cave, dit alors Erlendur. Une odeur d'humidité. Une vraie puanteur. Je ne sais pas trop. Comme l'odeur des chevaux ?

— Non, ça n'a rien à voir avec les chevaux, dit Marion Briem. Je me suis documentée sur le quartier de Nordurmyri. J'en ai parlé à mon ami qui est plombier et il m'a renvoyée vers un de ses collègues. J'en ai parlé à beaucoup de plombiers.

— A des plombiers ?

— Oui, et tout cela était extrêmement instructif. Au fait, tu ne m'as rien dit sur les empreintes digitales qu'on a trouvées sur la photo.

Sa voix avait un ton accusateur.

— Non, répondit Erlendur. Je ne l'ai pas fait.

— Enfin, je l'ai su. Grétar et Holberg étaient en train de manigancer quelque chose ensemble. Grétar savait que la petite était la fille de Holberg. Peut-être qu'il en savait plus.

Erlendur se taisait.

— Où veux-tu en venir ? demanda-t-il ensuite.

— Connais-tu la chose la plus importante à savoir en ce qui concerne le quartier de Nordurmyri ? demanda Marion Briem.

— Non, avoua Erlendur qui avait bien du mal à suivre le cheminement de la pensée de Marion.

— C'est une telle évidence que ça m'a échappé à cette époque-là.

— Et de quoi s'agit-il ?

Marion marqua une brève pause, comme pour donner plus de poids à ses paroles.

— C'est un marais.

26

Sigurdur Oli fut tout étonné que la femme connaisse la raison de sa visite avant même qu'il l'ait mentionnée. Il se trouvait une fois de plus dans la cage d'un escalier, cette fois-ci à l'intérieur d'un immeuble de trois étages dans le quartier de Grafarvogur. Il venait juste de se présenter et avait commencé à expliquer la raison de sa présence quand la femme le pria d'entrer en précisant qu'elle l'attendait.

C'était tôt dans la matinée. Dehors, le temps était couvert, il tombait une fine bruine et l'obscurité de l'automne se blottissait contre la ville, comme pour confirmer que l'hiver arrivait à toute vitesse, que les jours raccourcissaient encore plus et que le temps se refroidissait. On disait à la radio qu'on n'avait pas connu d'automne aussi humide depuis plusieurs dizaines d'années.

La femme lui proposa de le débarrasser de son manteau. Sigurdur Oli l'enleva et elle l'accrocha dans une penderie. L'homme, du même âge que la femme, sortit de la cuisine et le salua d'une poignée de main. C'était un couple sans différence d'âge. Tous les deux étaient septuagénaires, portaient une sorte de combinaison de sport, des chaussettes blanches, et ils s'apprêtaient à sortir faire leur jogging. Il les avait dérangés pendant leur petit-déjeuner. L'appartement était exigu mais arrangé de façon fonctionnelle : une petite salle de bains, un coin-cuisine et un salon, une chambre à coucher spacieuse.

Il y régnait une chaleur épouvantable. Sigurdur Oli accepta une tasse de café et en profita pour demander un verre d'eau. Il avait eu immédiatement la gorge sèche. Ils échangèrent quelques mots sur la météo jusqu'à ce que Sigurdur Oli n'y tienne plus.

– J'ai l'impression que vous attendiez ma visite, dit-il en avalant une gorgée de café. C'était du jus de chaussettes et il avait mauvais goût.

– Eh bien, on n'entend plus parler que de cette malheureuse femme que vous recherchez, dit-elle.

Sigurdur Oli la regarda, sans comprendre.

– Parmi nous, enfin les gens originaires de Husavik, précisa la femme, comme s'il lui semblait inutile d'expliquer une chose d'une telle évidence à qui que ce soit. Nous n'avons pas eu d'autre sujet de conversation depuis que vous vous êtes mis à sa recherche. Nous avons une association très importante et dynamique ici, à Reykjavik. Je suis persuadée que tout un chacun est au courant que vous recherchez cette femme.

– Pas d'autre sujet de conversation, répéta Sigurdur Oli comme un perroquet.

– J'ai reçu des coups de téléphone de trois de mes amies originaires du Nord qui vivent ici, à Reykjavik, elles m'ont appelée hier soir. Ce matin, j'ai eu un coup de fil de Husavik. On en parle continuellement.

– Et vous êtes parvenus à quelque chose ?

– En fait, non, répondit-elle en regardant son mari. Qu'est-ce que ce Holberg aurait fait subir à cette femme ?

Elle n'essayait pas de dissimuler sa curiosité. N'essayait pas de cacher son intérêt malsain. Elle se montrait si pressante que Sigurdur Oli, pris d'une sorte de dégoût, surveilla automatiquement sa langue.

– Il s'agit d'une affaire de violence, dit-il. Nous recherchons la victime de ces violences, mais vous le savez probablement déjà.

– Oui, oui, mais… mais pourquoi ? Qu'est-ce qu'il lui a fait ? Et pourquoi avez-vous attendu tout ce temps ? Je, ou plutôt, nous, dit-elle en adressant un regard à son époux qui venait de s'asseoir sans dire un mot et suivait la conversation, nous trouvons tellement bizarre que cela prenne brusquement une telle importance après toutes ces années. On m'a dit qu'elle avait été violée ? C'est la vérité ?

– Je ne peux malheureusement pas dévoiler d'informations sur le cours de l'enquête, répondit Sigurdur Oli. Et peut-être n'est-ce, du reste, pas important. Je pense que vous ne devriez pas monter cela en épingle, je veux dire, dans vos conversations avec les autres. Êtes-vous en mesure de me communiquer une information qui nous serait utile ?

Le couple échangea des regards.

– Monter cela en épingle ? reprit-elle avec un authentique étonnement. Nous n'en faisons quand même pas toute une histoire. Eyvi, tu trouves que nous en faisons toute une histoire ? (Elle regarda son mari qui semblait hésiter.) Eh bien alors, réponds, mon vieux ! dit-elle vivement et il sursauta.

– Non, on ne peut pas dire ça, ce n'est pas vrai.

Le téléphone portable de Sigurdur Oli retentit. Il ne le flanquait pas négligemment dans la poche de son imperméable comme Erlendur mais le plaçait dans un petit étui soigné accroché à la ceinture de son pantalon aux plis impeccables. Sigurdur Oli demanda au couple de bien vouloir l'excuser, il se leva et décrocha. C'était Erlendur.

– Tu peux me retrouver chez Holberg ? demanda-t-il.

– Qu'est-ce qui se passe encore ? demanda Sigurdur Oli.

– Ça va déménager, répondit Erlendur, puis il raccrocha.

Quand Sigurdur Oli arriva à Nordurmyri, Erlendur et Elinborg se trouvaient déjà sur les lieux. Erlendur se tenait sur le pas de la porte du rez-de-jardin et fumait une cigarette pendant qu'Elinborg s'affairait dans l'appartement. Sigurdur Oli remarqua qu'elle humait l'air, elle passait sa tête au-dehors et reniflait, expirait et reniflait à nouveau. Il regarda Erlendur qui haussa les épaules, jeta la cigarette dans le jardin et ils pénétrèrent ensemble dans l'appartement.

– Tu trouves que ça sent quoi, là-dedans ? demanda Erlendur à Sigurdur Oli. Sigurdur Oli se mit alors à imiter Elinborg et à humer l'air. Ils passaient d'une pièce à l'autre en reniflant, sauf Erlendur dont l'odorat était particulièrement mauvais après de nombreuses années de tabagisme.

– La première fois que je suis entrée ici, dit Elinborg, j'ai eu l'impression que les occupants de l'immeuble ou de l'appartement devaient avoir des chevaux. L'odeur me rappelait celle des chevaux, des bottes, des harnachements ou de choses de ce genre. Le crottin. Exactement comme dans une écurie. C'était la même odeur que celle qu'il y avait dans l'appartement que j'ai acheté quand je me suis mise en ménage, mon premier appartement. Mais les anciens propriétaires n'étaient pas non plus éleveurs de chevaux. C'était simplement dû à la saleté et à l'humidité. Les radiateurs avaient fui sur la moquette et sur le parquet pendant des années et personne n'avait rien fait pour y remédier. Et puis, on avait ouvert un accès vers les égouts et les rats avaient pénétré dans l'appartement. Quand les plombiers avaient nettoyé après eux, ils avaient simplement bouché le trou avec de la paille et coulé une mince dalle de ciment par-dessus. C'était pour ça qu'il y avait toujours ces remontées d'égouts.

– Ce qui signifie ? demanda Erlendur.

– J'ai l'impression que c'est le même genre d'odeur

200

ici, mais en pire. Une odeur d'humidité mélangée à celle du crottin et des rats d'égout.

– J'ai eu une discussion avec Marion Briem, dit Erlendur, sans être certain qu'ils connaissent le nom. Marion a évidemment lu tout ce qui a été écrit sur le quartier de Nordurmyri et elle est parvenue à la conclusion suivante : il ne faut pas oublier que c'est un marais.

Il y eut un échange de regards entre Elinborg et Sigurdur Oli.

– Nordurmyri fait en quelque sorte figure de village indépendant, ici, en plein centre-ville de Reykjavik, poursuivit Erlendur. Les maisons ont été construites pendant et après la guerre. L'Islande est devenue une république indépendante et les rues ont été baptisées d'après les grands hommes des Sagas : la voie de Gunnar, la rue de Skeggi, etc. Dans ce quartier, toute une faune extrêmement diverse de gens s'est rassemblée, des gens plutôt aisés, voire riches, occupant d'opulentes demeures, des gens qui n'avaient pas le sou et louaient des appartements bon marché en rez-de-jardin comme celui-ci. Dans le quartier de Nordumyri, on trouve un grand nombre de studios occupés par des personnes âgées comme Holberg ; bien que nettement plus fréquentables que lui, elles vivent quand même dans ce genre de logements. Je tiens toutes ces informations de Marion.

Erlendur marqua une pause.

– Une autre caractéristique du quartier est l'existence d'appartements en sous-sol comme celui-ci. Autrefois, ils n'étaient pas destinés à servir d'habitation mais un grand nombre de propriétaires les ont modifiés, ont installé des cuisines, des chambres, des salons. Autrefois, ces caves étaient simplement utilisées à des fins professionnelles, enfin, comment est-ce que Marion a appelé ça, déjà ? Des communs. Vous voyez ce que c'est ?

Les deux secouèrent la tête.

201

– Naturellement, vous êtes tellement jeunes, observa Erlendur sachant fort bien qu'ils ne supportaient pas ce genre de remarque de sa part. Dans les caves comme celles-ci se trouvaient les chambres de bonne. Les meilleures maisons employaient des bonnes. Elles occupaient des pièces dans des trous comme celui-ci. Il y avait aussi la buanderie, la pièce à faire les conserves et le boudin, par exemple, la remise, la salle de bains et tout ce genre de choses.

– Et surtout, n'oublions pas qu'il s'agit d'un marais, n'est-ce pas ? observa ironiquement Sigurdur Oli.

– Tu essaies de nous dire ce qui est le plus important, oui ou non ? demanda Elinborg.

– En dessous de ces caves se trouvent des fondations… dit Erlendur.

– C'est vrai que c'est sacrément original, fit Sigurdur Oli à Elinborg.

– … comme en dessous de toute construction, continua Erlendur sans se laisser déconcentrer par les moqueries de Sigurdur Oli. Si vous discutez avec des plombiers, comme l'a fait Marion Briem…

– Qu'est-ce c'est que ces Marion Briem par-ci, Marion Briem par-là ? demanda Sigurdur Oli.

– … alors, vous découvrirez qu'on les a régulièrement fait intervenir à Nordurmyri de temps à autre à cause de problèmes qui se manifestent parfois très longtemps, des années, voire des décennies après la construction des immeubles en question sur le marais. Cela se produit à certains endroits et pas à d'autres. On peut observer le phénomène sur plusieurs immeubles. Un grand nombre d'entre eux est recouvert de sable de mer et on voit que le revêtement de sable s'arrête en un endroit pour laisser place au mur de ciment nu jusqu'à la terre. Il y a peut-être un espace de cinquante à quatre-vingts centimètres. Le problème, c'est que le sol s'affaisse également à l'intérieur.

Erlendur remarqua qu'ils avaient cessé de sourire d'un air narquois.

– En termes d'immobilier, cela s'appelle un vice caché et cela pose un sacré problème aux gens qui ne savent pas comment remédier au phénomène. L'affaissement du terrain génère une pression qui fait céder les tuyaux des égouts sous le sol. Avant même de s'en apercevoir, les gens envoient toutes leurs déjections directement dans les fondations. Cela peut durer un certain temps, car l'odeur ne filtre pas à travers la dalle. En revanche, il se forme des traces d'humidité sur le sol car, dans un certain nombre de ces immeubles, l'alimentation en eau chaude entre en collision avec la canalisation de l'égout et l'eau chaude s'écoule dans les fondations au moment où le tuyau cède. Il se forme alors de la chaleur et de la vapeur qui remonte à la surface, ce qui fait gondoler le parquet.

Erlendur bénéficiait maintenant de toute leur attention.

– Et c'est Marion qui t'a dit ça ? demanda Sigurdur Oli.

– Il faut alors casser le plancher, continua Erlendur, pour aller dans les fondations et réparer la canalisation. Les plombiers ont expliqué à Marion que parfois, quand ils allaient dans la dalle avec le marteau piqueur ou qu'ils y faisaient un forage, il arrivait qu'ils tombent sur du vide. Par endroits, la dalle est assez fine et il n'y a rien que du vide en dessous. Le terrain s'est affaissé de cinquante centimètres, voire de tout un mètre. Tout cela parce que c'est construit sur un marais.

Sigurdur Oli et Elinborg se regardèrent.

– Donc, ici, il n'y a rien que du vide sous le sol ? demanda Elinborg en tapant d'un pied.

Erlendur fit un sourire.

– Marion a réussi d'une manière que j'ignore à mettre la main sur un plombier qui était venu précisément dans

cette maison l'année des commémorations du onze centenaire de la Colonisation. C'est une année qui sert
de point de repère à beaucoup de gens et ce plombier
se rappelait parfaitement être venu ici à cause d'un
problème d'humidité dans le sol.

– Qu'est-ce que tu essaies de nous dire ? demanda
Sigurdur Oli.

– Le plombier en question a fait une ouverture dans le
sol. La dalle n'est pas très épaisse. Partout en dessous, il
y avait du vide et cet homme est encore scandalisé que
Holberg ne lui ait pas permis de finir le travail.

– Comment ça ?

– Il a fait un trou dans le sol, réparé la canalisation
mais Holberg l'a ensuite mis à la porte en lui disant qu'il
terminerait le boulot. Ce qu'il a fait.

Ils demeurèrent silencieux jusqu'à ce que Sigurdur Oli
cède à son impatience :

– Marion Briem ? dit-il. Marion Briem !

Il répétait ce nom comme si c'était un mot qu'il ne
comprenait pas. Erlendur ne s'était pas trompé. Il était
trop jeune pour se souvenir du temps où Marion travaillait dans la police. Il répétait le nom sans cesse
comme s'il s'agissait d'une énigme incompréhensible,
il s'arrêta brusquement, prit un air pensif et demanda
enfin :

– Attends un peu, Marion ? Marion ? Qu'est-ce que
c'est que cette Marion ? D'ailleurs, quel drôle de nom !
C'est un homme ou une femme ?

Sigurdur Oli regardait Erlendur d'un air inquisiteur.

– Il m'arrive à moi-même de me poser la question,
répondit Erlendur en attrapant son téléphone portable.

27

La police scientifique avait commencé à retirer tous les revêtements de sol dans chacune des pièces de l'appartement, la cuisine, la salle de bains et la petite entrée. Il avait fallu toute la journée pour obtenir les autorisations nécessaires à l'opération. Erlendur avait exposé son raisonnement au cours d'une réunion avec le préfet de police qui convint, même si c'était de mauvaise grâce, qu'il pesait assez de soupçons pour aller fouiller les fondations de l'appartement de Holberg. L'affaire fut traitée prioritairement à cause du meurtre qui venait d'être commis dans l'immeuble.

Erlendur avait relié la nécessité des fouilles à la recherche du meurtrier de Holberg, il avait laissé entendre que Grétar pouvait parfaitement être encore en vie et être l'auteur du crime. La police faisait d'une pierre deux coups. Si les soupçons de Marion Briem s'avéraient fondés, cela exclurait Grétar comme meurtrier et résoudrait l'énigme d'une disparition datant de vingt-cinq ans.

On prit le plus gros modèle de camionnette disponible pour y placer tout le mobilier de Holberg, à part les étagères fixées aux murs et leur contenu. La nuit était déjà tombée au moment où elle recula jusqu'à l'immeuble. Peu de temps après, un engin arriva, sur lequel avait été fixé un marteau piqueur. Des enquêteurs de la police scientifique s'étaient regroupés aux abords de l'immeuble, bientôt rejoints par d'autres policiers de la criminelle. Nulle trace des habitants de l'immeuble.

Il avait plu toute la journée, comme au cours des jours précédents. Mais il tombait maintenant une bruine fine, ondulant au gré du vent froid de l'automne, qui mouillait le visage d'Erlendur, lequel se tenait à l'écart, sa cigarette entre les doigts. A ses côtés, il y avait Sigurdur Oli et Elinborg. Un petit groupe de badauds s'était rassemblé devant l'immeuble, mais ils ne s'aventuraient pas trop près. Parmi eux se trouvaient des journalistes, des cameramen de la télévision et des photographes des journaux. Les voitures, qu'elles soient grosses ou petites, portant les logos de la presse étaient garées un peu partout dans le quartier et Erlendur, qui avait interdit tout échange avec les journalistes, se demanda s'il devait les faire évacuer.

L'appartement de Holberg fut bientôt totalement vide. La grosse camionnette attendait à l'entrée de l'immeuble qu'on décide ce qu'il fallait faire du mobilier. Erlendur finit par donner l'ordre d'emmener le tout dans les remises de la police. Il vit les hommes emporter les revêtements de sol et la moquette de l'appartement et les mettre dans la camionnette qui disparut de la rue à grand bruit. Le chef de la police scientifique salua Erlendur d'une poignée de main. Il s'appelait Ragnar, c'était un homme grassouillet d'une cinquantaine d'années et il avait une touffe de cheveux noirs, tout ébouriffés. Il avait fait ses études en Grande-Bretagne, ne lisait rien d'autre que des romans policiers britanniques et cultivait une passion pour les séries policières anglaises qu'on diffusait à la télévision.

– Qu'est-ce que tu nous fais faire encore comme bêtise ? demanda-t-il en jetant un œil vers la presse. Il avait dit cela d'un ton jovial. L'idée d'aller creuser le sol à la recherche d'un cadavre le séduisait franchement.

– Comment est-ce que ça se présente ? demanda Erlendur.

– La dalle tout entière est recouverte d'une épaisse couche de peinture marine, annonça Ragnar. Il est impossible d'y déceler la trace d'une ancienne intervention. On ne voit pas le moindre raccord dans le ciment ni quoi que ce soit qui témoignerait de travaux antérieurs. Nous sommes en train de donner des coups de marteau sur la dalle mais ça sonne creux partout. Je ne sais pas si c'est dû à un affaissement du terrain ou bien à autre chose. Le béton de cet immeuble est épais et de bonne qualité. Ce n'est vraiment pas de la camelote. En revanche, il y a des marques d'humidité un peu partout par terre. Ce plombier avec qui vous avez été en contact, il ne pourrait pas nous aider ?

– Il est en maison de retraite à Akureyri et ne prévoit pas de faire un autre voyage à la capitale au cours de cette vie. Il nous a expliqué de façon assez précise à quel endroit il avait pratiqué l'ouverture dans le sol.

– Nous sommes aussi en train d'introduire une caméra dans l'égout. Pour vérifier que les tuyaux sont en bon état et savoir si on décèle une trace de l'ancienne intervention.

– Est-ce qu'il est nécessaire de percer tous ces trous ? demanda Erlendur en indiquant le tracteur d'un signe de tête.

– Je n'en ai pas la moindre idée. Nous disposons de marteaux piqueurs électriques plus petits mais ils ne donnent rien dans la bouillasse. Nous avons également de petites perceuses et si nous tombons sur du vide, nous pourrons pratiquer un trou dans la dalle et y introduire une petite caméra du type de celles qu'on utilise dans les canalisations d'évacuation.

– J'espère que ça sera suffisant. Ça serait plutôt moche si on était obligé d'y aller avec ce gros tracteur.

– En tout cas, il y a vraiment une sacrée puanteur dans

ce trou, dit le chef de la Scientifique, puis les deux hommes se dirigèrent vers l'immeuble. Trois techniciens, vêtus de combinaisons jetables blanches, les mains recouvertes de gants en plastique et tenant des marteaux de marque Stanley, exploraient l'appartement. Ils donnaient des coups dans le sol et faisaient des croix au marqueur bleu là où ça sonnait le creux.

– D'après le cadastre, le sous-sol a été transformé en appartement en 1959, dit Erlendur. Holberg l'a acheté en 1962 et il a probablement emménagé immédiatement. Il a toujours vécu ici depuis.

L'un des techniciens vint vers eux et salua Erlendur. Il avait en sa possession des plans de l'immeuble, pour chaque étage et pour le sous-sol.

– Les toilettes sont situées au centre de l'immeuble. Les tuyaux d'évacuation descendent des étages et rentrent sous terre à l'emplacement des toilettes du sous-sol. C'est ici qu'elles se trouvaient avant les transformations et on peut imaginer que l'appartement a été organisé autour d'elles. Leur tuyau d'évacuation rejoint celui de la salle de bains et continue ensuite à gauche puis passe sous une partie du salon, sous la chambre, avant de ressortir dans la rue.

– Les recherches ne doivent pas se limiter au seul tuyau des toilettes, observa le chef de la police scientifique.

– Non, mais nous avons introduit une caméra dans le tout-à-l'égout depuis la rue. Ils m'ont dit que le tuyau s'est rompu à l'endroit où il rentre sous la chambre et on a eu l'idée de regarder là en premier. D'après ce que j'ai compris, c'est là que le sol a été cassé lors de la dernière intervention.

Ragnar hocha la tête et regarda Erlendur qui haussa les épaules comme si le travail des techniciens ne le concernait pas.

– La rupture ne doit pas être bien ancienne, observa le

chef. C'est sûrement de là que vient la puanteur. Donc, d'après toi, cet homme a été enterré dans les fondations il y a vingt-cinq ans.

– En tout cas, c'est de cette époque que date sa disparition, répondit Erlendur. Leurs paroles se mélangeaient au bruit des coups de marteau qui s'unissaient les uns aux autres pour résonner entre les murs vides. Le technicien prit un casque antibruit dans une sacoche noire de la taille d'un petit sac de voyage et le plaça sur ses oreilles, il en tira ensuite une petite perceuse électrique et la brancha. Il appuya deux ou trois fois sur le bouton comme pour l'essayer, retourna la perceuse et commença à forer. Le bruit était assourdissant et les autres techniciens mirent également leurs casques. Mais cela ne donnait pas grand résultat. La perceuse patinait dans le béton dur. Il finit par renoncer en secouant la tête.

Le visage couvert d'une fine couche de poussière, il déclara :

– Il va falloir qu'on utilise le tracteur et qu'on y aille au marteau piqueur. Il nous faudra aussi des masques. Quel est l'espèce d'imbécile qui a eu cette idée de génie ? conclut-il en crachant par terre.

– Holberg ne s'est quand même pas servi d'un marteau piqueur en pleine nuit, observa le chef.

– Il n'a pas eu besoin de faire quoi que ce soit à la faveur de la nuit, répliqua Erlendur. Le plombier s'est chargé de creuser le trou à sa place.

– Tu crois qu'il a caché le gars dans le tuyau à merde ?

– On verra bien. Il est possible qu'il ait réellement dû faire des travaux dans les fondations. Peut-être bien que tout ça n'est rien d'autre qu'une fausse piste.

Erlendur sortit dans l'obscurité de la nuit. Sigurdur Oli et Elinborg s'étaient installés dans sa voiture où ils se régalaient de hot-dogs que Sigurdur Oli était allé chercher au drugstore le plus proche. Un hot-dog attendait Erlendur sur le tableau de bord. Il l'avala d'un coup.

– Si nous découvrons le cadavre de Grétar ici, qu'est-ce que ça va nous apporter ? demanda Elinborg en s'essuyant la bouche.

– J'aimerais bien le savoir, répondit Erlendur pensif. J'aimerais bien le savoir.

A ce moment-là, leur supérieur hiérarchique immédiat, l'inspecteur divisionnaire, vint en faisant de grands gestes, il tambourina à la vitre du véhicule, ouvrit la portière et demanda à Erlendur de l'accompagner un moment. Sigurdur Oli et Elinborg descendirent également de la voiture. Le chef s'appelait Hrolfur, il avait eu un arrêt maladie quelques jours auparavant mais il semblait maintenant parfaitement remis. Il souffrait d'un fort embonpoint et éprouvait bien des difficultés à perdre du poids. D'une nature paresseuse, il participait rarement aux enquêtes criminelles. Tous les ans, ses arrêts maladie étaient légion.

– Pour quelle raison n'ai-je pas été informé de cette opération ? demanda-t-il d'un ton qui ne cachait en rien sa colère.

– Tu es malade, répondit Erlendur.

– N'importe quoi ! tonna Hrolfur. Ne va pas t'imaginer que tu peux diriger le service comme bon te semble ! Je suis ton supérieur. J'exige que tu m'informes d'opérations de cette sorte avant de faire une de tes conneries d'âne bâté !

– Attends un peu, je croyais que tu étais malade, répéta Erlendur en feignant l'étonnement.

– Et comment as-tu eu l'idée de mener le procureur en bateau ? gronda Hrolfur. Comment peux-tu imaginer qu'il y ait le cadavre d'un homme là-dessous ? Il n'y a pas le moindre indice qui aille dans ton sens. Absolument aucun, à part du délire concernant les fondations des immeubles et des mauvaises odeurs. Tu as pété les plombs, ou quoi ?

Sigurdur Oli se dirigea vers eux d'un pas hésitant.

– Erlendur, j'ai là au bout du fil une femme à qui je

crois que tu devrais parler, dit-il en tenant le téléphone d'Erlendur qui l'avait laissé dans la voiture. C'est personnel. Elle a l'air extrêmement choquée.

Hrolfur se tourna vers Sigurdur Oli, lui ordonna de déguerpir et de les laisser tranquilles.

Sigurdur Oli insista.

– Erlendur, il faut absolument que tu lui parles tout de suite, dit-il.

– Non mais, qu'est-ce que c'est que ça ? Vous faites comme si je n'existais pas ! hurla Hrolfur en tapant du pied. C'est un complot, ou quoi ? Erlendur, s'il fallait que l'on aille fouiller les fondations des immeubles à cause de mauvaises odeurs dans les appartements, on y passerait tout notre temps. C'est complètement à côté de la plaque ! C'est inimaginable !

– C'est Marion Briem qui a eu cette idée très intéressante, reprit Erlendur aussi calmement qu'avant, et j'ai trouvé qu'elle valait le coup. C'est aussi l'opinion du procureur. Je te prie de bien vouloir m'excuser de ne pas avoir pris contact avec toi mais je suis ravi de te voir à nouveau sur pied. Et à dire vrai, mon cher Hrolfur, tu as vraiment l'air en pleine forme. Je te prie maintenant de bien vouloir m'excuser.

Erlendur passa devant Hrolfur qui les regardait, lui et Sigurdur Oli, tout prêt à répondre quelque chose mais il ne savait pas quoi au juste.

– J'ai eu une idée, dit Erlendur. Il y a longtemps qu'on aurait dû le faire.

– Quoi ? demanda Sigurdur Oli.

– Appelle donc les gens du Service des phares et des affaires portuaires et demande-leur s'ils peuvent te confirmer le fait que Holberg était à Husavik ou dans les environs vers 1960.

– D'accord. Tiens, parle-lui.

– Qui est cette femme ? demanda-t-il en attrapant le téléphone. Je ne connais aucune femme.

– On l'a redirigée vers ton portable. Elle a appelé le poste de police pour te parler. Ils lui ont dit que tu étais occupé mais elle a insisté.

A ce moment-là, le marteau piqueur fixé au tracteur se mit en route. Un bruit assourdissant se fit entendre dans l'appartement en sous-sol et ils virent une épaisse poussière sortir par la porte. Tout le monde était sorti et se tenait à distance en attendant, à part le conducteur de l'engin. Ils regardèrent leurs montres et semblèrent se dire entre eux que l'heure était bien avancée. Ils savaient qu'ils ne pourraient pas continuer bien longtemps à faire un tel boucan dans ce quartier résidentiel tard dans la soirée. Il allait bientôt falloir qu'ils arrêtent et qu'ils attendent le lendemain matin, à moins qu'ils ne prennent d'autres mesures.

Erlendur se précipita dans la voiture avec le téléphone à la main et referma la porte pour s'isoler du bruit. Il reconnut immédiatement la voix.

– Il est ici, annonça Elin dès qu'elle entendit Erlendur au bout du fil. Elle semblait effectivement en état de choc.

– Elin, calmez-vous, dit Erlendur. De qui est-ce que vous me parlez ?

– Il est là sous la pluie devant ma maison et il regarde à l'intérieur.

La voix se fit chuchotement.

– Qui donc, Elin ? Est-ce que vous êtes chez vous ? A Keflavik ?

– Je ne sais pas quand il est arrivé et je ne sais pas depuis combien de temps il est là. Je viens juste de remarquer sa présence. Ils ne voulaient pas me mettre en rapport avec vous.

– Je n'arrive pas très bien à vous suivre. De qui êtes-vous en train de parler, Elin ?

– Enfin, de l'homme. J'ai bien l'impression que c'est cette saloperie.

– Qui ?

– Mais l'homme qui s'en est pris à Kolbrun.

– Kolbrun ? De quoi parlez-vous ?

– Je sais. Ce n'est pas possible mais il est pourtant là, devant ma maison.

– Vous êtes certaine de ne pas vous tromper ?

– Ne me dites pas que je me trompe ! Ne venez pas me dire ça ! Je sais parfaitement ce que je dis.

– Comment ça, l'homme qui s'en est pris à Kolbrun ? Quel homme ? Que voulez-vous dire ? De qui parlez-vous ?

– Enfin, de HOLBERG ! (Au lieu d'élever la voix, Elin chuchotait, énervée, dans le combiné.) Il est là, devant chez moi.

Erlendur restait silencieux.

– Vous êtes là ? chuchota Elin. Qu'est-ce que vous allez faire ?

– Elin, dit Erlendur en appuyant lourdement sur chacun de ses mots. Il est impossible que ce soit Holberg. Holberg est mort. Ça doit être quelqu'un d'autre.

– Ne me parlez pas comme si j'étais une enfant. Il est là, sous la pluie, et il me regarde. Le monstre.

28

La communication fut coupée et Erlendur démarra la voiture. Sigurdur Oli et Elinborg le virent reculer à travers la foule et disparaître au bout de la rue. Ils se regardèrent et haussèrent les épaules comme s'il y avait bien longtemps qu'ils avaient renoncé à comprendre le personnage.

Il avait à peine quitté la rue qu'il contactait la police de Keflavik. Il l'envoya directement chez Elin afin qu'elle s'occupe d'un homme dans les parages, vêtu d'une doudoune bleue, d'un jean et de baskets blanches aux pieds. Elin lui avait donné une description de l'homme. Il précisa au policier en service de n'utiliser ni gyrophare ni sirène mais de s'y prendre aussi discrètement que possible pour ne pas effrayer l'individu.

– Qu'est-ce qui lui prend, à cette bonne femme, se dit en lui-même Erlendur en éteignant le téléphone.

Il roula aussi vite qu'il put pour sortir de Reykjavik, traversa Hafnarfjördur et se retrouva sur la route de Keflavik. La circulation était dense et lente, la visibilité mauvaise, mais il slaloma entre les voitures et mordit même sur un terre-plein pour doubler les autres. Il ne prêta aucune attention aux feux tricolores et arriva à Keflavik en une demi-heure. Le fait que les voitures banalisées de la police criminelle aient été récemment équipées de gyrophares bleus à placer sur le toit en cas d'urgence l'avait aidé. La mesure l'avait fait rire quand elle avait été mise en place. Il se rappelait avoir vu des appareils semblables dans des séries policières à la télé et trouvait stupide d'utiliser un tel gadget à Reykjavik.

Deux voitures de police étaient garées devant la maison d'Elin quand Erlendur arriva. Elin l'attendait à l'intérieur en compagnie de trois autres policiers. Elle les avait informés que l'homme avait disparu dans l'obscurité juste avant l'arrivée des voitures de police. Elle leur avait indiqué l'endroit où l'homme s'était tenu et la direction dans laquelle il s'était enfui mais ils n'étaient pas parvenus à le retrouver et n'avaient pas remarqué d'allées et venues. Les policiers se trouvaient désemparés face à Elin qui refusait de leur dire qui était l'homme en question et pour quelle raison il était dangereux ; il ne semblait avoir eu d'autre tort que celui de se promener sous la pluie. Quand ils se tournèrent vers Erlendur avec leurs questions, il leur répondit que l'homme avait à voir avec une enquête en cours à Reykjavik. Il leur demanda de l'informer au cas où ils trouveraient un homme correspondant à la description d'Elin.

Elin était terriblement choquée et Erlendur pensa qu'il était plus raisonnable de la débarrasser le plus vite possible de la présence des policiers dans la maison. Il y parvint sans grande difficulté. Ils prétendirent qu'ils avaient mieux à faire que d'écouter les radotages de bonnes femmes, tout en prenant bien garde qu'Elin n'entende pas.

– Je pourrais jurer que c'était lui qui était là juste devant, dit Elin à Erlendur quand ils se retrouvèrent seuls tous les deux. Je ne sais absolument pas comment c'est possible mais c'était bien lui.

Erlendur la regardait, écoutait ses paroles et se rendait compte qu'elle était tout à fait sérieuse. Il savait qu'elle avait été soumise à une forte pression au cours des derniers jours.

– Elin, ce n'est pas possible. Holberg est mort. J'ai vu son cadavre à la morgue. Il réfléchit et ajouta : j'ai vu son cœur.

Elin le regarda.

– Est-ce qu'il était noir ? demanda-t-elle et les mots du médecin légiste revinrent à la mémoire d'Erlendur quand il avait affirmé ne pas pouvoir dire si le cœur appartenait à un homme bon ou mauvais.

– Le médecin m'a dit qu'il aurait pu arriver à cent ans, répondit Erlendur.

– Vous me croyez folle, n'est-ce pas ? observa Elin. Vous croyez que je suis en train de m'imaginer tout ça. Que c'est une façon de me rendre intéressante à cause de…

– Holberg est mort, interrompit Erlendur. Que faut-il que je croie ?

– Alors c'était quelqu'un qui lui ressemblait comme un frère, reprit Elin.

– Décrivez-le-moi plus précisément, s'il vous plaît.

Elin se leva, alla jusqu'à la fenêtre du salon et indiqua un endroit à travers la pluie.

– C'est là qu'il se tenait, sur l'allée qui mène à la rue entre les maisons. Il était debout, immobile, et regardait vers chez moi. Je ne sais pas s'il m'a vue. J'ai essayé de me cacher. J'étais en train de lire, je me suis levée pour allumer la lumière quand il a fait trop noir dans le salon, alors j'ai jeté un œil à la fenêtre. Il était tête nue et on aurait dit qu'il se fichait complètement que la pluie battante lui tombe dessus. Même s'il était bien là, d'une certaine manière, il avait quand même l'air d'être absent.

Elin s'accorda un instant de réflexion.

– Il avait les cheveux bruns et j'ai l'impression qu'il devait avoir la quarantaine. Il était de taille moyenne.

– Elin, dit Erlendur. Il fait nuit noire dehors. Il tombe une pluie battante. Vous voyez à peine à travers la vitre.

L'allée n'est pas éclairée. Vous portez des lunettes. Êtes-vous en train de me dire que…

– La nuit commençait à tomber et je ne me suis pas précipitée immédiatement sur le téléphone. J'ai bien regardé l'homme, d'abord depuis cette fenêtre, ensuite depuis celle de la cuisine. J'ai mis un certain temps à me rendre compte qu'il s'agissait de Holberg ou de quel-qu'un qui lui ressemblait. Certes, l'allée n'est pas éclai-rée mais la circulation dans cette rue est considérable, à chaque fois qu'une voiture passait, elle éclairait l'homme de façon à ce que je distingue clairement son visage.

– Comment pouvez-vous en être aussi sûre ?

– Il ressemblait à Holberg jeune, répondit Elin. Rien à voir avec le vieillard dont la photo est parue dans la presse.

– Vous avez rencontré Holberg quand il était jeune ?

– Oui, je l'ai rencontré. Un jour, Kolbrun a tout à coup été convoquée à la police criminelle. Ils prétendaient qu'ils avaient besoin de précisions concernant un point de détail. C'était un beau mensonge. Une certaine Marion Briem était chargée de l'enquête. D'ailleurs, qu'est-ce que c'est que ce nom ? Marion Briem ! On a demandé à Kolbrun de se rendre à Reykjavik. Elle m'a demandé de l'accompagner, ce que j'ai fait. Elle était convoquée à une heure précise, je crois que c'était dans la matinée. Nous sommes entrées dans le bâtiment, cette Marion Briem nous a accueillies et nous a conduites dans une pièce. Au bout d'un moment, la porte s'est ouverte tout à coup et Holberg est entré. Marion se tenait derrière lui sur le pas de la porte.

Elin marqua une pause.

– Et que s'est-il passé ?

– Ma sœur a fait une crise de nerfs. Holberg a souri, fait des trucs avec sa langue et Kolbrun s'est agrippée à moi comme si elle était en train de se noyer. Elle n'arrivait pas à respirer. Holberg a éclaté de rire et elle a eu des convulsions. Ses yeux se sont révulsés, sa bouche s'est mise à écumer et elle est tombée à terre. Marion a fait ressortir Holberg de la pièce et c'est là que j'ai vu le monstre pour la première et la dernière fois, je ne suis pas prête d'oublier sa sale gueule.

– Et c'est ce visage que vous avez revu ce soir derrière votre fenêtre ?

Elin hocha la tête.

– Je reconnais que j'ai mal réagi et, évidemment, ce n'était pas Holberg lui-même, cependant cet homme lui ressemblait parfaitement.

Erlendur se demanda s'il devait raconter à Elin ce qu'il soupçonnait depuis quelques jours. Il se demandait ce qu'il pouvait lui dire et si ce qu'il lui raconterait correspondrait à quelque chose dans la réalité. Ils restèrent assis en silence pendant qu'il réfléchissait. C'était le soir et Erlendur pensa à Eva Lind. Il sentit à nouveau sa douleur dans la poitrine et se mit à se gratter comme s'il pouvait la faire disparaître ainsi.

– Quelque chose ne va pas ? demanda Elin

– Nous sommes en train de travailler sur une piste depuis quelques jours mais je ne sais pas si elle va nous mener quelque part, dit Erlendur. Cependant, l'événement qui vient de se produire corrobore cette thèse. Si Holberg a fait d'autres victimes, s'il a violé une autre femme, alors il n'est pas exclu que cette femme ait eu un enfant de lui, tout comme Kolbrun. J'ai réfléchi à cette possibilité à cause du message que nous avons retrouvé sur le cadavre. Il n'est pas impensable qu'elle ait eu un fils. Celui-ci pourrait aujourd'hui avoir la quarantaine si tant est que le viol ait eu lieu avant 1964. Et il est donc possible que ce soit lui qui était là ce soir, devant votre domicile.

Elin regarda Erlendur, abasourdie.

– Le fils de Holberg ? Est-ce possible ?

– Vous me dites que la ressemblance était parfaite.

– Oui, mais…

– Je ne fais que considérer cette éventualité. Quelque part dans toute cette affaire, il y a un chaînon manquant et ce pourrait bien être cet homme.

– Mais enfin, pourquoi ? Et qu'est-ce qu'il vient faire ici ?

– Cela ne vous semble pas évident ?

– Qu'y a-t-il d'évident là-dedans ?

– Vous êtes la tante de sa sœur, expliqua Erlendur et il vit une expression d'étonnement se dessiner sur le visage d'Elin au fur et à mesure que son esprit saisissait où il voulait en venir.

– Audur était sa sœur, soupira-t-elle. Mais comment a-t-il eu connaissance de mon existence ? Comment sait-il où j'habite ? Comment peut-il me relier à Holberg ? Les journaux n'ont absolument pas parlé de son passé, rien dit des viols qu'il a commis ni mentionné qu'il avait une fille. Personne ne connaissait l'existence d'Audur. Comment est-ce que cet homme sait qui je suis ?

– Il répondra peut-être à ces questions quand nous le retrouverons.

– Pensez-vous que ce soit lui, l'assassin de Holberg ?

– Maintenant, voilà que vous me demandez s'il a tué son propre père, observa Erlendur.

Elin réfléchit.

– Seigneur Dieu, dit-elle ensuite.

– Je n'en sais rien, poursuivit Erlendur. Si jamais vous le voyez à nouveau ici devant la maison, alors, téléphonez-moi tout de suite.

Elin s'était levée, elle alla à la fenêtre donnant sur l'allée et jeta un regard à l'extérieur comme si elle s'attendait à y revoir l'homme.

– Je sais que j'ai été un peu hystérique quand je vous ai appelé pour vous parler de Holberg, parce que j'ai cru, un moment, qu'il pouvait s'agir de lui. Ça m'a causé un tel choc de le voir. Je n'ai ressenti aucune peur. C'était plutôt de la colère mais il y avait quelque chose dans l'attitude de cet homme, la façon dont il se tenait, l'inclinaison de sa tête. Il se dégageait de lui une sorte de mélancolie : on pouvait lire une grande tristesse sur son visage. Je me suis fait la réflexion qu'il était impossible que cet homme se sente bien. Est-ce qu'il avait des contacts avec son père ? Vous le savez ?

— En soi, je ne suis même pas sûr que cet individu-là existe réellement, dit Erlendur. Ce que vous avez vu renforce une théorie précise. Nous ne disposons d'aucun indice sur cet homme. On n'a pas trouvé de photo de lui en communiant chez Holberg si c'est le sens de votre question. En revanche, Holberg a reçu des coups de téléphone chez lui peu avant d'être assassiné et ces coups de fil l'ont secoué. Nous n'en savons pas plus.

Erlendur avait pris son portable et il demanda à Elin de bien vouloir l'excuser un instant.

— Quoi de neuf ? demanda Erlendur dès que Sigurdur Oli eut décroché.

— Dans quel pétrin tu nous as collés ? cria Sigurdur Oli sans rien cacher de sa colère. Ils sont allés jusqu'au tuyau à merde et ça grouillait de bestioles dégueulasses, il y avait des millions de petites bestioles dégoûtantes sous cette putain de dalle. C'est répugnant. Où diable est-ce que tu peux bien être ?

— A Keflavik. Des signes de Grétar ?

— Non, pas de putains de signes de ce putain de Grétar, répondit Sigurdur Oli en éteignant le téléphone.

— Une dernière chose, Erlendur, reprit Elin, qui vient juste de me venir à l'esprit, quand vous parlez de parenté avec Audur. Je vois maintenant que je ne me suis pas trompée. Je ne l'ai pas compris sur le moment mais il y avait aussi une autre expression sur le visage de l'homme, une expression que je pensais bien ne plus jamais revoir.

C'était une expression sortie du passé que je n'ai pourtant jamais oubliée.

– Et c'était quoi ? demanda Erlendur.

– C'est pour cette raison que je n'ai pas eu peur de l'homme.

– Quelle expression avait-il sur le visage ?

– Je ne m'en suis pas rendu compte sur le moment. Il me rappelait aussi Audur. Il y avait quelque chose en lui qui me faisait penser à elle.

29

Sigurdur Oli rangea le portable dans l'étui fixé à sa ceinture et retourna vers l'immeuble. Il se trouvait à l'intérieur avec d'autres policiers au moment où le marteau piqueur avait transpercé la dalle, laissant remonter une odeur d'une telle pestilence qu'il avait été pris de haut-le-cœur. Il s'était précipité vers la porte comme tout le monde, persuadé qu'il allait rendre tripes et boyaux avant d'atteindre l'air pur de l'extérieur. Lorsqu'ils redescendirent dans l'appartement, ils portaient des lunettes de protection et des masques sur le visage, mais l'odeur répugnante passait tout de même au travers.

L'homme chargé du forage agrandit l'ouverture au-dessus de la canalisation d'égout endommagée. C'était nettement plus facile une fois qu'il avait traversé la dalle. Sigurdur Oli ne parvenait pas à dire depuis combien de temps la canalisation s'était rompue. Il avait l'impression que les déjections s'étaient accumulées et occupaient une importante surface sous la dalle. Un petit peu de vapeur d'eau s'échappait par l'ouverture. Il prit sa lampe de poche pour éclairer la pourriture et constata, tout étonné, que le terrain s'était affaissé d'une bonne cinquantaine de centimètres en dessous de la dalle.

On aurait dit que la fange était vivante, toute couverte qu'elle était de petites bestioles blanches. Il fit un bond en arrière en voyant une espèce de créature passer devant le rayon lumineux.

– Prenez garde ! cria-t-il en sortant à toutes jambes de l'appartement. Ça grouille de rats dans ce foutu trou. Bouchez-moi cette ouverture et appelez le dératiseur. On s'arrête là. On arrête immédiatement !

Personne ne vint le contredire. Quelqu'un recouvrit le trou d'une bâche et l'appartement se vida en un instant. Sigurdur Oli enleva son masque en sortant du sous-sol et avala goulûment l'air frais. Les autres firent de même.

Erlendur s'était tenu informé du déroulement de l'enquête à Nordurmyri pendant qu'il revenait de Keflavik. Le dératiseur avait été appelé mais rien ne pouvait être entrepris dans l'immeuble avant le lendemain matin, une fois que toute la vermine grouillant dans les fondations serait exterminée. Sigurdur Oli était rentré chez lui et il sortait de la douche quand Erlendur l'avait appelé pour lui demander des nouvelles. Elinborg était également rentrée chez elle. On avait laissé des hommes en faction devant l'immeuble de Holberg pendant que le dératiseur effectuait son travail. Deux voitures de police y seraient postées toute la nuit.

Eva Lind accueillit son père à la porte quand il rentra chez lui. Il était neuf heures passées. La jeune mariée avait disparu. Avant ça, elle avait dit à Eva Lind qu'elle avait l'intention de se rendre chez son mari pour avoir de ses nouvelles. Elle n'était pas certaine qu'elle lui avouerait la cause exacte de son départ pendant le mariage. Eva Lind l'avait cependant encouragée à le faire, elle lui avait dit de ne pas protéger sa saleté de père. Dit qu'il ne fallait surtout pas qu'elle le protège.

Ils prirent place dans le salon. Erlendur raconta à Eva Lind les tenants et les aboutissants de l'enquête, il lui expliqua où celle-ci l'avait mené et lui fit part des idées qui étaient en train de germer dans sa tête. Il le fit tout autant afin de cerner lui-même le problème que d'avoir une image plus nette de ce qui s'était produit au cours des jours précédents. Il lui raconta pratiquement tout, en partant du moment où ils avaient découvert le cadavre de Holberg dans l'appartement, lui parla de l'odeur qui régnait chez lui, du message, de la vieille photo à l'intérieur du bureau, du matériel pornographique sur son ordinateur, de l'inscription sur la pierre tombale, de Kolbrun et de sa sœur Elin, d'Audur et de son décès inexpliqué, du rêve qu'il avait fait, d'Ellidi à la prison et de la disparition de Grétar, de Marion Briem, de la recherche d'une autre victime de Holberg et de l'homme devant la maison d'Elin, lequel était probablement le fils de Holberg. Il essaya de relater les faits de manière ordonnée et développa diverses théories qu'il argumenta ainsi que diverses opinions personnelles jusqu'à ce qu'il se trouve à court et arrête de parler.

Il ne raconta pas à Eva Lind que le cerveau était manquant sur la dépouille de l'enfant. Il n'avait pas encore compris comment cela se faisait.

Eva Lind l'écouta sans l'interrompre et remarqua qu'Erlendur passait sans cesse sa main sur sa poitrine pendant qu'il parlait. Elle sentit à quel point l'enquête sur Holberg lui sapait le moral. Elle décela en lui une sorte de désespoir qu'elle n'avait jamais entrevu auparavant. Elle sentit la lassitude qui l'habitait pendant qu'il parlait de la petite fille. On aurait dit qu'il disparaissait en lui-même, sa voix se faisait plus basse et il semblait lointain.

– Audur, est-ce que c'est la petite fille dont tu parlais quand tu m'as hurlé dessus ce matin ? demanda Eva Lind.

– C'était, enfin, je ne sais pas, elle était comme un don du ciel pour sa mère, dit Erlendur. Elle a été aimée par-delà la mort, jusque dans la tombe. Pardonne-moi d'avoir été si méchant avec toi. Ce n'était pas mon

224

intention, mais quand je vois la façon dont tu vis, quand je vois à quel point tu manques de respect et d'attention envers ta propre personne, quand je vois en toi cette autodestruction et tout ce que tu t'obliges à subir et que je regarde ensuite un petit cercueil sortir de la terre, alors je ne comprends plus rien à rien. Alors, je ne comprends pas ce qui se passe et j'ai envie de…

Erlendur marqua une pause.

– D'extirper de moi une étincelle de vie, avança Eva Lind.

Erlendur haussa les épaules.

– Je n'ai aucune idée de ce que j'ai envie de faire. Peut-être vaut-il mieux ne rien faire. Peut-être vaut-il mieux laisser la vie suivre son cours. Oublier tout ça. Et entreprendre quelque chose d'intelligent. Pourquoi donc aurait-on envie de patauger là-dedans ? Dans toute cette merde. De parler avec des gars comme Ellidi. De pactiser avec des traîtres comme Eddi. De voir ce qui amuse des gens comme Holberg. De lire des plaintes pour viol. D'aller fouiller des fondations d'immeuble regorgeant de vermine et de merde. De faire exhumer de petits cercueils.

Erlendur passait sa main de plus en plus fort sur sa poitrine.

– On s'imagine que ça n'attaque pas le moral. On se croit assez fort pour supporter de telles choses. On pense qu'avec les années, on se forge une carapace, qu'on peut regarder tout ce bourbier à bonne distance comme s'il ne nous concernait en rien et qu'on peut ainsi parvenir à se protéger. Mais il n'y a pas plus de distance que de carapace. Personne n'est suffisamment fort. L'horreur prend possession de ton être comme le ferait un esprit malin qui s'installe dans ta pensée et te laisse en paix seulement lorsque tu as l'impression que ce bourbier est la vie réelle car tu as oublié comment vivent les gens normaux. Voilà le genre d'enquête que c'est. Elle est semblable à un esprit malfaisant qui aurait été libéré et s'installerait dans ta tête jusqu'à te réduire à l'état de pauvre type.

Erlendur soupira profondément.

– Tout ça, ce n'est rien d'autre qu'un foutu marécage.

Il se tut et Eva Lind demeurait silencieuse avec lui.

Il s'écoula ainsi un petit moment avant qu'elle ne se lève, vienne s'asseoir à côté de son père, le prenne dans ses bras puis se pelotonne tout contre lui. Elle entendait le battement régulier de son cœur, comme une horloge apaisante, et s'endormit finalement avec un petit sourire sur le visage.

30

Aux alentours de neuf heures, le lendemain matin, les équipes de la police criminelle et de la Scientifique se retrouvèrent aux abords de l'immeuble de Holberg. La lumière du jour se voilait par intermittences bien que la matinée soit avancée, le ciel était très couvert et il pleuvait encore. On avait annoncé à la radio que les précipitations enregistrées à Reykjavik ce mois d'octobre ne tarderaient pas à battre le record de 1926.

La canalisation d'égout avait été nettoyée et il n'y avait plus trace de vie dans les fondations de l'immeuble. On avait agrandi l'ouverture pratiquée dans la dalle, ce qui permettait le passage de deux personnes à la fois. Les copropriétaires s'étaient attroupés devant la porte du sous-sol. Ils avaient fait venir un plombier pour réparer la tuyauterie et pourraient le faire intervenir dès que la police leur en donnerait l'autorisation.

Il apparut rapidement que le vide formé aux abords de la canalisation des toilettes n'était pas bien étendu. Sa surface ne dépassait pas les quatre mètres carrés et il se trouvait isolé du reste des fondations car le terrain ne s'était pas affaissé partout de façon régulière. La canalisation s'était rompue au même endroit que par le passé. On voyait la trace de l'ancienne réparation, les graviers sous le tuyau étaient d'un type différent de ceux qui se trouvaient à l'endroit où l'intervention avait eu lieu. Les techniciens discutèrent de l'éventualité d'élargir l'ouverture, de retirer les graviers des fondations afin de les vider jusqu'à ce qu'on puisse avoir une vue de l'ensemble de la dalle par en dessous. Après quelques palabres, ils parvinrent à la conclusion que la dalle risquait de céder si l'on vidait les fondations et décidèrent d'avoir recours à une méthode plus sûre et plus technique : forer de petits trous à droite à gauche dans la dalle et y introduire une caméra miniature.

Sigurdur Oli se fit la réflexion qu'ils n'avaient pas volé leur titre de techniciens.

Il les observa forer la dalle et installer deux petits écrans télé qu'ils relièrent aux deux caméras que la police scientifique avait à sa disposition. Les deux caméras en question se réduisaient pratiquement à des câbles, équipés de lumières à l'avant, que l'on introduisait à travers les trous et qu'il était possible d'orienter à l'aide d'une télécommande. On avait foré aux endroits sous lesquels on pensait qu'il y avait du vide, introduit les caméras dans les trous et allumé les deux moniteurs. L'image qui apparut en noir et blanc était loin d'être nette de l'avis de Sigurdur Oli qui, personnellement, possédait un téléviseur de marque allemande à cinq cent mille couronnes*.

Erlendur pénétra dans l'appartement au moment où l'on entreprenait l'exploration à l'aide des caméras. Quelque temps plus tard, ce fut Elinborg qui arriva sur les lieux. Sigurdur Oli remarqua qu'Erlendur s'était rasé et avait enfilé des vêtements propres qui lui paraissaient même presque avoir été repassés.

– Quoi de neuf ? demanda Erlendur en s'allumant une cigarette, au grand dam de Sigurdur Oli.

– Ils sont en train de tout explorer avec des caméras, répondit Sigurdur Oli. On peut suivre tout ça à la télé.

_____

* Environ cinq mille euros.

– Rien du côté de l'égout ? demanda Erlendur en avalant la fumée.

– Rien d'autre que de la vermine et des rats.

– Qu'est-ce que ça pue là-dedans, observa Elinborg qui venait de sortir un mouchoir parfumé de son sac à main. Erlendur lui proposa une cigarette, mais elle refusa.

– Il est possible que Holberg ait utilisé l'ouverture que le plombier avait faite pour cacher le corps de Grétar dans le sous-sol, dit Erlendur. Voyant le vide sous la dalle, il a facilement pu repousser les graviers après avoir installé Grétar à l'endroit où il voulait le mettre sous le sol.

Ils se rassemblèrent autour de l'écran, sans comprendre grand-chose à ce qu'ils voyaient. Une petite lueur se déplaçait de droite à gauche, de haut en bas et jusqu'aux parois. Il leur semblait par moments voir se dessiner la dalle et, à d'autres moments, ils avaient l'impression de ne rien voir d'autre que du gravier. L'affaissement du terrain était inégal. A certains endroits, celui-ci montait jusqu'à la dalle et à d'autres, il s'était creusé entre les deux un espace allant jusqu'à quatre-vingts centimètres.

Ils restèrent un bon moment à suivre les caméras. Il y avait beaucoup de bruit dans l'appartement, car on y perçait constamment d'autres trous ; Erlendur ne tarda pas à perdre patience et sortit. Elinborg ne tarda pas à le suivre, puis ce fut le tour de Sigurdur Oli. Tous trois allèrent s'installer dans la voiture d'Erlendur. La veille, il leur avait expliqué les raisons de sa disparition subite des lieux du crime pour se rendre à Keflavik, mais ils n'avaient pas eu le moindre temps mort pour en discuter en détail.

– Voilà qui donne évidemment un sens au message qui a été laissé à Nordurmyri. Et si l'homme qu'Elin a vu à Keflavik ressemble tant à Holberg, alors cela renforce l'hypothèse de l'existence d'un autre enfant.

– Il n'est absolument pas certain que Holberg ait eu un fils à la suite d'un viol, observa Sigurdur Oli. Nous n'avons rien qui vienne corroborer une telle hypothèse à part le fait qu'Ellidi connaissait l'existence d'une seconde femme. C'est absolument tout. En outre, il est évident qu'Ellidi est un imbécile.

– Aucune des personnes interrogées connaissant Holberg n'a mentionné qu'il avait un fils, ajouta Elinborg.

– Aucun de ceux que nous avons interrogés ne connaissait réellement Holberg, continua Sigurdur Oli. C'est tout le problème. C'était un solitaire, qui fréquentait quelques collègues, collectionnait du porno sur Internet, se bagarrait en compagnie d'imbéciles comme Ellidi et Grétar. Personne ne sait rien de cet homme.

– On devrait peut-être lancer un avis de recherche pour le gnome ? demanda Elinborg avec un air taquin dans le regard. Prendre une photo de Holberg quand il était jeune, faire de lui un buste en argile et l'envoyer à la presse ?

– Voilà ce à quoi je pense, reprit Erlendur sans prêter attention à la plaisanterie d'Elinborg : si le fils de Holberg existe bel et bien, comment connaît-il l'existence d'Elin, la tante d'Audur ? Il connaît donc aussi l'existence d'Audur, sa sœur ? S'il connaît l'existence d'Elin, alors j'imagine qu'il connaît celle de Kolbrun et qu'il est également au courant pour le viol, or je ne vois absolument pas comment cela est possible. La presse n'a pas dévoilé le moindre détail concernant l'enquête. D'où est-ce qu'il tient ses renseignements ?

– Peut-être qu'il les a soutirés à Holberg avant de le liquider ? dit Sigurdur Oli. C'est pas envisageable ?

– Peut-être même qu'il l'a forcé à parler, ajouta Elinborg.

– Tout d'abord, nous ne sommes pas sûrs que cet homme existe, reprit Erlendur. Elin était en état de choc. Nous ne savons pas s'il a tué Holberg. Ni s'il a eu connaissance de l'existence de son père, si les conditions de sa conception sont effectivement un viol. Ellidi affirme qu'il y a eu une autre femme avant Kolbrun qui aurait subi le même genre de traitement, peut-être pire encore. S'il en est sorti un enfant, je doute que la mère soit allée crier l'identité du père sur les toits. Elle n'a même pas informé la police de l'événement. Nous n'avons aucun autre document sur d'éventuels viols commis par Holberg dans nos archives. Il nous reste à trouver cette femme, si tant est qu'elle existe…

— Et nous sommes en train de défoncer des fondations d'immeuble à la recherche d'un type qui n'a sûrement rien à voir avec l'enquête, commenta Sigurdur Oli.

— Non mais, qu'est-ce que c'est que ces blagues à tout bout de champ ? demanda Erlendur en haussant le ton. Y'aurait pas moyen de vous entendre dire autre chose que des plaisanteries ?

— Peut-être que Grétar ne se trouve pas dans les fondations, dit Elinborg.

— Comment ça ? demanda Erlendur.

— Tu veux dire qu'il est peut-être encore en vie ? continua Sigurdur Oli.

— Il savait tout à propos de Holberg, enfin, j'imagine, dit Elinborg. Il savait qu'il avait une fille, sinon il n'aurait pas pris sa tombe en photo. Il savait certainement aussi comment elle avait été conçue. Si Holberg a eu un autre enfant, un fils, il était sûrement également au courant.

Erlendur et Sigurdur Oli la regardait avec une attention de plus en plus soutenue.

— Peut-être que Grétar est encore parmi nous, continua-t-elle, et qu'il est en contact avec le fils. Cela expliquerait comment le fils connaît l'existence d'Elin et d'Audur.

— Mais il y a vingt-cinq ans que Grétar a disparu et on n'a aucune nouvelle de lui depuis, objecta Sigurdur Oli.

– Le fait qu'il ait disparu ne signifie pas obligatoirement qu'il soit mort, répondit Elinborg.

– Et donc… commença Erlendur, aussitôt interrompu par Elinborg.

– Je pense qu'il ne faut pas exclure Grétar. Pourquoi ne pas considérer l'éventualité qu'il soit encore de ce monde ? On n'a jamais retrouvé son cadavre. Il se peut qu'il ait quitté le pays. Il lui a peut-être même suffi de s'exiler à la campagne. Personne ne s'occupait de lui. Personne ne le réclamait.

– Je ne me rappelle aucun exemple de ce genre, dit Erlendur.

– De quel genre ? demanda Sigurdur Oli.

– D'un homme qui refasse surface après toute une vie. Quand quelqu'un disparaît en Islande, c'est pour toujours. Il n'y a jamais personne qui revienne des dizaines d'années plus tard.

Jamais.

31

Erlendur les laissa à Nordurmyri et se rendit à Baronstigur pour voir le médecin légiste. Celui-ci terminait
l'autopsie de Holberg au moment de l'arrivée d'Erlendur, il recouvrit le cadavre d'un drap. Aucune trace des
restes d'Audur.

– Vous avez retrouvé le cerveau de la petite fille ?
demanda le médecin sans ambages quand Erlendur
entra dans la pièce.

– Non, répondit Erlendur.

– J'en ai discuté avec une vieille copine à moi, professeur à l'Université d'Islande et je lui ai expliqué la situation, j'espère que je n'ai pas fait une bêtise, en tout cas,
elle n'a pas été du tout étonnée de notre petite découverte. Est-ce que vous avez lu cette nouvelle de Halldor
Laxness ?

– Du Nabuchodonosor ? Elle m'est revenue en
mémoire au cours des derniers jours, répondit Erlendur.

– *Lilja*, c'est bien le titre, n'est-ce pas ? Il y a longtemps
que je l'ai lue, mais elle raconte l'histoire d'étudiants en
médecine qui volaient des cadavres et remplissaient les
cercueils avec des pierres. Voilà, pour faire simple, ce qui
s'est produit. Autrefois, il n'y avait aucun suivi dans ce
domaine, exactement comme il est décrit dans l'histoire.
Les gens qui mouraient à l'hôpital étaient autopsiés, sauf
en cas d'interdiction, et l'autopsie servait évidemment à
l'enseignement. Il arrivait que des prélèvements soient

effectués, il pouvait s'agir de n'importe quoi, cela allait d'organes entiers à des prélèvements tissulaires. Ensuite, on remballait le tout et le défunt était enterré honorablement. Aujourd'hui, les choses se passent quelque peu différemment. On ne pratique plus d'autopsie à moins d'avoir obtenu l'accord des proches et l'on ne prélève plus d'organes à des fins de recherche ou d'enseignement sauf quand certaines conditions sont réunies. Je ne crois pas qu'on vole quoi que ce soit.

– Vous ne croyez pas ?

Le médecin haussa les épaules.

– Nous ne parlons pas des greffes d'organes, n'est-ce pas ? dit Erlendur.

– Ça n'a rien à voir. Les gens sont disposés à venir en aide aux autres quand c'est une question de vie ou de mort.

– Et où se trouve la banque d'organes ?

– Ce bâtiment-ci abrite des milliers de prélèvements, dit le médecin. Ici, à Baronstigur. La plus importante s'appelle le fonds Dungal, c'est la plus grande banque de prélèvements d'Islande.

– Vous pouvez me la montrer ? demanda Erlendur. Vous avez un relevé indiquant la provenance de chacun des prélèvements ?

– Tout cela est consciencieusement répertorié. Je me suis permis de consulter le relevé à la recherche de l'organe qui nous intéresse mais je ne l'ai pas trouvé.

– Alors, où est-ce qu'il est ?

– Vous devriez aller voir ce professeur et écouter ce qu'elle a à vous dire. Je crois que certains relevés sont conservés à l'université.

– Pourquoi vous ne me l'avez pas dit plus tôt ? demanda Erlendur. Quand vous avez découvert qu'on avait enlevé le cerveau. Vous le saviez, non ?

– Allez voir ce professeur et revenez me voir ensuite. Je vous en ai probablement déjà trop dit.

– Est-ce qu'il existe des relevés pour la banque d'organes de l'université ?

– Je n'en sais pas plus, dit le médecin. Sur ce, il lui communiqua le nom du professeur et le pria de le laisser tranquille.

– Donc, vous connaissez la Cité des Jarres, demanda Erlendur.

– C'est le surnom qu'ils donnaient à l'une des salles de ce bâtiment, répondit le médecin. Elle a été fermée. Ne me demandez pas ce qu'il est advenu des bocaux car je n'en ai pas la moindre idée.

– Ça vous met mal à l'aise d'aborder le sujet ?

– Je vous prie d'arrêter ça.

– Quoi donc ?

– Arrêtez.

Le professeur, directrice de la faculté de médecine de l'Université d'Islande, s'appelait Hanna et regardait Erlendur par-dessus son bureau comme une tumeur maligne qu'il lui fallait extraire au plus vite. Un peu plus jeune que lui, elle était extrêmement directe, s'exprimait à toute vitesse et répondait du tac au tac, elle donnait l'impression de ne pas supporter les discussions stériles ni les palabres inutiles. Elle lui demanda d'une manière presque grossière d'en venir au fait alors qu'il avait entamé un long discours expliquant les raisons de sa présence dans son bureau. Erlendur sourit en son for intérieur. Elle lui plut immédiatement et il était convaincu qu'ils allaient se chamailler comme chien et chat avant la fin de leur entretien. Elle portait un tailleur de couleur sombre, c'était une femme enveloppée, sans la moindre trace de maquillage, des cheveux blonds coupés court, des mains travailleuses, un air à la fois sérieux et malicieux. Erlendur aurait bien voulu la voir sourire mais son souhait ne fut pas exaucé.

Il l'avait dérangée au beau milieu d'une heure de cours.

Il avait frappé à la porte de la salle de classe comme un imbécile pour la faire demander. Elle était venue et l'avait prié de bien vouloir attendre la fin du cours. Erlendur fit le planton dans le couloir comme un cancre pendant un quart d'heure jusqu'à ce que la porte s'ouvre violemment. Hanna se précipita dans le couloir, doubla Erlendur et lui ordonna de la suivre, ce qui n'alla pas sans difficulté. On aurait dit qu'elle faisait deux pas à chaque fois qu'il en faisait un.

– Je ne comprends pas ce que me veut la police criminelle, annonça-t-elle chemin faisant en tournant la tête, comme pour s'assurer qu'Erlendur était bien derrière elle.

– Vous verrez bien, répondit Erlendur, à bout de souffle.

– Eh bien, j'espère, rétorqua Hanna en l'invitant à entrer dans son bureau.

Pendant qu'Erlendur lui exposait le motif de sa visite, elle demeura assise et réfléchit un bon moment. Erlendur parvint à la calmer quelque peu quand il lui raconta l'histoire d'Audur, de sa mère, de l'autopsie, du diagnostic et qu'il lui dit que le cerveau avait été enlevé.

– Où me dites-vous que la petite fille a été admise ?

– A l'hôpital de Keflavik. Peut-être vous y procurez-vous des organes à des fins pédagogiques ?

Elle fixait Erlendur.

– Je ne vois pas où vous voulez en venir.

– Vous utilisez bien des organes humains pour l'enseignement, n'est-ce pas ? demanda Erlendur. Des prélèvements, c'est probablement le terme que vous utilisez, je ne suis pas spécialiste, mais la question est d'une grande simplicité : où vous les procurez-vous ?

– Je ne me sens pas obligée de vous dire quoi que ce soit là-dessus, dit-elle en se plongeant dans les feuilles sur son bureau comme si elle était trop occupée pour accorder à Erlendur la moindre attention.

– C'est très important pour nous, plaida Erlendur, très

important pour la police, de savoir si ce cerveau se trouve encore quelque part. Il est possible qu'il figure dans vos registres. Il a été étudié il y a longtemps mais n'a pas été remis en place. Cela s'explique peut-être très simplement. L'étude de la tumeur a pris un certain temps et, d'un autre côté, il fallait également enterrer le corps. L'université et les hôpitaux possèdent des banques d'organes qui pourraient être concernées. Vous pouvez rester là à faire votre tête de mule mais moi, je peux m'arranger de diverses façons pour vous causer quelques désagréments, à vous, à l'université et aux hôpitaux. C'est incroyable le nombre de choses qu'on peut raconter aux médias quand ils vous titillent.

Hanna regarda Erlendur un long moment, il la fixait également.

– Dépérit la pie sur son arbre, dit-elle finalement.

– Mais mange celle qui prend son vol, compléta Erlendur.

– C'était en réalité la seule règle qui présidait à ces pratiques mais je ne peux rien vous dire, comme vous devez bien vous l'imaginer. C'est un sujet très sensible.

– Je ne suis pas en train d'enquêter sur ces pratiques en tant que délit, précisa Erlendur. Je suis bien incapable de dire s'il s'agit d'un vol d'organe d'une manière ou d'une autre. Ce que vous faites des morts ne me regarde en rien tant que cela reste à l'intérieur de limites convenables.

L'expression sur le visage de Hanna se fit encore plus malveillante.

– Si c'est ce dont la médecine a besoin, alors cela se justifie sans aucun doute dans l'esprit de certains. Je suis à la recherche d'un organe précis, provenant d'un individu donné, pour l'étudier à nouveau et, s'il était possible de retracer son parcours depuis l'époque du prélèvement jusqu'à aujourd'hui, je vous serais extrêmement reconnaissant. Il s'agit d'informations collectées à titre personnel.

– Comment ça, à titre personnel ?

– Je n'ai pas envie que cela aille plus loin. Nous devons retrouver cet organe si c'est possible. La question que je me pose aussi est la suivante : n'aurait-il pas suffi d'effectuer quelques prélèvements, était-il nécessaire de retirer l'organe tout entier ?

– Je ne connais évidemment pas le cas précis dont vous parlez mais les règles en matière d'autopsie sont plus strictes aujourd'hui que dans le passé, dit Hanna après un moment de réflexion. Si cela date des années 60, il est possible que cela se soit passé ainsi, je ne dis pas le contraire. Vous affirmez que la petite fille a été autopsiée contre la volonté de sa mère. Il ne s'agit sûrement pas d'un cas isolé. Aujourd'hui, on consulte les proches immédiatement après le décès pour obtenir leur autorisation. Je crois pouvoir dire que leurs volontés sont toujours respectées, sauf dans des cas tout à fait exceptionnels. C'est ce qui s'est produit en l'occurrence. La mort d'un enfant est la plus effroyable des choses. Il est impossible de décrire la douleur qui submerge les gens qui perdent un enfant et la question de l'autopsie dans de semblables circonstances peut être problématique.

Hanna marqua une pause.

– Une partie des registres figure dans nos ordinateurs, dit-elle ensuite, mais le reste se trouve dans les archives à l'intérieur du bâtiment. Il y a là des registres assez précis. La plus grande banque d'organes des hôpitaux se trouve à Baronstigur. Vous imaginez bien que l'enseignement de la médecine est réduit au minimum ici, sur le campus. Il est dispensé dans les hôpitaux. C'est là-bas que l'on acquiert les connaissances.

– Le médecin légiste a refusé de me faire visiter la banque d'organes, dit Erlendur. Il voulait que j'aie d'abord un entretien avec vous. Est-ce que l'université a son mot à dire là-dedans ?

– Venez, dit Hanna sans répondre à sa question. Nous allons voir ce que nous avons dans les ordinateurs.

Elle se leva et Erlendur la suivit. Elle ouvrit une pièce spacieuse avec des clefs et entra un code sur le système d'alarme placé sur le mur à côté de la porte. Elle se dirigea vers un pupitre et alluma un ordinateur pendant qu'Erlendur observait alentour. La pièce n'avait pas de fenêtre et des rayonnages de dossiers couvraient les murs. Hanna lui demanda le nom d'Audur ainsi que la date de son décès afin de les entrer dans l'ordinateur.

– Il n'y a rien ici, dit-elle, pensive, en fixant l'écran. La base s'arrête à l'année 1984. Nous sommes en train d'informatiser toutes les données depuis la fondation de la faculté de médecine mais la base ne dépasse pas cette date.

– Il nous reste donc les étagères, dit Erlendur.

– Je ne devrais absolument pas faire ça, dit Hanna en regardant l'heure. Je devrais être en cours en ce moment.

Elle s'approcha d'Erlendur et jeta un regard alentour, parcourut les étagères en lisant les inscriptions. Elle ouvrit quelques tiroirs à droite et à gauche, feuilletant les documents avant de les refermer promptement. Erlendur avait l'impression que les tiroirs étaient classés par ordre alphabétique mais n'avait pas la moindre idée de leur contenu.

– Vous conservez des rapports médicaux ici ? demanda-t-il.

Hanna soupira.

– Ne venez pas me dire maintenant que vous êtes envoyé par la Commission informatique et libertés ! dit-elle avec insistance en refermant un autre tiroir.

– C'était juste une question, rassura Erlendur.

Hanna prit un rapport et se mit à le lire.

– Voilà quelque chose sur les prélèvements, dit-elle. 1968. Il contient quelques noms. Rien qui soit susceptible de vous intéresser. (Elle replaça le document sur l'étagère, referma le tiroir avant d'en ouvrir un autre.) En voici d'autres, dit-elle. Attendez voir. Voilà le nom de la fillette, Audur, et le nom de sa mère. Voilà, c'est ça.

Elle parcourut le rapport.

– Un organe prélevé, dit-elle, comme si elle se parlait à elle-même. A l'hôpital de Keflavik. Autorisation des proches… il n'y a rien. On ne précise pas à qui l'organe a été remis.

Hanna referma le dossier.

– Il a disparu de la circulation.

– Est-ce que je peux voir ça ? demanda Erlendur sans chercher à dissimuler sa curiosité.

– Cela ne vous apportera rien, dit Hanna en remettant le dossier dans le tiroir qu'elle referma. Je vous ai dit ce que vous aviez besoin de savoir.

– Qu'est-ce qu'il y a d'écrit là-dedans ? Qu'essayez-vous de me cacher ?

– Rien du tout, répondit Hanna, et maintenant, je dois retourner me consacrer à mon enseignement.

– Bon, je vais obtenir un mandat de perquisition et je reviendrai plus tard dans la journée. Il vaudrait mieux que ce rapport se trouve encore à sa place, dit Erlendur en se dirigeant vers la porte. Hanna le suivait du regard.

– Vous me promettez que les informations que vous obtiendrez ne sortiront pas d'ici ? dit-elle alors qu'Erlendur, ayant ouvert la porte, s'apprêtait à disparaître.

– Je vous l'ai déjà dit, ce sont des informations que je collecte à titre personnel, répondit Erlendur.

– Alors, regardez ça, dit Hanna en ouvrant à nouveau le placard. Elle lui tendit le dossier.

Erlendur referma la porte, prit le dossier et s'y plongea. Il sortit son paquet de cigarettes et en alluma une pendant qu'elle attendait qu'il ait achevé sa lecture. Pour sa part, elle ne quittait pas du regard l'écriteau précisant qu'il était interdit de fumer dans la pièce qui, bientôt, se retrouva tout enfumée.

– Qui est cet Eydal ?

– L'un de nos plus éminents chercheurs en médecine.

– Qu'est-ce que vous ne vouliez pas que je voie là-dedans ? Je n'ai pas le droit de parler à cet homme ?

Hanna ne répondit rien.

– Enfin, qu'est-ce que ça cache ? demanda Erlendur.

Hanna soupira.

– Je crois qu'il a en sa possession un certain nombre d'organes, finit-elle par déclarer.

– Est-ce que cet homme collectionne les organes ? demanda Erlendur.

– Il a quelques organes, une petite collection, oui.

– Il est collectionneur d'organes ?

– Je n'en sais pas plus, répondit Hanna.

– Il est possible que le cerveau se trouve chez lui, observa Erlendur. Il est écrit ici qu'on lui a donné un prélèvement effectué sur l'organe pour qu'il puisse l'étudier. Cela vous poserait-il un problème ?

– C'est l'un de nos plus éminents chercheurs, répéta-t-elle en serrant les dents.

– Il conserve le cerveau d'une gamine de quatre ans sur la cheminée de son salon ! tonna Erlendur.

– Je ne m'attendais pas à ce que vous compreniez quoi que ce soit aux travaux scientifiques, répondit-elle.

– Et qu'y a-t-il à comprendre là-dedans ?

– Je n'aurais jamais dû vous laisser pénétrer dans cette pièce, grogna Hanna.

– Ce n'est pas la première fois que j'entends ça, conclut Erlendur.

32

Ce fut Elinborg qui retrouva la femme de Husavik.

Il lui restait encore à vérifier deux noms sur sa liste et elle avait laissé Sigurdur Oli à Nordurmyri en compagnie des enquêteurs de la police scientifique. La première femme montra la réaction dont Elinborg avait si souvent été témoin : un grand étonnement qui semblait toutefois plus ou moins préparé, étant donné qu'elle avait entendu l'histoire par d'autres sources, peut-être même plusieurs fois. Elle affirma qu'elle s'attendait d'ailleurs à la visite de la police. La femme suivante, la dernière figurant sur la liste d'Elinborg, refusa de lui parler. Elle refusa de la laisser entrer chez elle. Prétendit ne pas savoir de quoi elle parlait et ne pouvoir lui être d'aucun secours.

Cependant, on pouvait déceler chez elle comme une vague hésitation. On avait l'impression qu'elle devait faire appel à toutes ses ressources pour dire ce qu'elle voulait dire à Elinborg qui sentit qu'elle lui servait des réponses préparées. Elle se comportait comme si elle s'attendait à sa visite mais, contrairement aux autres, elle ne souhaitait rien savoir de tout ça. Elle voulait se débarrasser d'Elinborg sur-le-champ.

Elinborg eut le sentiment qu'elle avait trouvé celle qu'ils recherchaient. Elle consulta à nouveau ses documents. La femme s'appelait Katrin, était directrice d'un département de la bibliothèque de Reykjavik. Mariée.

Son époux était chef de produit dans une grande agence publicitaire. Elle avait la soixantaine. Trois enfants. Des fils, nés entre 1958 et 1962. Cette année-là, elle avait quitté Husavik pour venir s'installer à Reykjavik où elle était demeurée depuis.

Elinborg sonna à nouveau à la porte.

– Je crois que vous devriez me parler, dit-elle quand Katrin ouvrit à nouveau.

La femme la regarda.

– Je ne peux vous être d'aucune d'aide, répondit-elle immédiatement, d'un ton plutôt cassant. Je sais de quoi il s'agit. J'ai eu droit à ces affreux coups de téléphone. Mais je n'ai pas connaissance du moindre viol. J'espère que ça vous suffit. Je vous prierais de ne pas me déranger à nouveau.

Elle repoussa la porte.

– Il se peut que, moi, je m'en contente, mais je connais un certain Erlendur, qui mène l'enquête sur le meurtre de Holberg – vous avez peut-être entendu parler de lui – et lui, n'en restera pas là. La prochaine fois que vous ouvrirez votre porte, il sera là et il ne s'en ira pas. Il ne vous laissera pas lui fermer la porte au nez. Il peut même vous convoquer au poste, si les choses se gâtent.

– Je vous prie de bien vouloir me laisser tranquille, dit Katrin en refermant la porte.

J'aimerais tellement pouvoir le faire, pensa Elinborg. Elle attrapa son téléphone portable pour appeler Erlendur, qui quittait l'université. Elinborg lui décrivit la situation, il lui répondit qu'il serait sur place d'ici dix minutes.

Il ne vit pas trace d'elle devant la maison en arrivant chez Katrin, cependant il reconnut sa voiture sur le parking. C'était une grande maison, sur deux niveaux, avec un garage double, dans le quartier de Vogar. Il appuya sur la sonnette et, à sa grande surprise, ce fut Elinborg qui vint lui ouvrir.

– Je crois bien que j'ai trouvé la Femme de Husavik, dit-elle à voix basse en faisant entrer Erlendur. Elle est venue me chercher dehors tout à l'heure et m'a invitée à entrer, en me demandant d'excuser son comportement. On lui a déjà raconté l'histoire du viol et elle s'attendait à notre visite.

Elinborg précéda Erlendur et entra dans le salon où se trouvait Katrin. Elle lui serra la main et essaya de sourire sans vraiment y parvenir. Elle était habillée avec goût, portait une jupe grise et un chemisier blanc, ses longs cheveux raides et épais lui tombaient sur les épaules, peignés sur le côté. Elle était grande, avait des jambes fines et des épaules frêles, un joli visage empreint à la fois de douceur et d'inquiétude.

Erlendur balaya le salon du regard. Les livres étaient apparents dans les bibliothèques vitrées. Un joli secrétaire se trouvait à côté d'une des bibliothèques, un vieux canapé de cuir bien entretenu trônait au milieu de la pièce et, dans l'un des coins, il y avait une table avec un cendrier. Des peintures sur les murs. De petites aquarelles joliment encadrées, des photos de sa famille. Il les examina plus attentivement. Elles étaient toutes anciennes. Représentaient les trois garçons avec leurs parents. Les photos les plus récentes dataient de leurs communions. On aurait dit qu'ils n'avaient pas passé le baccalauréat, ni étudié à l'université et ne s'étaient pas mariés.

– Nous allons réduire notre train de vie, dit Katrin comme pour s'excuser quand elle remarqua qu'Erlendur examinait les lieux. Ce palace est devenu nettement trop grand pour nous.

Erlendur hocha la tête.

– Votre mari est aussi à la maison ?

– Albert ne rentrera que tard ce soir. Il est à l'étranger. J'espérais que nous pourrions parler de tout cela avant son retour.

– On ferait peut-être mieux de s'asseoir, observa Elinborg. Katrin s'excusa de son impolitesse et leur proposa de s'installer. Elle prit place seule sur le sofa, quant à Elinborg et Erlendur, ils occupèrent chacun l'un des fauteuils face à elle.

– Que me voulez-vous précisément ? demanda Katrin en les regardant à tour de rôle. Je ne comprends pas exactement en quoi je suis liée à cette affaire. L'homme est décédé. Et cela ne me regarde pas.

– Holberg était un violeur, expliqua Erlendur. Il a eu une petite fille avec une femme de la péninsule de Sudurnes, après l'avoir violée. Au cours de l'enquête que nous avons menée sur lui, on nous a dit qu'il avait déjà fait ce genre de chose avant et que la femme était originaire de Husavik, qu'elle avait environ le même âge que la victime suivante. Il se peut que Holberg ait commis d'autres viols par la suite, nous ne le savons pas, mais nous devons absolument retrouver sa victime de Husavik. Holberg a été assassiné à son domicile et nous avons des raisons de penser que l'explication se trouve dans son passé, aussi désagréable qu'elle soit.

Erlendur et Elinborg remarquèrent tous les deux que le discours semblait ne produire aucun effet sur Katrin. Elle ne manifesta aucune réaction en entendant parler des viols commis par Holberg ni même de la fille qu'il avait conçue, elle ne demanda pas la moindre précision concernant la femme originaire de la péninsule de Sudurnes ni sur la petite. Erlendur reprit la parole.

– Vous n'êtes pas choquée par ces nouvelles ? demanda Erlendur.

– Non, répondit Katrin, du reste, qu'est-ce qui devrait me choquer ?

– Que pouvez-vous nous dire à propos de Holberg ? demanda Erlendur au bout d'un bref silence.

– Je l'ai immédiatement reconnu sur les photos dans les journaux, annonça Katrin et il semblait que la dernière trace de résistance ait disparu de sa voix. Ses paroles se faisaient chuchotement. Cependant, il avait énormément changé, ajouta-t-elle.

– Nous avions cette photo dans nos archives. C'est celle qu'il avait fournie pour obtenir le renouvellement de son permis poids lourds. Il était chauffeur routier et sillonnait le pays tout entier.

– A cette époque-là, il m'avait raconté qu'il était avocat à Reykjavik.

– Il travaillait probablement au Service des phares et des affaires portuaires, rectifia Erlendur.

– J'avais juste un peu plus de vingt ans. Albert et moi avions déjà deux enfants quand cela s'est produit. Nous nous sommes mis en ménage très jeunes. Il était parti en mer, je veux dire, Albert. Mais cela n'arrivait pas souvent. Il dirigeait un petit magasin et était aussi agent d'assurances.

– A-t-il connaissance de ce qui est arrivé ? demanda Erlendur.

Katrin hésita un instant.

– Non, je ne le lui ai jamais dit. Et je vous serais reconnaissante si tout cela pouvait rester entre nous.

Ils se turent.

– Vous n'avez raconté l'événement à personne ? demanda Erlendur.

– Non, à personne.

Elle marqua une pause. Erlendur et Elinborg attendaient.

– Je crois encore que c'était ma faute. Seigneur Dieu, soupira-t-elle. Je sais que je ne devrais pas. Je sais que je n'y étais pour rien. Il y a quarante ans que ça s'est passé et je m'en veux encore, bien que je sache que je n'ai rien à me reprocher. Quarante ans.

Ils attendaient.

– Je ne sais pas dans quelle mesure vous voulez entrer dans les détails. Ni ce qui importe pour vous dans cette affaire. Comme je vous dis, Albert était en mer à ce moment-là. J'étais sortie m'amuser avec des amies et nous avons rencontré ces hommes au bal.

– Ces hommes ? interrompit Erlendur.

– Holberg et un autre qui était avec lui. Je n'ai jamais réussi à connaître son nom. Il m'a montré un petit appareil photo qu'il avait toujours sur lui. Nous avons un peu discuté photographie. Ils nous ont accompagnées chez mon amie et, là, nous avons continué à faire la fête. Nous étions un groupe de quatre filles et sortions nous amuser ensemble. Deux d'entre nous étaient mariées. Au bout d'un certain temps, j'ai annoncé que je souhaitais rentrer chez moi et alors, il m'a proposé de me raccompagner.

– Holberg ? demanda Elinborg.

– Oui, Holberg. J'ai refusé, j'ai dit au revoir à mes amies et je suis rentrée seule à la maison. Ce n'était pas loin. Mais, quand j'ai ouvert la porte – nous occupions une petite maison individuelle dans une rue en cours de construction à Husavik –, il s'est subitement retrouvé planté derrière moi. Il m'a dit quelque chose que je n'ai pas compris, m'a poussée vers l'intérieur et a refermé la porte. Je ne savais absolument pas de quoi il retournait. Je me demandais si je devais être surprise ou terrifiée. L'alcool m'embrouillait les sens. Évidemment, cet homme était un parfait inconnu, je ne l'avais jamais vu avant.

– Pourquoi vous sentez-vous coupable, alors ? demanda Elinborg.

– J'ai fait des âneries au bal, reprit Katrin après une brève pause. Je l'ai invité à danser. Je ne sais pas ce qui m'a pris. J'avais un peu bu et je n'ai jamais bien supporté l'alcool. Nous nous étions bien amusées avec mes amies et disons que nous nous lâchions complètement. J'étais irresponsable. Et ivre.

– Mais vous n'avez pas à vous reprocher quoi que ce soit… commença Elinborg.

– Tout ce que vous me direz ne me sera d'aucun secours, dit Katrin d'un air résigné en regardant Elinborg, en outre, vous n'avez pas à me dire ce que j'ai à faire ou pas. Ça ne sert à rien.

– Il s'était accroché à nous à partir de ce moment-là, continua-t-elle. Il ne présentait pas mal du tout, cet homme. Il se montrait drôle et savait comment nous faire rire, nous les filles. Il nous amusait tout autant qu'il s'amusait avec nous. Je me suis souvenue plus tard qu'il avait posé des questions sur Albert et qu'il avait découvert que j'étais seule à la maison. Mais il l'avait fait de façon à ce que je ne soupçonne à aucun moment ce qu'il avait derrière la tête.

– Cela correspond dans tous les détails à l'histoire du viol qu'a commis Holberg sur la femme de Keflavik, observa Erlendur. Certes, celle-ci avait accepté qu'il la raccompagne. Ensuite, il lui a demandé de se servir du téléphone puis il lui a sauté dessus dans la cuisine, l'a entraînée jusqu'à la chambre à coucher où il a mis son dessein à exécution.

– L'homme était complètement différent. Répugnant. Et les choses qu'il disait. Il a arraché mon manteau, m'a poussée dans la maison en me traitant de tous les noms. Il était très énervé et excité. J'ai tenté de le raisonner mais c'était inutile et, quand je me suis mise à crier "à l'aide", il s'est rué sur moi pour me faire taire. Ensuite, il m'a traînée jusqu'à la chambre…

Elle fit appel à tout son courage et leur raconta ce à quoi Holberg s'était livré, de manière claire et sans rien omettre. Elle n'avait rien oublié de ce qui s'était produit ce soir-là. Bien au contraire, elle se rappelait chaque détail. Son récit était tout à fait dénué de sentimentalisme. On aurait dit qu'elle lisait des faits bruts et objectifs consignés sur une feuille de papier. Jusqu'alors, elle ne leur avait jamais parlé de l'événement de cette façon, jamais avec cette précision, et elle était parvenue à créer une telle distance par rapport à celui-ci qu'Erlendur eut l'impression qu'elle racontait quelque chose qui était arrivé à une autre femme. Pas à elle-même mais à quelqu'un d'autre. En d'autres lieux. A une autre époque. Au cours d'une autre vie.

Une fois, au cours du récit, Erlendur grimaça alors qu'Elinborg la plaignait en silence.

Katrin se tut.

– Pourquoi n'avez-vous pas porté plainte contre cette ordure ? demanda Erlendur.

– On aurait dit un monstre. Il m'a menacée de venir me régler mon compte si jamais j'allais raconter ça et que la police l'arrêtait. Mais le pire, c'est qu'il a dit que si j'en faisais toute une histoire, il affirmerait que je lui avais demandé de venir chez moi et que j'avais voulu coucher avec lui. Il a utilisé d'autres mots, mais j'ai parfaitement compris où il voulait en venir. Il était doté d'une force phénoménale et je n'avais pratiquement pas de traces physiques. Il avait fait bien attention. J'y ai repensé plus tard. Il m'a frappé au visage quelques fois mais jamais fort.

– Quand cela a-t-il eu lieu ? demanda Erlendur.

– C'était fin 1961. En automne.

– Et il n'y a eu aucune suite ? Vous n'avez plus jamais revu Holberg ou bien…

– Non, je ne l'ai jamais revu après ça. Pas avant de voir sa photo dans les journaux.

– Vous avez quitté Husavik ?

– C'était, de toute façon, ce que nous avions l'intention de faire. Cette idée trottait toujours dans la tête d'Albert. Je n'y étais plus aussi opposée après cette histoire. Les gens de Husavik sont charmants et c'était agréable d'y habiter, mais je n'y suis jamais retournée depuis.

– Vous aviez deux enfants, deux fils, n'est-ce pas ? dit Erlendur en faisant un signe de la tête en direction des photos de communion. Et c'est après que vous avez eu votre troisième fils… quand ?

– Deux ans plus tard, répondit Katrin.

Erlendur la regardait et il remarqua qu'elle mentait pour la première fois depuis le début de la discussion.

33

– Pourquoi tu t'es arrêté là ? demanda Elinborg d'un ton cassant, une fois qu'ils eurent quitté la maison et furent sortis dans la rue.

Elle avait eu le plus grand mal à cacher sa surprise quand Erlendur avait tout à coup remercié Katrin de s'être montrée si coopérative. Il avait affirmé savoir combien il était éprouvant pour elle d'aborder cette question et promis qu'il s'arrangerait pour que ce qu'ils s'étaient dit reste entre eux. Elinborg était bouche bée. Leur conversation venait à peine de débuter.

– Elle avait commencé à mentir, répondit Erlendur. C'est une épreuve trop dure pour elle. Nous la reverrons plus tard. Il faut mettre son téléphone sur écoute et nous avons besoin d'une voiture devant la maison pour surveiller ses allées et venues ainsi que les visites qu'elle reçoit. Il faut qu'on fasse croire qu'on est à la poursuite de dealers. Nous devons nous débrouiller pour savoir ce que font ses fils, obtenir des photos récentes d'eux si possible, mais sans que cela éveille la curiosité, il faut aussi que nous retrouvions des gens qui connaissaient Katrin quand elle vivait à Husavik et qui se souviennent de cette soirée, même si ça revient peut-être à couper les cheveux en quatre. J'ai déjà demandé à Sigurdur Oli de contacter le Service des phares et des affaires portuaires et de voir s'ils peuvent nous dire à quelle époque Holberg travaillait à Husavik. Il s'en est peut-être déjà occupé. Quant à toi, procure-toi un acte de naissance de Katrin et d'Albert et vérifie en quelle année ils se sont mis en ménage.

Erlendur s'était installé dans la voiture.

— Au fait, Elinborg, tu pourras revenir la prochaine fois que nous l'interrogerons.

— Est-il possible de faire des choses telles que celles qu'elle a décrites ? demanda Elinborg dont l'esprit était encore fixé sur le récit de Katrin.

— Je suppose que tout est possible quand Holberg est dans le coup, répondit Erlendur.

Il redescendit à Nordurmyri. Sigurdur Oli s'y trouvait encore. Il avait appelé les télécoms pour se renseigner sur les appels reçus par Holberg le week-end où il avait été assassiné. Deux d'entre eux émanaient de son employeur et les trois autres de téléphones publics : deux d'une cabine de la rue Laekjargata, et un autre d'un appareil à pièces de la place Hlemmur.

— Autre chose ?

— Oui, les fichiers pornos dans son ordinateur. Les services de la police scientifique en ont épluché une bonne partie et c'est terrifiant. Absolument terrifiant. Il y a là-dedans les pires choses qu'on puisse trouver sur le Net, ce qui inclut les animaux et les enfants. Ce gars-là était un véritable détraqué sexuel. Je crois qu'ils ont abandonné l'idée de visionner tout ça.

— C'est peut-être inutile de leur infliger toutes ces souffrances, répondit Erlendur.

— Je ne sais pas, dit Sigurdur Oli, mais cela nous brosse quand même un petit portrait du monstre répugnant et abject qu'était cet individu.

— Tu suggères qu'il méritait bien d'être assommé et éliminé ? remarqua Erlendur.

— Et toi, qu'en penses-tu ?

— Tu as contacté le Service des phares et des affaires portuaires au sujet de Holberg ?

– Non.

– Il faut s'y mettre.

– Est-ce que c'est à nous qu'il fait signe ? demanda Sigurdur Oli. La voiture était garée devant chez Holberg. L'un des techniciens était sorti de l'appartement et, debout dans sa combinaison blanche, leur faisait signe de venir. Il paraissait considérablement ébranlé. Ils descendirent de voiture, entrèrent dans l'appartement et le technicien leur fit signe de s'approcher de l'un des deux écrans de télévision. Il tenait une petite télécommande et leur expliqua qu'il dirigeait une caméra introduite dans l'un des trous percés dans le coin du salon.

Ils regardaient l'écran mais n'y voyaient rien qui éveillât leur intérêt. L'image était grossière, l'éclairage insuffisant ; elle manquait de netteté et de couleur. Ils voyaient des graviers ainsi que la dalle mais, à part ça, il n'y avait rien d'inhabituel. Il s'écoula ainsi un bon moment jusqu'à ce que le technicien n'y tienne plus.

– Il s'agit de cette chose, à cet endroit, dit-il en montrant le haut de l'écran. Juste en dessous de la dalle.

– Quoi donc ? demanda Erlendur qui ne voyait rien.

– Vous ne le voyez pas ? demanda le technicien.

– Mais, quoi ? dit Sigurdur Oli.

– L'anneau, précisa le technicien.

– L'anneau ? demanda Erlendur.

– Nous avons probablement trouvé un anneau en dessous de la dalle, vous ne le voyez pas ?

Ils scrutèrent l'écran jusqu'à ce qu'ils voient apparaître une forme qui pouvait effectivement être celle d'un anneau. Il était très difficile à distinguer, comme si quelque chose lui faisait de l'ombre. Ils ne voyaient rien de plus.

– On dirait qu'il y a quelque chose devant, observa Sigurdur Oli.

– C'est peut-être du plastique utilisé lors des travaux, commenta le technicien. D'autres personnes les avaient rejoints autour de l'écran pour suivre le déroulement des événements. Regardez cette chose, là, dit le technicien. La ligne à côté de l'anneau, cela pourrait tout aussi bien être le doigt d'un homme. Il y a quelque chose, ici, dans le coin, et je crois que nous devrions l'examiner de plus près.

– Cassez-moi ça, ordonna Erlendur. Allons voir ce que c'est.

Les techniciens s'étaient déjà mis au travail. Ils avaient délimité l'emplacement dans le salon et s'étaient mis à casser le sol au gros marteau piqueur. La fine poussière envahit l'appartement, Erlendur et Sigurdur Oli mirent leurs masques. Ils surplombaient les techniciens et regardaient s'agrandir l'ouverture dans le sol. La dalle avait une épaisseur d'environ quinze à vingt centimètres et il fallut un certain temps au marteau piqueur pour la traverser.

Une fois que ce fut fait, l'ouverture s'agrandit rapidement. Les morceaux de ciment étaient balayés au fur et à mesure et le plastique que montrait la caméra apparut bientôt. Erlendur regardait Sigurdur Oli qui hochait la tête à son attention.

Le plastique était de plus en plus visible. Erlendur avait l'impression qu'il s'agissait d'une épaisse bâche de maçonnerie. Il était impossible de voir au travers. Il avait oublié le bruit dans l'appartement, l'odeur immonde et la poussière dégagée. Sigurdur Oli avait retiré son masque afin de mieux y voir. Il se penchait et allongeait la tête par-dessus l'épaule des techniciens, occupés à casser le sol.

– C'est comme ça qu'ils ouvrent les tombeaux des pharaons en Égypte ? demanda-t-il, ce qui détendit un peu l'atmosphère.

– Je crains que celui qui est enterré là-dessous n'ait rien d'un roi, répondit Erlendur.

– Est-il possible que nous soyons en train de retrouver

Grétar dans la cave de Holberg ? dit Sigurdur Oli sans cacher son impatience. Au bout d'un foutu quart de siècle ! Nom de Dieu, mais c'est du pur génie !

– Sa mère avait donc raison, observa Erlendur.

– La mère de Grétar ?

– On aurait dit qu'il avait été subtilisé : voilà ce qu'elle m'a dit.

– Emballé dans du plastique et glissé sous le sol.

– Marion Briem, murmura Erlendur en lui-même en secouant la tête.

Les techniciens se démenaient sur les perceuses électriques, le sol se disloquait à leur contact et l'ouverture s'agrandissait jusqu'à ce que l'ensemble du paquet plastifié apparaisse. Il avait la longueur d'un homme de taille moyenne. Les techniciens discutèrent pour savoir comment ils allaient s'y prendre pour l'ouvrir. Mais ils décidèrent de le retirer du sol en un seul morceau et de n'y toucher qu'une fois qu'ils l'auraient amené à la morgue de Baronstigur où il serait possible de l'examiner sans risquer de détruire d'éventuels indices ou pièces à conviction.

Ils allèrent chercher une civière qu'ils avaient apportée la veille et la déposèrent par terre. Deux d'entre eux essayèrent de soulever le paquet mais celui-ci s'avéra trop lourd et deux autres vinrent à leur rescousse. Le paquet ne tarda pas à bouger et à se libérer de l'endroit où il avait été conservé, ils le soulevèrent et le déposèrent sur la civière.

Erlendur s'en approcha, se pencha dessus, tenta de scruter à travers le plastique et crut distinguer la forme d'un visage, décomposé et moisi, quelques dents et un bout de nez. Il se releva.

– Il n'a pas l'air si mal en point que ça, dit-il.

– Qu'est-ce que c'est que ça ? demanda Sigurdur Oli en désignant l'intérieur du trou.

– Quoi ? demanda Erlendur.

– Ce ne serait pas des pellicules ? dit Sigurdur Oli.

Erlendur s'approcha, s'agenouilla et remarqua effectivement qu'à la place du paquet se trouvaient des pellicules à demi enfouies sous les graviers. Des mètres et des mètres de pellicules éparpillés un peu partout. Il espérait bien que certaines d'entre elles contenaient encore des photos.

34

Katrin ne quitta pas son domicile du reste de la journée. Elle ne reçut aucune visite et n'utilisa pas le téléphone. Dans la soirée, un homme venu en jeep s'approcha de la maison et y entra, tenant à la main un sac de voyage de taille moyenne. On supposa qu'il s'agissait d'Albert, son époux. Il était prévu qu'il rentre chez lui d'un voyage d'affaires en Allemagne dans la soirée.

Deux hommes dans une voiture de police banalisée surveillaient la maison. Le téléphone était sur écoute. On avait retrouvé la trace des deux fils aînés du couple mais on ne savait rien des allées et venues du plus jeune. Il était divorcé et occupait un petit appartement du quartier de Smaibudir, lequel semblait désert. Son domicile avait également été placé sous surveillance. La police travaillait à collecter des informations sur son compte et son signalement avait été envoyé à tous les postes de police du pays. On considérait qu'il n'y avait encore aucune raison de lancer un avis de recherche dans la presse.

Erlendur arriva devant la morgue de Baronstigur. C'est là qu'avait été transféré le corps de l'homme susceptible d'être Grétar. Le médecin légiste, le même qui avait examiné Holberg et Audur, avait enlevé le plastique entourant le cadavre. La dépouille d'un homme en était apparue, la tête rejetée en arrière, la bouche ouverte comme si elle poussait un cri d'effroi et les bras le long du corps. La peau était desséchée, flétrie et couverte de moisissure grise, des taches d'humidité maculaient ici et là le corps dénudé. La tête semblait terriblement abîmée, les cheveux longs et décolorés descendaient sur le visage.

– Il l'a éviscéré, déclara le médecin.

– Hein ?

– Celui qui l'a caché chez lui. C'est intelligent si l'on veut cacher un cadavre. A cause de l'odeur. Il s'est momifié petit à petit à l'intérieur du plastique. Vu sous cet angle, il est plutôt bien conservé.

– Vous pouvez voir la cause du décès ?

– Il avait un sac plastique sur la tête, ce qui indiquerait qu'il a été étouffé mais il faut que je l'examine plus précisément. Vous allez bientôt en savoir plus. Tout cela prend un certain temps. Vous connaissez son identité ? Pauvre gars, il est dans un sale état.

– J'ai certains soupçons, répondit Erlendur.

– Vous avez vu le professeur ?

– Une femme charmante.

– N'est-ce pas ?

Sigurdur Oli attendait Erlendur quand celui-ci arriva au bureau et l'informa qu'il allait faire une visite à la police scientifique. Ils étaient parvenus à agrandir quelques fragments d'images à partir des pellicules retrouvées dans la cave de Holberg. Erlendur lui rapporta en long et en large la discussion qu'Elinborg et lui-même avaient eue avec Katrin.

Ragnar, le chef de la Scientifique, les attendait avec, sur son bureau, quelques pellicules et des agrandissements de photos. Il leur tendit les clichés qu'ils examinèrent.

– Nous n'avons récupéré que ces trois-là, annonça le chef et, à dire vrai, je ne sais pas ce qu'ils représentent. Il y avait en tout sept pellicules Kodak de 24 poses.

Trois d'entre elles étaient complètement noires, et nous ne savons pas si elles avaient été exposées mais, sur l'une d'elles, nous avons réussi à agrandir le petit truc que voici. Est-ce que ça vous dit quelque chose ?

Erlendur et Sigurdur Oli scrutaient les photos. Elles étaient toutes en noir et blanc. Deux d'entre elles étaient à moitié noires comme si l'objectif ne s'était pas ouvert totalement, le sujet n'était pas bien cadré et tellement flou qu'ils n'arrivaient pas à comprendre ce qu'elles représentaient. La troisième et dernière était en bon état et assez nette, elle montrait un homme en train de se photographier devant un miroir. L'appareil photo était petit et plat, surmonté d'un cube flashes à quatre ampoules et le flash éclairait l'homme dans le miroir. Il portait un jean, une chemise et une veste d'été qui lui descendait à la taille.

– Vous vous souvenez des cubes flashes ? demanda Erlendur avec un soupçon de nostalgie dans la voix. Une sacrée révolution.

– Je m'en souviens bien, répondit Ragnar, qui avait le même âge qu'Erlendur. Sigurdur Oli les regardait à tour de rôle en secouant la tête.

– Cela peut-il s'appeler un autoportrait ? demanda Erlendur.

– On ne voit pas très bien son visage à cause de l'appareil photo, observa Sigurdur Oli, mais n'est-il pas probable qu'il s'agisse de Grétar en personne ?

– Est-ce que vous reconnaissez l'environnement, enfin, le peu qu'on en voit ? demanda le chef de la Scientifique.

Sur l'image reflétée par le miroir pouvait se distinguer une partie de ce qui semblait être un salon, derrière le photographe. Erlendur voyait le dossier d'une chaise ainsi qu'une table de salle à manger, un tapis et une partie de ce qui pouvait être des rideaux descendant jusqu'à terre mais le reste n'était pas très net. L'éclairage était centré sur l'homme dans le miroir et s'atténuait vers les côtés jusqu'à se perdre dans l'obscurité.

Ils scrutèrent longtemps la photographie. Au bout de bien des efforts, Erlendur commença à distinguer quelque chose dans l'obscurité à gauche du photographe ; il lui semblait que c'était une forme, peut-être même un profil, des sourcils et un nez. C'était juste une impression qu'il avait mais la lumière était inégale, parcourue de minuscules ombres, qui aiguisaient son imagination.

– Peut-on tirer un agrandissement de cette zone ? demanda-t-il à Ragnar qui scrutait la même zone sans rien voir. Sigurdur Oli prit la photo et la plaça face à lui, cependant il ne distinguait rien de ce qu'Erlendur croyait voir.

– Ça ne prendra qu'un instant, répondit Ragnar. Ils le suivirent hors du bureau pour aller voir les techniciens.

– Vous avez trouvé des empreintes sur les pellicules ? demanda Sigurdur Oli.

– Oui, répondit Ragnar, deux types : les mêmes que celles qui figurent sur la photo du cimetière. Celles de Grétar et de Holberg.

On scanna la photo qui apparut sur un grand écran d'ordinateur et la zone fut agrandie. Les irrégularités dans la lumière se transformèrent en une multitude de points qui occupaient la totalité de l'écran. Ils ne voyaient rien se dégager de l'image et Erlendur avait perdu de vue ce qu'il croyait avoir repéré. Le technicien effectua quelques manipulations sur le clavier, l'image rétrécit et devint plus dense. Il continua, les points se mirent en ordre, jusqu'à ce que, petit à petit, apparaisse la forme du visage d'un homme. L'image était très floue mais Erlendur crut y reconnaître Holberg.

– Ce n'est pas ce porc ? dit Sigurdur Oli.

– On a autre chose ici, dit le technicien qui continuait à affiner l'image. Bientôt apparurent des ondulations qui suggéraient à Erlendur une chevelure féminine, ainsi qu'un second profil à peine visible. Erlendur fixa l'image jusqu'à ce qu'il ait l'impression qu'une femme était assise à discuter avec Holberg. Une étrange hallucination se saisit de lui à ce moment-là. Il avait envie de crier à la femme de s'enfuir de cet appartement, cependant il comprit instantanément qu'il était trop tard. Des dizaines d'années trop tard.

A ce moment-là, un téléphone sonna à l'intérieur de la pièce mais personne ne bougea. Erlendur croyait qu'il s'agissait du téléphone sur le bureau.

– C'est le tien, dit Sigurdur Oli à Erlendur.

Erlendur mit un certain temps à le localiser mais il finit par mettre la main sur l'appareil qu'il sortit de la poche de sa veste.

C'était Elinborg.

– Qu'est-ce que tu fabriques ? demanda-t-elle quand, enfin, il décrocha.

– S'il te plaît, viens-en au fait, répondit Erlendur.

– Au fait ? Pourquoi tu es aussi à cran ?

– Je savais que tu ne pourrais pas t'en tenir à ce que tu avais à me dire.

– C'est à propos des garçons de Katrin, dit Elinborg. Ou plutôt, de ses hommes, puisqu'ils sont tous maintenant adultes.

– Et alors ?

– Ce sont tous des gars bien, certainement, sauf que l'un d'eux travaille dans un endroit plutôt intéressant. J'ai pensé que je devais t'en informer tout de suite, mais, puisque tu m'as l'air à cran et que tu n'as même pas le temps de discuter un peu, alors je vais appeler Sigurdur Oli.

– Elinborg.

– Quoi donc, mon chéri ?

– Dieu du ciel, s'écria Erlendur en regardant Sigurdur Oli, tu vas cracher le morceau ?

– Ce fils travaille au Centre d'étude du génome d'Islande*, annonça Elinborg.

– Quoi ?!

– Il travaille au Centre d'étude du génome d'Islande.

– Le génome… lequel des fils ?

– Le plus jeune. Il travaille sur leur nouvelle base de données. Sur les arbres généalogiques et les maladies, les familles islandaises et les maladies héréditaires, les maladies génétiques. Cet homme-là est un spécialiste des maladies génétiques en Islande.

---

* On reconnaît sans peine l'entreprise DeCode Genetics, une société privée qui a obtenu auprès de l'État islandais le droit d'utiliser les données sanitaires et génétiques de la population islandaise à des fins de recherche et… commerciales. Cet événement a donné lieu à de nombreuses polémiques en Islande dans les années 90.

35

Erlendur rentra chez lui tard dans la soirée. Il avait décidé d'aller rendre visite à Katrin tôt le lendemain matin pour l'entretenir de ses soupçons. Il espérait que son fils serait bientôt localisé. Si les recherches s'éternisaient, on courait le risque que la presse s'en mêle, ce qu'il désirait absolument éviter.

Eva Lind n'était pas à la maison. Elle avait remis de l'ordre dans la cuisine après les débordements d'Erlendur. Il introduisit dans le micro-ondes l'un des plats qu'il avait achetés dans une épicerie de nuit et appuya sur le bouton Marche. Erlendur se rappela le moment où Eva Lind était venue le voir quelques soirs auparavant, alors qu'il se tenait à côté du micro-ondes et qu'elle lui avait annoncé qu'elle attendait un enfant. Il avait l'impression qu'une année entière s'était écoulée depuis ce soir-là où, assise face à lui, elle avait tenté de lui extorquer de l'argent en se dérobant à ses questions, mais il savait pourtant que cela ne faisait que quelques jours. Il fit encore de mauvais rêves au cours de la nuit. Il ne rêvait pas souvent et ne se souvenait que de bribes à son réveil mais le rêve était suivi d'un sentiment d'inconfort qui se prolongeait dans l'état de veille et dont il ne parvenait pas à se débarrasser. La douleur dans sa poitrine se rappelait constamment à lui, semblable à une brûlure qui résistait à ses massages, ce qui n'arrangeait rien.

Il pensa à Eva Lind et son enfant, à Kolbrun et Audur, à Elin, à Katrin et son fils, à Holberg et Grétar, à Ellidi dans sa prison, à la fille de Gardabaer et son père, à lui-même et ses propres enfants, son fils Sindri Snaer, qu'il ne voyait absolument jamais, et Eva qui venait le solliciter et sur laquelle il déversait un flot de reproches quand ce qu'elle faisait lui déplaisait. Mais c'était elle qui avait raison. Comment pouvait-il se permettre de lui faire la morale ?

Il pensa aux mères et aux filles, aux pères et aux fils, aux mères et aux fils, aux pères et aux filles, aux enfants qui venaient au monde et dont personne ne voulait, aux enfants qui mouraient dans cette petite société, l'Islande, où tous semblaient dans une certaine mesure appartenir à la même famille.

Si Holberg était le père du plus jeune fils de Katrin, celui-ci avait-il alors assassiné son père ? Savait-il que Holberg était son géniteur ? Comment l'avait-il appris ? Était-ce Katrin qui le lui avait dit ? Quand ? Pourquoi ? Ou bien, l'avait-il toujours su ? Avait-il connaissance du viol ? Katrin lui avait-elle confié que Holberg l'avait violée et que c'était ainsi qu'il avait été conçu ? Qu'est-ce qu'une telle chose éveille en vous comme sentiment ? Qu'est-ce que ça fait de découvrir qu'on n'est pas celui qu'on croyait être ? Qu'on n'est pas soi-même ? Que son père n'est pas son père, que l'on n'est pas son fils, mais le fils d'un autre homme dont on ne connaissait même pas l'existence ? D'un homme violent. D'un violeur.

Quel effet cela fait-il ? pensa Erlendur. Comment se résout-on à accepter une chose de ce genre ? Est-ce qu'on va voir son père pour l'assassiner ? Et qu'on écrit ensuite : Je suis LUI.

Et si Katrin ne lui a pas parlé de Holberg, comment, alors, a-t-il découvert la vérité ? Erlendur retournait la question dans tous les sens. Après avoir bien réfléchi au problème et à ses possibles solutions, l'arbre à messages de Gardabaer s'imposa de plus en plus à son esprit. Il n'y avait qu'une seule autre façon pour le fils de découvrir la vérité et Erlendur décida qu'il se pencherait dessus dès le lendemain.

En outre, qu'est-ce que Grétar avait vu ? Pourquoi était-il nécessaire qu'il meure ? Est-ce qu'il faisait chanter Holberg ? Avait-il connaissance des viols commis par Holberg, avait-il l'intention de les raconter ? Avait-il pris des photos de Holberg ? Qui était cette femme assise en compagnie de Holberg sur la photo ? Quand cette photo avait-elle été prise ? Grétar avait disparu pendant l'été de la célébration du onze centième anniversaire de la Colonisation et elle avait dû être prise avant cette époque. Erlendur se demanda s'il existait d'autres victimes de Holberg qui ne s'étaient jamais manifestées.

Il entendit qu'on tournait une clef dans la serrure et se leva. C'était Eva Lind qui rentrait.

Quand elle vit Erlendur sortir de la cuisine, elle annonça :

– J'ai rencontré la fille et je l'ai accompagnée à Gardabaer. (Puis elle referma la porte derrière elle.) Elle leur a dit qu'elle avait l'intention de porter plainte contre ce sale bonhomme pour toutes ces années d'attouchements. Sa mère a piqué une crise de nerfs. Ensuite, nous sommes parties.

– Chez son mari ?

– Oui, dans leur joli petit appartement, répondit Eva Lind de l'entrée en enlevant ses chaussures d'un coup de pied. Il a commencé par se mettre en colère, mais il s'est calmé dès que nous lui avons expliqué.

– Comment a-t-il pris ça ?

– C'est un chic type. Quand je suis repartie, il était en route vers Gardabaer pour avoir une discussion avec le père.

– Eh bien.

– Tu crois que ça servira à quelque chose de porter plainte contre lui ? demanda Eva Lind.

– Ce sont des affaires difficiles. Les hommes nient toujours en bloc et, dans un sens, ils s'en tirent indemnes. Tout dépendra du témoignage de la mère. Elle ferait peut-être bien d'aller discuter avec les gens de Stigamot, le centre de lutte et d'information contre la violence sexuelle. Et de ton côté, qu'est-ce que tu racontes ?

– Je vais bien, répondit Eva Lind.

– Tu as envisagé l'idée d'un examen par résonance, ou comment ça s'appelle, déjà ? demanda Erlendur. Je pourrais t'y accompagner.

– L'échographie viendra en temps utile, répondit Eva Lind.

– Bien vrai ?

– Oui.

– Bien, conclut Erlendur.

– Et toi, qu'est-ce que tu as farfouillé ? demanda Eva Lind en mettant l'autre plat dans le micro-ondes.

– Je n'arrête pas de penser aux enfants ces jours-ci, répondit Erlendur. Et à ces arbres à messages que sont les arbres généalogiques, ils contiennent toutes sortes de messages à notre intention si tant est que nous sachions ce qu'il nous faut chercher. En outre, je pense à la manie des collectionneurs. Comment c'est, déjà, cette chanson qui parle du présent ?

Eva Lind regarda son père. Il savait qu'elle s'y connaissait bien en musique.

– Tu veux dire : *le présent est une carne.*

– *Sa tête est évidée.*

– *Son cœur, il est givré.*

– *Et son cerveau se balade*, continua Erlendur. Il mit son chapeau en disant qu'il ne serait pas absent bien longtemps.

36

Hanna avait prévenu le médecin et il s'attendait donc à recevoir la visite d'Erlendur dans la soirée. Il occupait une imposante maison dans la vieille ville de Hafnarfjördur et vint accueillir Erlendur à la porte, il était l'image même de la gentillesse et de la politesse, un homme de petite taille, totalement chauve et bien en chair sous son épaisse robe de chambre. Un jouisseur, pensa Erlendur, voyant le rouge qu'il avait perpétuellement aux joues, ce qui lui conférait un air presque féminin. Il était impossible de lui donner un âge, il pouvait avoir la soixantaine. Il salua Erlendur d'une main rêche comme du papier et l'invita à entrer dans son salon.

Erlendur s'assit sur le grand canapé de cuir bordeaux et déclina le verre d'alcool que lui offrait le médecin. Celui-ci s'installa dans un fauteuil face à lui et attendit qu'il prenne la parole. Erlendur balaya du regard la pièce spacieuse, richement ornée de peintures et d'objets d'art, et se demanda si le médecin vivait seul. Il lui posa la question.

– Oui, depuis toujours, répondit le médecin. Je me sens bien ainsi et ça a toujours été le cas. On dit que les hommes, une fois parvenus à mon âge, regrettent de ne pas avoir fondé de famille et de ne pas avoir eu d'enfants. Mes collègues agitent des photos de leurs petits-enfants devenus adultes dans les conférences partout dans le monde mais je n'ai jamais eu envie de fonder une famille. Je ne me suis jamais intéressé aux enfants.

Il était la sympathie faite homme, se montrait loquace et chaleureux comme si Erlendur avait été l'un de ses amis les plus proches, ce qui recelait, à ses yeux, une certaine forme de reconnaissance à son égard. Erlendur s'en fichait comme de l'an quarante.

– En revanche, vous vous intéressez aux organes qu'on met en bocaux, déclara-t-il d'un ton brutal.

Le médecin ne s'en trouva nullement décontenancé.

– Hanna m'a expliqué que vous étiez en colère, dit-il. Je ne vois pas quelle raison vous auriez de vous mettre en colère. Je ne fais absolument rien d'illégal. C'est vrai, j'ai une petite collection d'organes. La plupart d'entre eux sont conservés dans le formol à l'intérieur de bocaux en verre. Je les garde ici, à la maison. Ils voulaient s'en débarrasser mais je les ai pris pour les garder un peu plus longtemps. Je conserve également d'autres types d'échantillons, des échantillons tissulaires.

Le médecin marqua une pause.

– Pourquoi ? Voilà probablement ce que vous voulez savoir maintenant, continua-t-il mais Erlendur secoua la tête.

– Combien d'organes avez-vous volés, voilà, en fait, la question que j'allais vous poser, dit-il, mais nous pourrons l'aborder plus tard.

– Je n'ai pas volé le moindre organe, répondit le médecin en passant la main sur son crâne chauve. Je ne comprends pas cette antipathie. Cela vous dérange si je me prends une larme de xérès ? demanda-t-il ensuite avant de se lever. Erlendur attendit pendant qu'il se dirigeait vers un petit meuble où il se servit un verre à liqueur. Il en offrit à Erlendur, qui refusa, et plongea le bout de ses lèvres épaisses dans l'alcool. La rondeur de son visage révélait à quel point il en appréciait le goût.

– Les gens se posent la question tout le temps, reprit-il, mais il n'y a pas précisément lieu de le faire. Dans notre univers, tout ce qui est mort ne sert à rien, cela s'applique également aux cadavres humains. Il est inutile de faire du sentiment à cause de ça. L'âme a disparu. Il ne subsiste que l'enveloppe et celle-ci n'est rien. Il faut que vous envisagiez la question d'un point de vue médical. Le corps n'est rien, comprenez-vous ?

– Il a toutefois une certaine signification à vos yeux. Vous collectionnez des morceaux de corps.

– A l'étranger, les hôpitaux universitaires achètent des organes pour l'enseignement, continua le médecin, mais cela ne se pratique pas ici. Ici, on demande l'autorisation d'autopsier dans tous les cas et il arrive parfois qu'un organe soit prélevé même s'il n'a rien à voir avec la cause du décès. Cette autorisation est accordée ou bien refusée selon les cas. La plupart du temps, ce sont des personnes âgées qui sont concernées. Mais personne ne vole des organes.

– Cependant, il n'en a pas toujours été ainsi, commenta Erlendur.

– Je ne sais rien de la façon dont cela se passait autrefois. Évidemment, ce qu'on faisait à cette époque n'était pas autant surveillé qu'aujourd'hui. Enfin, je ne sais pas. Je ne comprends pas en quoi je vous choque. Vous vous souvenez de cette information sur les Français ? Sur l'usine de voitures qui utilisait des corps humains dans ses simulations d'accidents, et même ceux d'enfants. Les organes sont achetés et vendus partout dans le monde. Il arrive même qu'on tue des gens pour leurs organes. La collection que je me suis constituée est bien loin de constituer un crime.

– Mais dans quel but ? demanda Erlendur. Qu'est-ce que vous en faites ?

– Des recherches, évidemment, répondit le médecin en avalant un peu de xérès. Je les examine au microscope. Que font les collectionneurs ? Les philatélistes s'attardent sur les cachets postaux. Les bibliophiles, sur l'année de publication. Les astronomes ont le monde devant leurs yeux et scrutent d'incroyables immensités. Quant à moi, je suis constamment occupé à examiner mon univers microscopique.

– La recherche est donc, pour ainsi dire, votre passe-temps. Vous disposez d'une installation pour examiner les échantillons et les organes en votre possession ?

– Oui.

– Ici, à domicile ?

– Oui. Si les prélèvements sont conservés dans les règles, il est toujours possible de les examiner. Quand on obtient de nouvelles informations sur un sujet ou qu'on désire examiner une chose précise, alors ils sont parfaitement utilisables pour la recherche. Parfaitement.

Le médecin observa une pause.

– Vous souhaitez obtenir des renseignements sur le compte d'Audur, dit-il ensuite.

– Vous la connaissez ? demanda Erlendur, tout étonné.

– Vous savez que, si elle n'avait pas été autopsiée et son cerveau prélevé, vous n'auriez probablement jamais été en mesure de découvrir la cause de son décès. Vous le savez. Il y a trop longtemps qu'elle est dans la terre. Il aurait été impossible d'examiner le cerveau pour en tirer quoi que ce soit de concluant après plus de trente ans sous terre. Ainsi, la chose qui a provoqué en vous un tel dégoût est celle qui vient en réalité à votre secours. J'espère bien que vous en avez conscience.

Le médecin s'accorda un moment de réflexion.

– Avez-vous entendu parler de Louis XVII ? Le fils de Louis XVI et de Marie-Antoinette. Emprisonné pendant la Révolution française, exécuté à l'âge de dix ans.

– De qui ça ?

– De Louis XVII.

– Louis ?

– Ils en ont parlé au journal télévisé, il y a environ un

an ou peut-être un peu plus, les chercheurs français ont découvert qu'il était mort et ne s'était pas échappé de prison comme certains le prétendaient. Savez-vous comment ils ont découvert cela ?

– Je ne sais absolument pas de quoi vous me parlez, dit Erlendur.

– Son cœur a été enlevé à cette époque et conservé dans du formol. Ils ont pu pratiquer une analyse d'ADN et d'autres examens qui ont montré que certaines personnes prétendant descendre de la famille royale française établissaient cette filiation sur un mensonge. Ils n'étaient en rien parents avec le prince. Savez-vous à quelle date ce Louis est mort, alors qu'il était encore enfant ?

– Non.

– Il y a plus de deux cents ans. En l'an 1795. Le formol est un liquide aux propriétés surprenantes.

Erlendur médita les paroles du médecin.

– Que savez-vous sur Audur ? demanda-t-il.

– Diverses choses.

– Comment l'échantillon a-t-il atterri entre vos mains ?

– Par le biais d'une tierce personne, répondit le médecin. Je pense que je n'ai pas envie de m'étendre là-dessus.

– Par la Cité des Jarres ?

– Oui.

– C'est vous qui avez récupéré la Cité des Jarres ?

– Oui, une partie de ce qui la constituait. Il est inutile de me faire subir un interrogatoire comme si j'étais un criminel.

Erlendur réfléchit aux paroles du médecin.

– Vous avez découvert la cause du décès ?

Le médecin regarda Erlendur et but à nouveau une gorgée de xérès.

– En réalité, oui, reprit-il. Je me suis toujours plus intéressé à la recherche qu'aux soins médicaux. Avec

271

ma passion de collectionneur, j'ai pu conjuguer les deux, bien que cela reste évidemment à petite échelle.

– Le rapport du médecin légiste de Keflavik ne mentionne qu'une tumeur au cerveau mais ne donne aucune précision.

– J'ai vu ce rapport. Il est très imparfait, ce n'était rien de plus qu'un rapport d'urgence. Comme je vous le dis, j'ai examiné cela d'un peu plus près, et je crois avoir obtenu des réponses à certaines de vos questions.

Erlendur se pencha en avant sur son fauteuil.

– Il s'agit d'une maladie héréditaire. Elle est présente dans quelques familles islandaises. Le cas qui nous intéresse était terriblement complexe et malgré des examens poussés, je n'ai pas eu de certitude pendant assez longtemps. Pour finir, le plus probable m'a semblé être que la tumeur soit liée à une maladie héréditaire, une neurofibromatose. Je suppose qu'on ne vous a pas mentionné ce terme jusque-là. Les symptômes de la maladie ne sont pas forcément évidents. Dans certains cas, les gens peuvent probablement mourir sans même que la maladie se soit déclarée. Ce sont les porteurs asymptomatiques. Cependant, il est plus fréquent que les symptômes se manifestent tôt, principalement par des taches disséminées sur tout le corps et des tumeurs cutanées.

Le médecin avala à nouveau une gorgée d'alcool.

– Les docteurs de Keflavik n'ont rien décrit de tel dans leur rapport et je ne suis d'ailleurs pas certain qu'ils aient su ce qu'ils devaient rechercher.

– Ils ont parlé aux proches de taches cutanées.

– Ah bon ? Les diagnostics des maladies sont parfois aléatoires.

– Cette maladie se transmet du père à la fille ?

– Il se peut que ce soit le cas. Mais sa transmission héréditaire n'est pas limitée par ce genre de chose. Les deux sexes peuvent la porter et la déclarer. On affirme que l'une de ses formes s'est manifestée chez celui qu'on appelait Elephant Man. Avez-vous vu ce film ?

– Non, répondit Erlendur.

– Elle entraîne parfois une croissance excessive des os qui cause une déformation comme dans le cas d'Elephant Man. D'autres affirment, en réalité, que la maladie n'a rien à voir avec Elephant Man. Mais c'est une autre histoire.

– Pourquoi est-ce que vous vous êtes mis à sa recherche ? demanda Erlendur, interrompant le médecin.

– Les maladies du cerveau sont ma spécialité, répondit-il. Cette fillette est l'un de mes cas les plus intéressants. J'ai lu tous les rapports à son sujet. Ils n'étaient pas très précis. Le médecin qui la suivait était un mauvais médecin de famille et, à ce que je sais, il buvait à cette époque-là. Je me suis procuré des renseignements sur la question mais, quoi qu'il en soit, il a noté quelque part qu'il s'agissait d'une tuberculose méningée et c'est ainsi qu'on la décrivait parfois quand la maladie se manifestait dans le passé. C'est sur cela que je me suis basé. Le rapport du légiste de Keflavik n'était pas non plus très précis comme nous l'avons déjà dit. Ils ont trouvé la tumeur et se sont arrêtés là.

Le médecin se leva et alla jusqu'à une grande bibliothèque du salon. Il en sortit une revue qu'il tendit à Erlendur.

– Je ne suis pas sûr que vous saisissiez tout ce qui se trouve là-dedans, mais j'ai publié un petit article scientifique sur mes recherches dans cette revue américaine tout à fait reconnue.

– Avez-vous publié un article scientifique sur le cas d'Audur ? demanda Erlendur.

– Audur nous a beaucoup aidés à comprendre la maladie. Son importance a été capitale pour moi comme pour la médecine. J'espère que cela ne vous cause pas de déception.

– Le père de la fillette peut être porteur du gène, dit Erlendur qui essayait encore de comprendre les implications de ce que le médecin lui avait dit. Il transmet le gène à sa fille. S'il avait eu un fils, celui-ci n'aurait pas eu la maladie, si je comprends bien.

– Il ne l'aurait pas forcément déclarée, répondit le médecin, mais il aurait pu en être porteur comme son père.

– C'est-à-dire ?

– S'il avait un enfant, celui-ci pourrait l'avoir.

Erlendur réfléchit aux paroles du médecin.

– Du reste, vous devriez aller en parler au Centre d'étude du génome, conseilla le médecin. Ce sont eux qui ont les réponses à vos questions.

– Comment ? fit Erlendur.

– Allez voir les gens au Centre d'étude du génome. C'est notre nouvelle Cité des Jarres. Ils ont les réponses. Qu'y a-t-il ? Qu'est-ce qui vous fait réagir ainsi ? Vous connaissez quelqu'un là-bas ?

– Non, répondit Erlendur, mais ça ne va pas tarder.

– Vous souhaitez voir Audur ? demanda le médecin.

Erlendur ne comprit pas immédiatement où le médecin voulait en venir.

– Vous voulez dire… ?

– Je possède un petit laboratoire juste en bas. Je vous invite à y jeter un coup d'œil.

Erlendur hésita.

Ils se levèrent et Erlendur le suivit par un escalier étroit. Le médecin alluma et un petit laboratoire blanc immaculé apparut, équipé de microscopes, d'ordinateurs, de tubes à essais et d'appareils dont Erlendur ignorait totalement l'usage.

Il lui revint en mémoire une observation sur laquelle il était tombé dans un livre à propos des collectionneurs. Les collectionneurs se créent leur monde. Ils créent un petit univers autour d'eux, choisissent des signes précis

à l'intérieur de la réalité et en font les habitants principaux de l'univers qu'ils créent. Holberg aussi était un
collectionneur. Mais sa manie concernait la pornographie. C'était à partir de celle-ci qu'il créait son petit univers privé, comme le médecin le faisait à partir des
organes.

– Elle est là, annonça le médecin.

Il se dirigea vers une grande armoire ancienne en bois,
le seul objet qui tranchât avec l'environnement aseptisé,
il l'ouvrit et en sortit un épais bocal de verre muni d'un
couvercle. Il le déposa précautionneusement sur la
paillasse et, dans la lueur violente des néons, Erlendur
vit un petit cerveau d'enfant flottant dans du formol
trouble.

Quand il quitta le domicile du médecin, il emportait
un petit sac de cuir noir contenant les restes terrestres
d'Audur. Il médita sur la Cité des Jarres pendant qu'il
rentrait chez lui, parcourant les rues désertes, et se dit
qu'il espérait bien qu'aucune partie de lui ne serait
jamais conservée dans un laboratoire. Il pleuvait encore
quand il se gara le long de son immeuble. Il éteignit le
moteur, alluma une cigarette et plongea son regard dans
la nuit.

Erlendur regarda le sac noir sur le siège avant.

Il avait l'intention de remettre Audur à sa place.

37

Aux alentours de minuit ce soir-là, les policiers qui surveillaient la maison de Katrin remarquèrent qu'Albert quittait le domicile en claquant la porte derrière lui, il s'engouffra dans sa voiture et s'en alla. Il semblait être dans un état d'extrême énervement et ils notèrent qu'il avait à la main le même petit sac de voyage que lorsqu'il était rentré de l'étranger plus tôt dans la journée. Les policiers ne furent pas témoins d'autres allées et venues au cours de la nuit et ne virent aucun signe de Katrin.

On appela en renfort un véhicule de la police qui patrouillait dans le quartier et celui-ci prit Albert en filature jusqu'à l'hôtel Esja où il s'enregistra pour la nuit.

Erlendur était au rendez-vous devant le domicile de Katrin le lendemain matin à huit heures. Il était avec Elinborg. Il pleuvait encore. On n'avait pas vu le soleil depuis des jours. Ils sonnèrent trois fois avant d'entendre du bruit à l'intérieur et la porte s'ouvrit. Elinborg remarqua que Katrin portait la même tenue que la veille et qu'elle avait pleuré. Elle avait le visage défait et les yeux rouges et gonflés.

— Pardonnez-moi, dit Katrin d'un air absent et désorienté, j'ai dû m'endormir dans le fauteuil. Quelle heure est-il ?

— Est-ce que nous pouvons entrer ? demanda Erlendur.

— Je n'avais jamais parlé à Albert de ce qui s'était

passé, dit-elle en retournant à l'intérieur, sans les inviter à entrer. Erlendur et Elinborg échangèrent un regard et la suivirent.

– Il m'a quittée hier soir, continua Katrin. Au fait, quelle heure est-il ? J'ai l'impression que je me suis endormie dans le fauteuil. Albert était absolument furieux. Je ne l'avais jamais vu dans une telle colère.

– Y a-t-il quelqu'un parmi vos proches que vous pourriez contacter ? demanda Erlendur. Quelqu'un qui pourrait venir et vous tenir compagnie ? Vos fils ?

– Non, non, Albert va revenir et tout ira bien. Je ne veux pas déranger mes garçons. Tout ira bien. Albert va revenir.

– Pourquoi s'est-il mis en colère à ce point ? demanda Erlendur. Katrin s'était assise dans le canapé du salon, Erlendur et Elinborg s'installèrent face à elle, exactement comme lors de leur précédente visite.

– Bon sang, il était dans une colère noire. Lui qui est d'habitude si calme. Albert est un homme gentil, un homme tellement gentil, et il a toujours été tellement gentil avec moi. Nous formons un couple idéal. Nous avons toujours été heureux.

– Vous préféreriez peut-être que nous repassions plus tard, demanda Elinborg. Erlendur lui adressa un regard assassin.

– Non, répondit Katrin, ça ira. Tout va bien se passer. Albert va rentrer. Il faut juste qu'il se remette. Dieu du ciel, ce que cela peut être difficile. J'aurais mieux fait de le lui dire ça immédiatement, m'a-t-il dit. Il n'a pas compris comment j'ai pu me taire pendant tout ce temps. Il m'a hurlé dessus.

Katrin les regardait tous les deux.

– Je vais faire venir un médecin pour qu'il vous examine, dit Elinborg en se levant. Erlendur n'en croyait pas ses oreilles.

– Non, ça va aller, répondit Katrin. C'est inutile. Je

me sens simplement un peu désorientée après cette nuit. Mais tout ira bien. Asseyez-vous. Tout va s'arranger.

– Qu'est-ce que vous avez dit à Albert ? demanda Erlendur. Vous lui avez parlé du viol ?

– J'ai eu envie de le faire pendant toutes ces années, mais je n'en ai jamais eu la force. Je n'ai jamais raconté cette chose-là à personne. J'ai tenté de l'oublier comme si cela n'était jamais arrivé. C'était souvent difficile mais ça allait quand même, bon an mal an. Puis vous êtes venus me voir et je n'ai pas eu d'autre solution que de tout raconter pour me libérer. Dans un certain sens, je me suis sentie mieux après l'avoir fait. C'était comme si vous m'aviez soulagée d'un lourd fardeau, je savais que je pouvais l'exorciser par la parole et que c'était la seule chose à faire. Même au bout de tout ce temps.

Katrin marqua une pause.

– Est-ce parce que vous ne lui aviez jamais parlé du viol qu'il s'est mis en colère contre vous ? demanda Erlendur.

– Oui.

– Il n'a pas compris votre point de vue ? demanda Elinborg.

– Il m'a dit que j'aurais dû le lui dire sur le coup. Évidemment, c'est compréhensible. Il a affirmé qu'il s'était toujours comporté honnêtement envers moi et qu'il ne méritait pas ça.

– Mais, je ne saisis pas très bien, objecta Erlendur. J'ai l'impression qu'Albert a plus de grandeur d'âme que ça. J'aurais plutôt cru qu'il allait essayer de vous soutenir et d'affronter cette épreuve avec vous, au lieu de claquer la porte.

– Je sais, répondit Katrin. Je ne lui ai peut-être pas raconté ça convenablement.

– Convenablement, reprit Elinborg, sans dissimuler son effarement. Comment est-il possible de raconter une chose pareille de façon convenable ?

Katrin secouait la tête.

– Je ne sais pas. Je vous assure, je ne sais pas.

– Vous lui avez dit toute la vérité ? demanda Erlendur.

– Je lui ai dit ce que je viens de vous dire.

– Et rien d'autre ?

– Non, répondit Katrin.

– Vous lui avez uniquement parlé du viol ?

– *Uniquement*, reprit Katrin. *Uniquement* ! Comme si cela ne suffisait pas ! Comme si ça n'était pas assez qu'il entende que j'ai été violée sans qu'il en ait jamais eu connaissance. Est-ce que ça ne suffit pas ?

Ils gardèrent le silence.

– Donc, vous ne lui avez rien dit à propos de votre plus jeune fils ? demanda finalement Erlendur.

Katrin le regarda et, tout à coup, ses yeux jetèrent des éclairs.

– Comment ça, à propos de notre plus jeune fils ? dit-elle d'un ton mordant.

– Vous l'avez baptisé Einar, répondit Erlendur, qui avait rapidement jeté un œil aux renseignements sur la famille, rassemblés par Elinborg la veille.

– Et qu'est-ce qu'il a, Einar ? demanda-t-elle.

– Il est votre fils, nota Erlendur, mais il n'est pas le fils de son père.

– De quoi est-ce que vous parlez ? Pas le fils de son père ! Qui donc n'est pas le fils de son père ?

– Excusez-moi, je ne suis pas assez précis. Il n'est pas le fils du père qu'il croyait être le sien, continua Erlendur calmement. Il est le fils de l'homme qui vous a violée. Le fils de Holberg. Est-ce que vous avez dit ça à votre mari ? Est-ce pour cette raison qu'il est parti en claquant la porte ?

Katrin se taisait.

– Est-ce que vous lui avez raconté toute la vérité ?

Katrin regardait Erlendur. Il avait l'impression qu'elle allait encore résister. Il s'écoula ainsi un certain temps, puis il vit que ses lèvres se détendaient. Ses épaules s'affaissèrent, ses yeux se fermèrent, son corps se recroquevilla partiellement sur le canapé et elle éclata en sanglots. Elinborg lança à Erlendur un regard assassin mais celui-ci continuait à regarder Katrin en attendant qu'elle reprenne ses esprits.

– Vous lui avez raconté pour Einar ? demanda-t-il finalement, une fois qu'elle parut avoir recouvré son calme.

– Il ne m'a pas cru, reprit-elle.

– Qu'il n'était pas le père d'Einar ? demanda Erlendur.

– Albert et Einar sont extrêmement proches l'un de l'autre et ils l'ont toujours été. Depuis la naissance du garçon. Évidemment, Albert aime aussi ses deux autres fils, mais il voue à Einar un amour exceptionnel. Depuis le tout début. C'est notre plus jeune fils et Albert l'a toujours particulièrement choyé.

Katrin se tut.

– Peut-être est-ce pour cela que je ne lui ai jamais rien dit, reprit-elle. Je savais qu'Albert ne le supporterait pas. Les années passaient et je faisais comme si de rien n'était. Je n'ai jamais rien dit. Et tout allait bien. Holberg avait laissé derrière lui une blessure et pourquoi n'aurait-elle pas pu se refermer en paix ? Pourquoi aurait-il eu le droit de détruire notre avenir ensemble ? C'était la façon que j'avais trouvée de conjurer cette ignominie.

– Avez-vous tout de suite compris qu'Einar était le fils de Holberg ? demanda Elinborg.

– Il aurait tout aussi bien pu être celui d'Albert.

Katrin se tut à nouveau.

– Mais vous l'avez vu sur son visage, dit Erlendur.

Katrin le regarda.

– Comment faites-vous pour tout savoir ? demanda-t-elle.

– Il ressemble à Holberg, n'est-ce pas ? demanda Erlendur. A Holberg quand il était jeune. Il a été vu à Keflavik et la femme en question a cru qu'il s'agissait de Holberg en personne.

– Ils présentent effectivement certaines ressemblances.

– Si vous n'avez jamais rien dit à votre fils et que votre mari ne savait pas pour Einar, pourquoi y a-t-il eu alors ce grand déballage entre Albert et vous ? Qu'est-ce qui l'a provoqué ?

– Comment ça, la femme de Keflavik ? demanda Katrin. Qui est cette femme de Keflavik qui connaissait Holberg ? Est-ce qu'il vivait là-bas avec une femme ?

– Non, répondit Erlendur tout en se demandant s'il devait lui parler de Kolbrun et d'Audur. Il savait qu'elle entendrait parler d'elles tôt ou tard et ne voyait aucune raison à ce que Katrin n'ait pas le droit d'entendre la vérité immédiatement. Il avait déjà mentionné le viol commis à Keflavik devant elle mais, maintenant, il précisa le nom de la victime de Holberg et lui raconta l'histoire d'Audur, décédée si jeune des suites d'une longue et douloureuse maladie. Il lui raconta comment ils avaient trouvé la photographie de la pierre tombale dans le bureau de Holberg et comment celle-ci les avait menés jusqu'à Keflavik et à Elin. Il lui décrivit également la manière dont Kolbrun avait été reçue quand elle était allée porter plainte.

Katrin écouta attentivement le récit. Les larmes lui montèrent aux yeux quand Erlendur lui apprit les circonstances du décès d'Audur. Il lui parla aussi de Grétar, l'homme à l'appareil photo qu'elle avait vu en compagnie de Holberg et qui avait disparu sans laisser de traces mais qu'on venait de retrouver, coulé sous la dalle de l'appartement de Holberg.

– S'agit-il de tout le remue-ménage de Nordurmyri dont ils ont parlé au journal télévisé ? demanda Katrin.

Erlendur hocha la tête.

– Je ne savais pas que Holberg avait violé d'autres femmes, observa Katrin. Je croyais être la seule.

– Nous savons pour vous deux, répondit Erlendur. Mais vous n'êtes peut-être pas les seules. Il n'est pas certain qu'on finisse par le savoir.

– Audur était donc la demi-sœur d'Einar, remarqua Katrin, profondément plongée dans ses pensées. La pauvre enfant.

– Êtes-vous absolument certaine que vous n'aviez pas connaissance de son existence ? demanda Erlendur.

– Évidemment que j'en suis certaine, répondit-elle. Je n'en avais pas la moindre idée.

– En revanche, Einar, si, poursuivit Erlendur. Il a retrouvé Elin à Keflavik.

Katrin ne répondait rien. Il décida de réitérer la question.

– Si votre fils ne savait rien et que vous ne l'avez jamais raconté à votre époux, comment se fait-il que votre fils ait tout à coup découvert la vérité ?

– Je ne sais pas, répondit Katrin. Attendez un peu, redites-moi. Comment est morte la pauvre petite ?

– Vous êtes consciente du fait que votre fils est soupçonné du meurtre de Holberg, annonça Erlendur sans répondre à sa question. Il essaya d'annoncer ce qu'il se devait de dire avec autant de précaution qu'il le pouvait. Katrin lui parut étrangement calme, comme si elle n'était en rien étonnée que son fils soit soupçonné de meurtre.

– Mon fils n'est pas un assassin, dit-elle doucement. Il ne pourrait jamais tuer quiconque.

– Il y a de grandes chances qu'il ait assommé Holberg. Il n'avait peut-être pas l'intention de le tuer. Il l'a certainement fait dans un accès de colère. Il a laissé un message à notre intention. Il avait écrit dessus : *je suis lui*. Vous voyez où je veux en venir ?

Katrin gardait le silence.

– Savait-il que Holberg était son père ? Savait-il ce

282

que Holberg vous a fait subir ? Est-il allé lui rendre visite ? Avait-il appris pour Audur et Kolbrun ? Et, si oui, comment ?

Katrin regardait la paume de ses mains.

– Où se trouve votre fils en ce moment ? demanda Elinborg.

– Je ne sais pas, chuchota Katrin. Je n'ai aucune nouvelle de lui depuis plusieurs jours.

Elle regarda Erlendur.

– Brusquement, il a su pour Holberg. Il a compris qu'il y avait quelque chose d'anormal. Il a découvert ça dans l'entreprise qui l'emploie, dit-elle. Il a dit qu'il était désormais impossible de garder les secrets. Il m'a dit que tout ça, c'était dans la base de données.

38

Erlendur regardait Katrin.

– C'est comme ça qu'il s'est procuré les informations sur son véritable père ? demanda-t-il.

– Il a découvert qu'il était impossible qu'il soit le fils de son père, répondit Katrin tout bas.

– Comment ? demanda Erlendur. Qu'est-ce qu'il recherchait ? Pourquoi est-ce qu'il a cherché des données sur lui-même dans la base ? Par hasard ?

– Non, répondit Katrin. Cela n'avait rien d'un hasard.

Elinborg en avait assez. Elle voulait interrompre l'interrogatoire pour permettre à Katrin de récupérer. Elle se leva, prétextant avoir besoin d'un verre d'eau, et fit signe à Erlendur de l'accompagner. Il la suivit jusqu'à la cuisine. Là, Elinborg argua que la femme avait traversé assez d'épreuves pour l'instant et qu'ils devaient la laisser tranquille, lui conseiller d'aller consulter un avocat avant d'ajouter quoi que ce soit. Il fallait repousser la suite de l'interrogatoire à plus tard dans la journée, contacter sa famille et demander à quelqu'un de rester à ses côtés pour l'aider. Erlendur objecta que Katrin n'avait pas été arrêtée, qu'aucun soupçon ne pesait sur elle et qu'il ne s'agissait pas là d'un interrogatoire officiel mais d'une recherche d'informations. Katrin se montrait extrêmement coopérative en ce moment et, pour cette raison, ils devaient poursuivre.

Elinborg secoua la tête.

– Il faut battre le fer pendant qu'il est chaud, observa Erlendur.

– Si tu t'entendais ! grogna Elinborg.

Katrin apparut à la porte de la cuisine et leur demanda s'il ne valait pas mieux qu'ils continuent. Elle était disposée à leur dire toute la vérité et, cette fois-ci, sans rien omettre.

– Je voudrais qu'on en finisse, observa-t-elle.

Elinborg lui demanda si elle souhaitait contacter un avocat mais Katrin refusa sa proposition. Elle affirma n'en connaître aucun et n'avoir jamais eu besoin de recourir à l'un d'entre eux. Elle savait comment elle devait s'y prendre.

Elinborg regarda Erlendur d'un œil accusateur. Il demanda à Katrin si elle souhaitait qu'ils reprennent. Une fois qu'ils furent tous assis, Katrin commença à raconter. Elle se tordit les mains d'un air triste avant de disparaître dans son récit.

Albert prenait l'avion pour l'étranger ce matin-là. Ils s'étaient levés aux aurores. Elle avait préparé du café pour eux deux. Ils discutèrent encore une fois de vendre la maison pour acheter quelque chose de plus petit. Ils en avaient souvent parlé, mais n'avaient jamais mis le projet à exécution. Peut-être parce qu'ils croyaient que c'était franchir un trop grand pas et qu'ils souligneraient à quel point ils se faisaient vieux. Ils n'avaient pas l'impression d'être âgés mais étaient toutefois séduits par l'idée de réduire leur train de vie. Albert avait l'intention de s'adresser à un agent immobilier dès son retour. Ensuite, il partit au volant de la jeep.

Elle alla se recoucher. Il lui restait encore deux heures avant d'aller au travail, mais elle ne trouva pas le sommeil. Elle resta allongée à se tourner dans le lit jusqu'à huit heures. A ce moment-là, elle se leva. Elle était dans

la cuisine quand elle entendit entrer Einar. Il avait les
clefs de la maison.

Elle s'aperçut immédiatement qu'il était bouleversé
mais elle ne savait pas pourquoi. Il lui dit qu'il n'avait
pas fermé l'œil de la nuit. Il faisait les cent pas entre le
salon et la cuisine et refusait de s'asseoir.

– Je savais qu'il y avait quelque chose qui ne collait
pas, dit-il en regardant sa mère avec colère. Je l'ai
toujours su !

Elle ne comprenait pas la raison de cette agressivité.

– Je savais qu'il y avait un truc qui ne collait pas dans
tout ce bordel, répéta-t-il, en hurlant quasiment.

– Enfin ! De quoi est-ce que tu parles, mon chéri ?
demanda-t-elle, toujours sans comprendre l'origine de
sa fureur. Qu'est-ce qui ne colle pas ?

– J'ai violé le code, déclara-t-il. J'ai enfreint les règles
pour violer le code. J'avais envie de voir comment
la maladie était entrée dans la famille. Et, je vais te dire,
elle se trouve dans certaines familles. Elle existe bien
dans quelques familles, mais pas dans les nôtres. Ni
dans celle de papa, ni dans la tienne. Voilà ce qui ne
colle pas. Tu comprends ? Est-ce que tu comprends ce
que je suis en train de te dire ?

Le portable d'Erlendur retentit à l'intérieur de la poche
de son imperméable et il demanda à Katrin de l'excuser.
Erlendur était arrivé dans la cuisine au moment où il
décrocha. C'était Sigurdur Oli.

– Il y a la bonne femme de Keflavik qui te cherche,
déclara-t-il de but en blanc.

– La bonne femme ? Tu veux dire Elin ?

– Oui, Elin.

– Tu lui as parlé ?

– Oui, répondit Sigurdur Oli. Elle m'a dit qu'il fallait
qu'elle te parle, et tout de suite.

– Tu sais ce qu'elle veut ?

– Elle a catégoriquement refusé de me le dire. Et vous, comment ça se présente ?

– Est-ce que tu lui as donné mon numéro de portable ?

– Non.

– Si elle rappelle, donne-lui mon numéro, dit Erlendur avant de raccrocher. Katrin et Elinborg l'attendaient dans le salon. Elle reprit son récit.

Einar faisait les cent pas dans le salon. Katrin essayait de le calmer et de comprendre ce qui mettait son fils dans un tel état. Elle s'assit et le pria de venir s'asseoir à côté d'elle, mais il ne l'écouta pas. Il passait et repassait devant elle. Elle savait qu'il connaissait des difficultés depuis longtemps et que le divorce n'était pas pour arranger les choses. Sa femme l'avait quitté. Elle voulait prendre un nouveau départ. Elle ne voulait pas se laisser submerger par la douleur.

– Dis-moi ce qui ne va pas, dit-elle.

– Tellement de choses, maman, un nombre incalculable de choses.

Puis vint la question qu'elle avait attendue pendant toutes ces années.

– Qui est mon père ? demanda son fils qui se planta face à elle. Qui est mon véritable père ?

Elle le regardait.

– Nous n'avons plus aucun secret, maman, dit-il.

– Qu'est-ce que tu as découvert ? demanda-t-elle. Qu'est-ce que tu as donc fait ?

– Je connais l'identité de celui qui n'est pas mon père, répondit-il. C'est l'homme que j'appelle papa. (Il se mit à hurler.) Tu as bien entendu ? Papa n'est pas mon père ! Et s'il n'est pas mon père, alors, qui suis-je ? D'où est-ce que je viens ? Et mes frères ? Tout à coup, ils ne sont plus que mes demi-frères. Pourquoi est-ce que tu ne m'as jamais rien dit ? Pourquoi est-ce que tu m'as menti pendant tout ce temps ? Pourquoi ?

Elle le fixait et les larmes lui montèrent aux yeux.

Il se tut.

– Est-ce que je suis un enfant adopté ? Un orphelin ? Qu'est-ce que je suis ? Qui suis-je ? Maman ?

Katrin éclata en sanglots. De lourds sanglots. Il la fixait et s'était un peu calmé en la voyant pleurer sur le canapé. Il s'écoula un moment avant qu'il comprenne ce qu'il avait fait. Il finit par s'asseoir à côté d'elle et la prit dans ses bras. Ils restèrent ainsi en silence jusqu'à ce qu'elle entreprenne de lui raconter cette nuit à Husavik au cours de laquelle son père était parti en mer, cette nuit pendant laquelle elle était sortie s'amuser avec ses amies et où elle avait rencontré ces deux hommes dont Holberg, lequel était entré de force dans son domicile.

Il écouta son histoire sans dire un mot.

Elle lui raconta que Holberg l'avait violée puis menacée et qu'elle avait pris toute seule la décision de garder l'enfant et de ne jamais raconter ce qui s'était passé. Ni à son père, ni à lui. Et cela n'avait pas posé de problème. Ils avaient une vie heureuse. Elle n'avait pas permis à Holberg de lui retirer sa joie de vivre. Et il n'avait pas réussi à détruire sa famille.

Elle lui raconta qu'elle avait toujours su qu'il était le fils de celui qui l'avait violée. Mais que cela ne l'avait absolument pas empêchée de le chérir tout autant que ses deux autres fils et qu'elle savait qu'Albert l'adorait particulièrement. Ainsi, Einar n'avait-il jamais eu à souffrir des actions de Holberg. Jamais.

Il s'écoula quelques minutes avant qu'il comprenne les implications de ce qu'elle venait de lui confier.

– Pardonne-moi, dit-il enfin. Je n'avais pas l'intention de me mettre en colère contre toi. J'ai cru que tu avais trompé papa et que c'était comme ça que j'avais été conçu. Je ne savais pas pour le viol.

– Bien sûr que non, répondit-elle. Comment aurais-tu pu le savoir ? Avant aujourd'hui, je n'ai jamais parlé à quiconque de ce qui s'est passé.

– J'aurais dû aussi envisager cette possibilité, dit-il. C'en était une autre, mais elle ne m'a pas traversé l'esprit. Pardonne-moi. Tu as dû te sentir tellement mal pendant toutes ces années.

– Il ne faut pas que tu penses à ça, dit-elle. Tu n'as pas à souffrir de ce qu'a fait Holberg.

– J'ai déjà souffert pour ça, maman, dit-il. Des souffrances incalculables. Et pas seulement moi. Pourquoi est-ce que tu n'as pas avorté ? Qu'est-ce qui t'en a dissuadée ?

– Seigneur Dieu, Einar, ne dis pas ça. Ne parle jamais comme ça.

Katrin se tut.

– Vous n'avez jamais pensé faire une interruption de grossesse ? demanda Elinborg.

– Tout le temps. Constamment. Jusqu'à ce qu'il soit trop tard. J'y ai réfléchi chaque jour dès que je me suis rendu compte que j'attendais un enfant. Je suis même allée jusqu'à consulter un médecin qui m'a examinée et m'a conseillé de ne pas le faire. On pouvait tout aussi bien croire que l'enfant était d'Albert. C'est sûrement ce qui m'a décidée. Et puis, après la naissance, j'ai fait une dépression. Je ne sais plus comment ça s'appelle mais il y a un mot qu'on utilise maintenant pour ce phénomène qu'est la dépression après l'accouchement. On m'a envoyée en traitement à l'hôpital psychiatrique de Kleppur. Au bout de trois mois, j'avais suffisamment récupéré pour pouvoir m'occuper de mon fils et, depuis lors, je l'ai toujours aimé.

Erlendur attendit un instant avant de poursuivre l'interrogatoire.

– Pourquoi votre fils a-t-il recherché une maladie

génétique dans la base de données du Centre d'études du génome ? demanda-t-il enfin.

Katrin le regarda.

– Cette petite fille de Keflavik, comment est-elle morte ? demanda-t-elle.

– D'une tumeur au cerveau, répondit Erlendur. D'une maladie qui s'appelle la neurofibromatose.

Katrin se mit à pleurer et soupira lourdement.

– Alors, vous ne savez pas ? dit-elle.

– Qu'est-ce que je ne sais pas ?

– Notre chérie est morte il y a trois ans, annonça Katrin. D'une manière incompréhensible. D'une façon absolument incompréhensible.

– Votre chérie ?

– Notre petit cœur à nous, précisa-t-elle. La fille d'Einar. Elle est morte. La pauvre petite fille.

39

Un silence glacé régnait dans la maison.

Katrin était assise, tête baissée. Elinborg la regarda, puis elle passa à Erlendur, comme si elle était totalement désorientée. Erlendur regardait droit devant lui et pensait à Eva Lind. Que faisait-elle en ce moment ? Se trouvait-elle chez lui ? Il ressentit le besoin de parler à sa fille. Il ressentit le besoin de la prendre dans ses bras, de se blottir contre elle et de ne la lâcher qu'une fois qu'il lui aurait dit à quel point elle était précieuse à ses yeux.

– Je n'arrive pas à y croire, déclara Elinborg.

Erlendur la regarda, puis il regarda Katrin.

– Votre fils est porteur sain, n'est-ce pas ? demanda-t-il.

– Oui, c'est le mot qu'il a employé, convint Katrin. Porteur sain. Ils le sont tous les deux. Lui et Holberg. Il m'a dit que c'était l'héritage qu'il avait reçu de mon violeur.

– Mais ils ne déclarent pas la maladie, observa Erlendur.

– Il semble que ce soit les filles qui la déclarent, expliqua Katrin. Les garçons peuvent être porteurs sans présenter de symptômes. Enfin, quel que soit le mot qu'ils emploient. Mais il existe toutes sortes de cas de figure, je n'y comprends rien. Mon fils, lui, a bien compris tout ça. Il a tenté de me l'expliquer mais je ne voyais pas trop où il voulait en venir. Il était complètement bouleversé. Ce qui était aussi mon cas, évidemment.

– Et il a découvert ça dans la base de données qu'ils sont en train d'élaborer, observa Erlendur.

Katrin fit un hochement de tête.

– Il ne comprenait pas pourquoi la pauvre enfant avait eu cette maladie et il passait son temps à chercher dans ma famille et dans celle d'Albert. Il en parlait aux membres de la famille et c'était impossible de l'arrêter. Nous pensions que c'était sa façon à lui d'accuser le coup. Toute cette recherche sans relâche d'une cause. Cette recherche d'une réponse, alors que nous pensions qu'il n'y en avait aucune. Ils ont divorcé il y a quelque temps. Lara et lui. Ils ne parvenaient plus à vivre ensemble et ont décidé de se séparer momentanément, mais je ne crois pas que cela va s'arranger dans le futur.

Katrin marqua une pause.

– Ensuite, il a trouvé la réponse, observa Erlendur.

– Il était persuadé qu'Albert n'était pas son père. Il affirmait que ça ne tenait pas debout par rapport aux renseignements qu'il avait obtenus dans la base de données. C'est pour cela qu'il s'est adressé à moi. Il pensait que j'avais été infidèle et qu'il avait été conçu de cette manière. Ou bien qu'il était un enfant adopté.

– Est-ce qu'il a vu Holberg dans la base de données ?

– Je ne crois pas. Seulement plus tard : quand je lui ai parlé de Holberg. C'était tellement grotesque. Complètement abracadabrant ! Mon fils avait dressé une liste de ses pères potentiels et Holberg figurait dessus. Il était parvenu à remonter la trace de la maladie dans les familles en croisant la base de données et le fichier généalogique : ainsi, il avait découvert qu'Albert ne pouvait pas être son père. Ou qu'il était une anomalie. Une aberration génétique.

– Quel âge avait sa fille ?

– Elle avait sept ans, la petite.

– C'est une tumeur au cerveau qui l'a emportée, n'est-ce pas ? demanda Erlendur.

– Oui, confirma Katrin.

– Elle est morte de la même maladie qu'Audur. D'une tumeur du système nerveux.

– Oui, il s'agit de la même maladie. La mère d'Audur a dû souffrir terriblement ; d'abord Holberg et ensuite le décès de la petite fille.

Erlendur hésita un instant.

– Kolbrun, sa mère, a mis fin à ses jours trois ans après le décès de sa fille, confia-t-il.

– Seigneur Dieu, soupira Katrin.

– Où se trouve votre fils en ce moment ? demanda Erlendur.

– Je ne sais pas, répondit Katrin. Je suis morte d'inquiétude à l'idée qu'il commette l'irréparable. Il va tellement mal, mon garçon. Terriblement mal.

– Croyez-vous qu'il ait pris contact avec Holberg ?

– Je n'en sais rien. Tout ce que je sais, c'est que ce n'est pas un assassin. Ça, j'en suis certaine.

– Vous trouvez qu'il ressemblait à son père ? demanda Erlendur en regardant les photos de communion.

Katrin ne répondit pas.

– Vous reconnaissiez des expressions ? demanda Erlendur.

– Mais qu'est-ce qui te prend, merde ! éructa Elinborg qui en avait vraiment assez. Franchement, tu ne penses pas que ça suffit ?

– Pardonnez-moi, dit Erlendur à Katrin. Cela n'a évidemment rien à voir avec l'enquête. C'est juste ma satanée curiosité mal placée. Vous nous avez été d'un très grand secours et, si cela peut vous apporter quelque réconfort alors, je doute d'avoir jamais rencontré une personne aussi honnête et aussi forte que vous, capable de supporter son malheur en silence pendant toutes ces années.

– Il n'y a pas de problème, dit Katrin à Elinborg. Les enfants ont bien des expressions. Je n'ai jamais vu

Holberg à travers mon garçon. Jamais. Il m'a dit que ce n'était pas ma faute. Einar me l'a bien dit. Que je n'avais aucune responsabilité dans la façon dont notre petite-fille est morte.

Katrin se tut.

– Que va-t-il arriver à Einar ? demanda-t-elle ensuite. Il n'y avait plus aucune résistance en elle. Plus de mensonge. Rien que de la résignation.

– Il faut que nous le retrouvions, répondit Erlendur, que nous l'interrogions et que nous entendions ce qu'il a à dire.

Elinborg et lui se levèrent. Erlendur mit son chapeau. Katrin restait assise immobile sur le canapé.

– Si vous voulez, je peux parler à Albert, proposa Erlendur. Il a passé la nuit à l'hôtel Esja. Nous avons fait surveiller votre maison depuis hier, au cas où votre fils se manifesterait. Je peux expliquer à Albert ce qui est en train de se passer. Il va revenir à la raison, ce brave homme.

– Je vous remercie, répondit Katrin, mais je vais lui téléphoner. Je sais qu'il va revenir. Il faut que nous nous serrions les coudes pour notre garçon.

Elle leva les yeux.

– Il est notre garçon, conclut-elle. Il restera toujours notre garçon.

40

Erlendur ne s'attendait pas à trouver Einar à son domicile. Il louait un petit appartement dans la rue Storagerdi et c'est là-bas qu'ils se rendirent directement avec Elinborg en partant de chez Katrin. Il était midi et la circulation était dense. Chemin faisant, Erlendur exposa à Sigurdur Oli les développements de l'affaire. Il fallait qu'ils lancent un avis de recherche pour Einar. Qu'ils trouvent une photo de lui pour la publier dans la presse et à la télé, accompagnée d'un bref communiqué. Ils se donnèrent rendez-vous dans la rue Storagerdi. Une fois arrivé sur les lieux, Erlendur descendit de la voiture tandis qu'Elinborg continuait sa route.

Erlendur attendit Sigurdur Oli un court moment. L'appartement se trouvait au rez-de-chaussée d'un immeuble de trois étages et on y pénétrait directement depuis la rue. Ils appuyèrent sur la sonnette et frappèrent vigoureusement à la porte mais rien ne se produisit.

Ils essayèrent les étages supérieurs et il apparut qu'Einar était le locataire du propriétaire d'un autre appartement, ce dernier était rentré chez lui à midi et se montra disposé à les accompagner à l'étage inférieur pour leur ouvrir l'appartement de son locataire. Il déclara n'avoir pas croisé Einar depuis quelques jours, peut-être même depuis une semaine tout entière ; affirma que c'était un homme calme, qu'il n'avait absolument pas à se plaindre de lui, qu'il payait toujours le loyer à temps et qu'il ne comprenait pas ce que la police pouvait bien lui vouloir. Afin d'éviter qu'il se perde en conjectures, Sigurdur Oli lui annonça que sa famille le recherchait et qu'elle tentait de découvrir où il pouvait bien être allé.

Le propriétaire ne demanda pas s'ils étaient en possession d'un mandat de perquisition. Ils n'en avaient pas mais l'obtiendraient plus tard dans la journée.

Ils présentèrent leurs excuses une fois qu'il leur eut ouvert la porte et qu'ils furent entrés dans l'appartement. Tous les rideaux des fenêtres étaient tirés et l'obscurité régnait à l'intérieur. L'appartement était minuscule. Un salon, une chambre, une cuisine et une petite salle de bains. Les sols étaient couverts de moquette, sauf celui de la salle de bains et, dans la cuisine, il y avait du lino. Un canapé devant la télévision. L'air à l'intérieur était vicié. Au lieu d'ouvrir les rideaux, Erlendur alluma la lumière et ils y virent plus clair.

Ils fixèrent les murs du salon et se regardèrent. Les murs étaient couverts des mots qu'ils connaissaient si bien depuis qu'ils les avaient vus dans l'appartement de Holberg, tracés avec des stylos, des marqueurs et des bombes de peinture. Trois mots qui, autrefois, avaient été incompréhensibles pour Erlendur mais qui ne l'étaient plus.

Je suis LUI.

Ils pénétrèrent un peu plus avant dans l'appartement.

Des journaux et des revues se trouvaient éparpillés à droite et à gauche, nationaux ou étrangers, des livres qu'Erlendur pensait être des publications scientifiques étaient entassés en piles ici et là, sur le sol du salon et de la chambre à coucher. Des gros albums de photos s'y trouvaient également, mélangés au reste. Dans la cuisine, il y avait des emballages de plats préparés.

– La paternité des Islandais, observa Sigurdur Oli en enfilant ses gants de latex, serons-nous un jour en mesure d'avoir des certitudes dans ce domaine ?

Erlendur pensa aux recherches en génétique. Le Centre d'étude du génome avait récemment commencé à rassembler les données sur les maladies de tous les Islandais, décédés ou en vie, et à en constituer une banque contenant toutes les informations sanitaires sur la population. On la croisait avec le fichier généalogique qui permettait de retracer la filiation de chaque Islandais jusqu'au Moyen Âge, le programme s'appelait "Recherche sur le génome des Islandais". Le but principal était de comprendre la manière dont les maladies se transmettaient par les gènes, de les rechercher par le biais d'analyses et de trouver des moyens de les guérir, elles ou d'autres maladies, si cela était possible. On arguait du fait que la population islandaise était restée longtemps isolée, que le sang n'avait pas été beaucoup mélangé, ce qui en faisait un terrain de choix pour les recherches.

L'entreprise et le ministère de la Santé, qui avait délivré l'autorisation de constituer un fichier informatique, avaient engagé leur responsabilité pour qu'aucune personne étrangère ne puisse s'introduire dans la base et ils avaient exposé le système très complexe de transcodage des informations, parfaitement impossible à pirater.

– Aurais-tu des inquiétudes sur ta paternité ? demanda Erlendur. Il avait également enfilé des gants de latex et il entra dans le salon avec toutes les précautions d'usage. Il ramassa l'un des albums photo et le feuilleta. Il s'agissait d'un vieil album.

– Dans ma famille, on m'a toujours dit que je ne ressemblais ni à mon père ni à ma mère.

– J'ai toujours eu cette impression, répondit Erlendur.

– Comment ça ? Qu'est-ce que tu veux dire ?

– Que tu étais un bâtard.

– Ça fait plaisir de voir que tu as retrouvé ton sens de l'humour, rétorqua Sigurdur Oli. Tu t'es montré plutôt énigmatique, ces derniers temps.

– Quel sens de l'humour ? demanda Erlendur.

Il feuilleta les photos. C'étaient de vieux clichés noir et blanc. Il crut reconnaître la mère d'Einar sur certains d'entre eux. L'homme qui figurait dessus devait, par conséquent, être Albert et les trois garçons, les fils du couple. Einar, le plus jeune des trois. Ces photos avaient été prises durant les fêtes de Noël et les vacances d'été, certaines étaient banales, prises dans la rue ou dans la cuisine tandis que les garçons étaient assis à table, vêtus de tricots à motifs, dont Erlendur se rappela l'époque. Celle datant d'avant 1970. Les frères aînés portaient les cheveux longs. Une série prise à l'étranger. Dans le parc d'attractions de Tivoli à Copenhague, se dit Erlendur.

Plus loin dans l'album, les garçons avaient vieilli, leurs cheveux avaient gagné en longueur et ils portaient des costumes avec de larges revers et des chaussures du dimanche à talonnettes. Katrin avait les cheveux permanentés. Les photos avaient pris de la couleur. Albert avait commencé à se dégarnir. Erlendur essayait d'identifier Einar et, en comparant son visage à ceux de ses frères et de ses parents, il remarquait à quel point il était différent d'eux. Les autres fils avaient un fort air de famille et tenaient surtout de leur père. Einar était le vilain petit canard.

Il reposa le vieil album et en prit un autre, plus récent. Les photos qu'il contenait semblaient avoir été prises par Einar lui-même et représentaient la famille qu'il avait fondée, lui. Elles ne formaient pas une histoire aussi longue. C'était comme si Erlendur avait pris en route l'existence d'Einar au moment où il faisait la connaissance de sa femme. Il se demanda si elles avaient été prises juste avant qu'ils ne se mettent en ménage. Ils avaient fait du tourisme en Islande. Fait un tour dans les fjords de l'Ouest, les Hornstrandir. Thorsmörk et les sources de Herdubreid. Parfois, ils étaient à bicyclette. Erlendur supposa qu'elles dataient du milieu des années 80.

Il passa rapidement, reposa l'album et prit celui qui lui paraissait être le plus récent. Il y vit une petite fille sur un lit d'hôpital avec des perfusions dans les bras et un masque à oxygène sur le visage. Elle avait les yeux fermés et des appareils l'entouraient de toutes parts. Il avait l'impression qu'elle se trouvait dans l'unité des soins intensifs. Il eut un moment d'hésitation puis continua à feuilleter.

Erlendur sursauta quand son portable se mit tout à coup à sonner. Il repoussa l'album sans le refermer. C'était Elin qui appelait de Keflavik, elle était complètement bouleversée.

– Il est venu me voir ce matin, annonça-t-elle de but en blanc.

– Qui ça ?

– Le frère d'Audur. Il s'appelle Einar. J'ai essayé de vous joindre. Il était chez moi ce matin et m'a absolument tout expliqué, le pauvre homme. Il a perdu sa fille exactement de la même manière que Kolbrun. Il savait de quoi Audur était morte. Il s'agit d'une maladie présente dans la famille de Holberg.

– Où est-il en ce moment ? demanda Erlendur.

– Il était affreusement déprimé, répondit Elin. Il se pourrait qu'il fasse une bêtise.

– Comment ça, une bêtise ?

– Il m'a dit que c'était terminé.

– Qu'est-ce qui est terminé ?

– Il ne l'a pas précisé. Il a simplement dit que c'était terminé.

– Est-ce que vous savez où il est parti ?

– Il m'a dit qu'il rentrait à Reykjavik.

– A Reykjavik ? Où ça ?

– Il ne l'a pas précisé, répondit Elin.

– Est-ce qu'il vous a dit ce qu'il avait l'intention de faire ?

– Non, répondit Elin. Il n'a rien dit de ça. Il faut absolument que vous le retrouviez avant qu'il ne fasse une bêtise. Il est au fond du gouffre, le pauvre homme. C'est affreux. Absolument abominable. Dieu du ciel, de ma vie je n'ai vu une telle chose.

– Quoi ?

– Il ressemble tellement à son père. Il ressemble à Holberg à s'y méprendre, le pauvre, et il ne peut supporter de vivre avec ça. C'est au-dessus de ses forces. Pas après avoir entendu ce que Holberg a fait à sa mère. Il affirme être prisonnier du corps de Holberg. Il dit que c'est son sang qui coule dans ses veines et l'idée lui est insupportable.

– Mais de quoi est-ce qu'il parle ?

– C'est comme s'il haïssait sa propre personne, expliqua Elin. Il affirme qu'il n'est plus celui qu'il était, mais un autre homme, et il se sent coupable de tout ce qui s'est passé. Rien de ce que j'ai pu lui dire n'y a changé quoi que ce soit, il ne m'a pas écoutée.

Erlendur baissa les yeux sur l'album photo, sur la petite fille dans son lit d'hôpital.

– Pourquoi est-ce qu'il voulait vous rencontrer ?

– Il voulait en savoir plus sur Audur. Il voulait tout savoir d'elle. Le genre de petite fille qu'elle était, comment elle est morte. Il m'a même affirmé que j'étais sa nouvelle famille. Pouvez-vous vous imaginer une telle chose ?

– Où pourrait-il être allé ? demanda Erlendur en regardant sa montre-bracelet.

– Pour l'amour de Dieu, essayez de le trouver avant qu'il ne soit trop tard.

– Nous allons faire de notre mieux, répondit Erlendur en s'apprêtant à la saluer mais il sentit une hésitation chez Elin. Quoi, il y a autre chose ? demanda-t-il.

– Il a assisté à l'exhumation d'Audur, ajouta Elin.

– Il a vu ça ?

– Il avait déjà retrouvé ma trace, il nous a suivis au cimetière et a vu quand vous avez retiré le cercueil de la tombe.

41

Erlendur fit intensifier les recherches d'Einar. Des photos de lui furent envoyées aux postes de police de Reykjavik et des environs ainsi qu'à ceux des principales villes du pays ; on passa des communiqués dans la presse. Il avait donné des ordres pour que l'homme ne soit pas appréhendé : au cas où il serait vu, il fallait immédiatement entrer en contact avec Erlendur et ne rien entreprendre d'autre. Il eut une brève conversation téléphonique avec Katrin qui lui dit ne rien savoir des allées et venues de son fils. Ses deux fils aînés se trouvaient à ses côtés. Elle leur avait dévoilé la vérité. Ils n'avaient aucune information concernant leur frère. Albert resta dans sa chambre à l'hôtel Esja pendant toute la journée. Il passa deux coups de téléphone, à chaque fois pour avoir son entreprise.

– Quelle foutue tragédie, marmonna Erlendur pendant qu'il retournait à son bureau. Ils n'avaient rien trouvé dans l'appartement d'Einar qui pouvait indiquer où il se trouvait.

La journée s'écoula et ils se partagèrent le travail. Elinborg et Sigurdur Oli interrogèrent l'ex-femme d'Einar, quant à Erlendur il se rendit au Centre d'étude du génome. L'immeuble flambant neuf de l'entreprise était situé sur le boulevard Vesturlandsvegur. Il comptait cinq étages ainsi qu'une entrée hautement sécurisée. Deux gardiens l'accueillirent dans le hall somptueux.

Il avait annoncé sa visite et la directrice de l'entreprise s'était vue obligée de lui accorder une audience de quelques minutes.

La directrice était l'une des actionnaires principales de l'entreprise, une généticienne islandaise qui avait fait ses études en Angleterre et aux États-Unis et avait promu l'idée de l'Islande comme terrain de choix pour mener des recherches en génétique à des fins pharmaceutiques. Grâce à la base de données, il était possible de rassembler tous les dossiers des malades du pays en un unique lieu et d'en retirer des informations sanitaires qui pouvaient s'avérer utiles dans la recherche des gènes malades.

La directrice reçut Erlendur dans son bureau. Elle avait la cinquantaine, se nommait Karitas, était mince et fine avec des cheveux noir de jais et un sourire amical. Elle était plus petite qu'Erlendur se l'était représentée d'après les images télévisées, sympathique au demeurant. Elle ne comprenait pas ce que la police criminelle voulait à l'entreprise. Elle invita Erlendur à s'asseoir. Tout en regardant les œuvres d'art contemporain islandais sur les murs, il lui annonça sans ambages qu'il y avait des raisons de croire que quelqu'un s'était illégalement introduit dans la base de données et que des informations susceptibles de porter préjudice aux individus concernés y avaient été puisées. Il ne savait pas précisément de quoi il parlait mais il semblait, en revanche, qu'elle le sache. Elle ne perdit pas de temps en discussions interminables, au grand soulagement d'Erlendur. Il s'était attendu à rencontrer de la résistance. A se heurter au complot du silence.

– Il s'agit d'une question très sensible parce qu'elle implique des informations à caractère personnel, déclarat-elle dès qu'Erlendur eut achevé son discours, et c'est pourquoi je vais vous demander que cela reste absolument entre nous. Il y a quelque temps que nous savons que quelqu'un s'est introduit illégalement dans la base.

Nous avons mené une enquête interne sur le problème. Les pistes s'orientent vers un biologiste que nous n'avons pas encore pu interroger, car il semble qu'il ait disparu de la surface de la terre.

– Einar ?

– Oui, il s'agit de lui. Nous en sommes encore à constituer la base, si l'on peut dire, et vous comprendrez que nous ne voulons pas que les gens apprennent qu'il est possible de violer le code secret et de glaner des informations à loisir dans la base. Même si, à vrai dire, ce n'est pas le code qui est en cause.

– Pourquoi n'en avez-vous pas informé la police ?

– Comme je viens de vous le dire, nous désirons régler cela nous-mêmes. C'est un grave problème pour nous. Les gens nous font confiance pour que les informations entrées dans la base ne soient pas dévoilées en place publique, utilisées à des fins douteuses, voire tout simplement volées. Comme vous le savez sans doute, la société est extrêmement méfiante envers ce genre de chose et nous souhaiterions éviter d'être en butte à la vindicte populaire.

– La vindicte populaire ?

– Parfois, on dirait que toute la population est contre nous.

– A-t-il violé le code, oui ou non ? Pourquoi n'est-ce pas le code qui est en cause ?

– A vous entendre, on se croirait dans un mauvais roman policier. Non, il n'a piraté aucun code. En réalité, non. Il s'y est pris autrement.

– Alors, qu'est-ce qu'il a fait ?

– Il a mis sur pied un projet de recherche pour lequel il n'existait aucun accord. Il a falsifié des signatures. La mienne, par exemple. Il s'est arrangé pour faire croire que l'entreprise effectuait des recherches sur le mode de transmission héréditaire d'une maladie tumorale présente dans certaines familles en Islande. Il a trompé la Commission informatique et libertés, laquelle fait figure de garant pour la base de données. Il a abusé le Comité d'éthique. Et il nous a trompés, nous.

Elle se tut un instant et regarda sa montre-bracelet. Elle se leva, alla jusqu'à son bureau et contacta sa secrétaire. Elle repoussa sa réunion de dix minutes et revint s'asseoir à côté d'Erlendur.

– Le process utilisé jusqu'à maintenant a été le suivant, expliqua-t-elle.

– Le process ? demanda Erlendur.

Karitas le regarda, étonnée. Le téléphone se mit à sonner dans la poche d'Erlendur, il s'excusa et décrocha. Sigurdur Oli était en ligne.

– La police scientifique est en train de fouiller l'appartement d'Einar à Storgerdi, annonça-t-il. Je les ai appelés et ils n'ont rien trouvé à part ceci : Einar s'est procuré un port d'arme, il y a environ deux ans.

– Un port d'arme ? reprit Erlendur.

– Il est enregistré chez nous. Mais ce n'est pas tout. Il possède un fusil de chasse et, sous le lit dans sa chambre, nous avons retrouvé le canon scié.

– Le canon ?

– Il a scié le canon.

– Tu veux dire que… ?

– Ils font ça, parfois. Ça leur facilite la tâche pour se suicider.

– Tu crois qu'il pourrait être dangereux ?

– Quand nous le trouverons, dit Sigurdur Oli, il faudra y aller doucement. Il est impossible de savoir ce qu'il a l'intention de faire, armé d'un fusil.

– Il y a peu de chances qu'il s'en serve pour tuer quelqu'un, observa Erlendur qui s'était levé et tournait maintenant le dos à Karitas afin d'être plus tranquille.

– Et pourquoi pas ?

– Si tel était le cas, il s'en serait déjà servi, dit Erlendur à voix basse. Sur Holberg. Tu ne crois pas ?

305

– Je n'en sais rien.

– A plus tard, conclut Erlendur en éteignant le téléphone. Il présenta à nouveau ses excuses avant de se rasseoir.

– Le protocole utilisé jusqu'à présent est le suivant, reprit Karitas comme si de rien n'était. Nous sollicitons une autorisation auprès de ces organismes pour entreprendre un projet de recherche, par exemple, dans le cas d'Einar, il s'agissait d'un projet sur le mode de transmission génétique d'une maladie précise. On nous remet une liste codée des noms de ceux qui sont atteints de la maladie ou en sont potentiellement porteurs, puis nous comparons cette liste avec le fichier généalogique également encodé. Le résultat obtenu est un arbre généalogique codé.

– Comme un arbre à messages, observa Erlendur.

– Pardon ?

– Rien, poursuivez.

– La commission informatique décode la liste des noms de ceux que nous voulons prendre comme sujets de recherche, ce qu'on appelle le groupe témoin, constitué de malades et de membres de leur famille, ensuite elle constitue une liste des participants sous la forme de numéros de sécurité sociale. Vous comprenez ?

– Et c'est donc ainsi qu'Einar a obtenu les noms et les numéros de sécurité sociale de tous ceux qui avaient eu cette maladie au fil des générations.

Elle hocha la tête.

– Est-ce que tout cela passe par la Commission informatique et libertés ?

– Je ne sais pas dans quelle mesure vous souhaitez avoir des détails. Nous travaillons en collaboration avec des médecins de diverses institutions. Ils communiquent l'identité des malades à la Commission informatique, celle-ci encode leurs noms et leurs numéros de sécurité sociale, puis elle les transmet au Centre d'étude du génome. Nous avons un programme spécifique qui permet de classer les malades en groupes en fonction de leur degré de parenté. Grâce à ce programme, nous pouvons sélectionner les patients qui apportent le plus de renseignements chiffrés en rapport avec les gènes malades. On demande ensuite aux individus de ce groupe de prendre part au projet de recherche. L'intérêt de la généalogie réside dans le fait qu'il est possible de savoir si nous sommes en présence d'une maladie génétique en constituant un groupe fiable de cobayes ; la généalogie est un auxiliaire puissant dans la recherche des gènes malades.

– Il a suffi à Einar de faire semblant de constituer un groupe de cobayes pour que le secret des noms soit levé, tout cela, avec l'aide de la Commission informatique et libertés.

– Il a menti, trahi et abusé son monde et s'en est tiré comme ça.

– Je comprends bien que cela pourrait être problématique pour vous.

– Einar est l'un des plus hauts responsables de l'entreprise, ainsi que l'un de nos scientifiques les plus compétents. Un homme de qualité. Pourquoi a-t-il fait cela ? demanda la directrice.

– Il a perdu sa fille, répondit Erlendur. Vous ne le saviez pas ?

– Non, dit-elle en dévisageant Erlendur.

– Depuis combien de temps travaille-t-il ici ?

– Deux ans.

– Cela s'est passé un peu avant.

– Comment a-t-il perdu sa fille ?

– Des suites d'une maladie héréditaire du système nerveux. Il en était porteur mais ne connaissait pas l'existence de la maladie parmi les membres de sa famille.

– Un cas de filiation erronée ? demanda-t-elle.

Erlendur ne répondit pas. Il avait le sentiment d'en avoir assez dit.

– C'est l'un des problèmes qui se posent quand on essaie de constituer une base de données généalogiques de ce type, observa-t-elle. Les maladies ont la caractéristique de se propager au hasard dans l'arbre généalogique et elles ressortent là où on s'y attend le moins.

Erlendur se leva.

– Et vous êtes les dépositaires de tous ces secrets-là, dit-il. Les vieux secrets de famille. Les tragédies, les deuils et les morts, tout cela parfaitement classé dans les ordinateurs. Des histoires familiales et individuelles. Mon histoire et la vôtre. Vous conservez tous ces secrets et pouvez les ressortir à volonté. Une Cité des jarres qui englobe toute la population.

– Je ne vois pas du tout de quoi vous parlez, répondit Karitas. Une Cité des jarres ?

– Non, bien sûr que non, conclut Erlendur. Sur quoi, il prit congé.

42

Quand Erlendur rentra chez lui dans la soirée, on était encore sans aucune nouvelle d'Einar. Sa famille s'était réunie dans la maison des parents. Albert avait quitté l'hôtel en fin d'après-midi et était rentré chez lui après une conversation chargée d'émotion avec Katrin. Il y avait là les fils aînés du couple avec leurs épouses et l'ex-femme d'Einar s'ajouta bientôt au groupe. Elinborg et Sigurdur Oli l'avaient interrogée plus tôt dans la journée et elle avait affirmé ne pouvoir imaginer l'endroit où Einar se terrait. Il n'avait aucun contact avec elle depuis six mois.

Eva Lind rentra peu après Erlendur et il lui raconta l'enquête de long en large. Les empreintes retrouvées chez Holberg concordaient avec celles relevées au domicile d'Einar, à Storagerdi.

Il était finalement allé voir son père et il semblait bien qu'il l'ait assassiné.

Erlendur parla également à Eva Lind de Grétar. La seule théorie plausible expliquant sa disparition et son décès était que Grétar avait fait chanter Holberg d'une manière ou d'une autre, probablement avec des photos. On n'avait pas de certitude sur ce qu'elles montraient précisément mais, d'après les éléments que la police avait en main, Erlendur considérait qu'il n'était pas improbable que Grétar ait pris des clichés des agressions perpétrées par Holberg, voire de viols dont ils n'avaient pas connaissance et qui ne seraient certainement jamais dévoilés au grand jour après tout cela. La photo de la pierre tombale d'Audur indiquait que Grétar savait ce qui s'était passé, qu'il aurait même pu en témoigner et qu'il avait collecté des informations sur Holberg, peut-être dans le but de lui extorquer de l'argent.

Ils discutèrent ainsi tout au long de la soirée pendant que la pluie cinglait les vitres et que le vent d'automne hurlait. Elle lui demanda pourquoi il se passait ainsi la main sur la poitrine, d'un geste machinal. Erlendur lui parla de la douleur qu'il ressentait au thorax. Il la mettait sur le compte de son vieux matelas, mais Eva Lind lui ordonna d'aller consulter un médecin. Il ne se montra pas très enthousiaste.

– Comment ça, tu n'iras pas chez le docteur ? demanda-t-elle et Erlendur regretta aussitôt d'avoir mentionné la douleur.

– Ce n'est rien, plaida-t-il.

– Combien de cigarettes est-ce que tu as fumées aujourd'hui ?

– Non, mais, qu'est-ce que c'est que ça ?

– Attends un peu, tu as une douleur à la poitrine, tu fumes comme un pompier, tu ne te déplaces qu'en voiture, tu te nourris de saloperies frites à l'huile et tu refuses de te laisser examiner ! Qui plus est, tu es capable de me sermonner si vertement que n'importe qui se mettrait à pleurnicher comme une petite fille sous tes attaques. Est-ce que tu trouves ça normal ? Tu ne serais pas un peu malade ?

Eva Lind s'était levée, tel un dieu de la foudre, elle surplombait son père qui osait à peine lever les yeux vers elle mais regardait droit devant lui avec un air de chien battu.

Oh, Seigneur Dieu, pensa-t-il en lui-même.

– Je vais faire voir ça, annonça-t-il ensuite.

– Faire voir ça ! Un peu, que tu vas faire voir ça ! cria Eva Lind. Et il y a longtemps que tu aurais dû le faire. Pauvre imbécile !

– Dès demain matin, dit-il en regardant sa fille.

– Il vaudrait mieux, conclut-elle.

Erlendur s'était mis au lit quand le téléphone sonna. C'était Sigurdur Oli qui l'informait que la police venait de recevoir une déclaration d'effraction à la morgue de Baronstigur.

– La morgue de Baronstigur, répéta Sigurdur Oli, voyant qu'il n'obtenait aucune réaction d'Erlendur.

– Nom de Dieu, soupira Erlendur. Et alors ?

– Je ne sais pas, répondit Sigurdur Oli. On vient juste de recevoir la déclaration. Ils m'ont téléphoné et je leur ai dit que j'allais te contacter. Ils n'ont aucune idée du mobile de l'effraction. Est-ce qu'il y a autre chose que des cadavres là-dedans ?

– Je te retrouve là-bas, répondit Erlendur. Fais aussi venir le médecin légiste, ajouta-t-il, puis il raccrocha.

Eva Lind s'était déjà endormie dans le salon au moment où il enfila son imperméable et mit son chapeau. Il regarda l'heure. Il était minuit. Il referma doucement la porte derrière lui, de manière à ne pas réveiller sa fille, se précipita en bas de l'escalier et s'engouffra dans sa voiture.

Quand il arriva à la morgue, trois voitures de police se trouvaient devant avec leurs gyrophares. Il reconnut le véhicule de Sigurdur Oli et, alors qu'il allait entrer dans le bâtiment, il vit le médecin légiste tourner au coin, ce qui fit crisser les pneus sur le goudron mouillé. Le médecin avait l'air de méchante humeur. Erlendur traversa rapidement un long couloir au bout duquel se trouvaient des policiers, ainsi que Sigurdur Oli qui sortait de la salle d'autopsie.

– A première vue, rien ne manque, annonça Sigurdur

311

Oli en voyant Erlendur arriver à toutes jambes dans le couloir.

– Raconte-moi ce qui s'est passé, demanda Erlendur en pénétrant avec lui dans la salle. Les tables de dissection étaient désertes, tous les placards fermés, et rien, à l'intérieur, n'indiquait qu'il y ait eu effraction.

– Le sol de la pièce était couvert de traces de pas, elles sont pratiquement sèches, expliqua Sigurdur Oli. Le bâtiment est équipé d'un système d'alarme relié à un central de sécurité et c'est de là qu'on nous a contactés, il y a une quinzaine de minutes. Il semble que celui qui s'est introduit dans le bâtiment ait cassé une vitre, ici, à l'arrière, et qu'il ait atteint le verrou. Pas très compliqué. Dès qu'il est entré, les détecteurs se sont déclenchés. Il n'a pas eu beaucoup de temps pour commettre son forfait.

– Sûrement assez, répondit Erlendur. Le médecin légiste était arrivé, il avait l'air complètement retourné.

– Qui diable irait cambrioler une morgue ? soupira-t-il.

– Où sont les corps de Holberg et d'Audur ? demanda Erlendur.

Le légiste regarda Erlendur.

– Cela est lié au meurtre de Holberg ? demanda-t-il.

– Ça se pourrait, répondit Erlendur. Allez, pressons, pressons.

– C'est ici que l'on entrepose les cadavres, dit le médecin en ouvrant une porte par laquelle ils le suivirent.

– Cette porte n'est jamais verrouillée ? demanda Sigurdur Oli.

– Qui donc volerait des cadavres ? éructa le médecin, cependant il s'arrêta net, interloqué, en regardant dans la salle.

– Que se passe-t-il donc ? demanda Erlendur.

– La fillette a disparu, dit le médecin, comme s'il n'en

croyait pas ses yeux. Il traversa rapidement la pièce, ouvrit un cagibi dans le fond et y alluma la lumière.

– Quoi encore ? demanda Erlendur.

– Son cercueil a également disparu, annonça le médecin. Il regardait Erlendur et Sigurdur Oli à tour de rôle. Nous venions de recevoir un cercueil neuf qui lui était destiné. Qui donc ferait une telle chose ? Quel esprit pourrait enfanter une telle monstruosité ?

– Il s'appelle Einar, répondit Erlendur. Et il n'a absolument rien de monstrueux !

Il tourna les talons. Sigurdur Oli le suivit de près et ils quittèrent la morgue à toute vitesse.

43

Il y avait peu de circulation sur la route de Keflavik cette nuit-là et Erlendur roulait aussi vite que sa petite voiture japonaise âgée de dix ans le lui permettait. La pluie cinglait le pare-brise, les essuie-glaces parvenaient à peine à la chasser ; Erlendur se rappela la première fois où il s'y était rendu pour rencontrer Elin, quelques jours auparavant. On aurait dit que cette pluie n'allait jamais prendre fin.

Il avait ordonné à Sigurdur Oli de demander à la police de Keflavik de se tenir en état d'alerte et de leur envoyer des renforts de Reykjavik. Il fallait également qu'il prenne contact avec Katrin, la mère d'Einar, pour l'informer des développements de l'affaire. De son côté, il avait l'intention de se rendre directement au cimetière dans l'espoir qu'Einar s'y trouverait, avec les restes d'Audur. Il ne pouvait envisager d'autre hypothèse : Einar avait l'intention de rendre sa sœur à la terre.

Quand Erlendur eut gravi la colline et fut arrivé devant la grille du cimetière de Sandgerdi, il vit le véhicule d'Einar, la portière du conducteur et l'une des portes arrière ouvertes. Erlendur éteignit le moteur, sortit sous la pluie et examina la voiture d'Einar. Il se releva et prêta l'oreille mais n'entendit que la pluie qui tombait verticalement sur la terre. Il n'y avait pas de vent, il plongea le regard dans la noirceur du ciel. Dans le lointain, il distingua une lumière à l'entrée de l'église et, en parcourant le cimetière du regard, il vit une faible lueur à l'emplacement de la tombe d'Audur.

Il lui sembla déceler un mouvement aux abords de la sépulture.

Ainsi que le petit cercueil blanc.

Il se mit tranquillement en route et se faufila en silence vers l'homme qu'il croyait être Einar. La lueur provenait d'une puissante lampe tempête que l'homme avait apportée avec lui et posée à terre à côté du cercueil. Erlendur entra lentement dans la lumière et l'homme s'aperçut de sa présence. Il abandonna la tâche qui l'occupait et regarda Erlendur droit dans les yeux.

Erlendur avait vu des photos de Holberg encore jeune et la ressemblance était frappante. Le front était bas et légèrement bombé, les sourcils fournis, l'espace entre les yeux restreint, les pommettes saillaient sur le visage maigre et les dents étaient légèrement en avant. Il avait un nez fin, tout comme les lèvres, mais un grand menton et un long cou.

Ils passèrent un certain temps à se fixer.

– Qui êtes-vous ? demanda Einar.

– Je m'appelle Erlendur. C'est moi qui m'occupe de l'enquête sur l'affaire de Holberg.

– Vous n'êtes pas étonné de voir à quel point je lui ressemble ? demanda Einar.

– Il y a effectivement une certaine ressemblance, observa Erlendur.

– Vous savez qu'il a violé ma mère, dit Einar.

– Ce n'est pas votre faute, répondit Erlendur.

– C'était mon père.

– Ce n'est pas votre faute non plus.

– Vous n'auriez pas dû faire ça, dit Einar en indiquant le cercueil.

– J'ai considéré que c'était nécessaire, répondit Erlendur. J'ai eu la preuve qu'elle est morte de la même maladie que votre fille.

– Je vais la remettre à sa place, dit Einar.

– Pas de problème, répondit Erlendur en s'approchant du cercueil. Vous souhaitez probablement mettre cela dans la tombe. Erlendur lui tendit la sacoche noire qu'il avait laissée dans sa voiture depuis sa visite chez le collectionneur.

– Qu'est-ce que c'est que ça ? demanda Einar.

– La maladie, répondit Erlendur.

– Je ne comprends pas…

– C'est un prélèvement effectué sur Audur. Je pense qu'on devrait le mettre à ses côtés.

Einar regardait Erlendur et la sacoche à tour de rôle, incertain de la manière dont il devait réagir. Erlendur s'approcha encore plus, il était maintenant juste à côté du cercueil qui séparait les deux hommes. Il plaça la sacoche dessus et recula calmement jusqu'à l'endroit où il se tenait auparavant.

– Je veux être incinéré, déclara Einar tout à coup.

– Vous avez toute la vie devant vous pour vous en occuper, remarqua Erlendur.

– Exactement, toute la vie, dit Einar en donnant de la voix. Qu'est-ce que c'est ? Qu'est-ce qu'une vie quand elle dure sept ans ? Pouvez-vous me le dire ? Quel genre de vie est-ce donc ?

– Je suis incapable de vous le dire, reconnut Erlendur. Est-ce que vous avez l'arme sur vous ?

– J'ai discuté avec Elin, dit Einar sans répondre à sa question. Vous êtes sûrement au courant. Nous avons parlé d'Audur. De ma sœur. Je connaissais son existence mais ce n'est que plus tard que j'ai su qu'elle était ma sœur. J'ai assisté à la scène quand vous l'avez exhumée. Je comprenais parfaitement qu'Elin veuille s'en prendre à vous.

– Comment avez-vous découvert l'existence d'Audur ?

– Grâce à la base de données. J'ai trouvé le nom des gens qui étaient morts des suites de cette forme précise

316

de la maladie. A ce moment-là, je ne savais pas encore que j'étais le fils de Holberg et qu'Audur était ma sœur. Ce n'est que plus tard que j'ai découvert la chose. La manière dont j'ai été conçu. Lorsque j'ai demandé à maman.

Il regarda Erlendur.

– Et quand je me suis aperçu que j'étais porteur de la maladie.

– Comment avez-vous établi le lien entre Holberg et Audur ?

– Par le biais de la maladie. De cette forme spécifique de la maladie. Il est très rare qu'elle provoque l'apparition d'une tumeur au cerveau.

Einar marqua une brève pause, puis il se mit à raconter, d'une manière organisée, sans atermoiements ni pathos, comme s'il s'était préparé à la nécessité de fournir un rapport précis de ses faits et gestes. A aucun moment, il ne haussa la voix. Au contraire, il s'exprimait en conservant constamment ce même ton bas qui, parfois, se faisait chuchotement. La pluie tombait sur la terre ainsi que sur le cercueil sonnant creux dont le bruit allait se perdre dans le silence de la nuit.

Il raconta la façon dont sa fille était brusquement tombée malade à l'âge de quatre ans. Il s'avéra difficile d'identifier la maladie et des mois s'écoulèrent avant que les médecins ne parviennent à la conclusion qu'il s'agissait là d'une forme rare de maladie des nerfs. On pensait que cette maladie se transmettait par les gènes et se limitait à certaines familles, mais le plus étrange était qu'elle ne se trouvât ni dans la famille de la mère, ni dans celle du père de l'enfant. Il se serait alors agi d'une anomalie ou d'une exception que les médecins s'expliquaient difficilement, à moins qu'on ne se soit trouvé en présence d'un cas de mutation génétique.

On leur annonça que la maladie était localisée dans le cerveau de l'enfant et pouvait entraîner la mort en l'espace de quelques années. Vint ensuite une période qu'Einar affirma ne pas avoir la force de raconter à Erlendur.

– Vous avez des enfants ? demanda-t-il au lieu de cela.

– Deux, répondit Erlendur. Un garçon et une fille.

– Nous n'avions qu'elle, continua-t-il. Et nous avons divorcé après son départ. C'était un peu comme si nous n'étions plus liés l'un à l'autre que par la douleur, les souvenirs et la lutte à l'hôpital. Une fois celle-ci achevée, c'était comme si notre vie l'était également. Comme s'il ne restait plus rien.

Einar se tut un moment et ferma les paupières, comme s'il s'apprêtait à s'endormir. La pluie lui ruisselait sur le visage.

– J'ai été l'un des premiers employés embauchés par la nouvelle entreprise, continua-t-il. Le jour où nous avons obtenu l'autorisation de créer la nouvelle base de données et où nous avons commencé à la constituer fut pour moi comme une renaissance. Je ne parvenais pas à me satisfaire des réponses des médecins. Il fallait que je cherche une explication. J'ai eu un regain d'intérêt quant à la façon dont la maladie avait été transmise à ma fille, si cela était possible. La base de données sanitaires est reliée au gigantesque fichier généalogique et il est possible de les croiser : si l'on sait ce que l'on cherche et qu'on est en possession du code, alors on peut identifier les porteurs et retracer le parcours de la maladie dans l'arbre généalogique. Il est même possible de voir les exceptions. Les anomalies comme moi. Et comme Audur.

– J'ai eu une conversation avec Karitas, du Centre d'étude du génome, déclara Erlendur en réfléchissant à la manière dont il allait pouvoir le raisonner. Elle m'a décrit la façon dont vous les avez abusés. Tout cela est tellement nouveau pour nous. On ne comprend pas exactement ce qu'il est possible de faire de toutes ces informations collectées. Ce qu'elles renferment et ce qu'on peut en tirer.

– Je soupçonnais quelque chose de ce genre. Les médecins de ma fille avançaient une théorie selon laquelle il s'agissait d'une maladie héréditaire. J'ai d'abord cru que j'étais tout bêtement un enfant adopté, et il aurait mieux valu que ç'ait été le cas. Qu'ils m'aient adopté. Ensuite, je me suis mis à avoir des soupçons sur le compte de maman. Je l'ai titillée jusqu'à ce qu'elle me donne un échantillon de sang. Papa aussi. Je n'y ai pas trouvé la maladie. Dans aucun des deux. Mais je l'ai trouvé dans mon sang à moi.

– Cependant vous ne présentez aucun symptôme ?

– Pratiquement, répondit Einar. Je n'entends presque plus d'une oreille. Il y a une tumeur sur le nerf auditif. Une tumeur bénigne. Et j'ai des taches cutanées.

– Des taches de café ?

– Je vois que vous vous êtes documenté. J'aurais pu être atteint de la maladie en cas de modification de mes gènes. En cas de mutation génétique. Mais je me suis dit que l'autre hypothèse était plus plausible. Finalement, j'ai eu une liste de noms d'hommes susceptibles d'avoir eu une relation avec maman. Holberg était l'un d'eux. Maman m'a tout raconté lorsque je suis allé la voir et que je lui ai exposé mes soupçons. La manière dont elle avait tu le viol. Elle m'a dit que je n'avais jamais eu à souffrir des circonstances de ma conception. Bien au contraire. Je suis le benjamin, expliqua-t-il. Le dernier rejeton.

– Je sais, répondit Erlendur.

– Quelles grandes nouvelles ! hurla Einar dans le calme nocturne. Je n'étais pas le fils de mon père, mon père avait violé ma mère, j'étais le fils d'un violeur, il avait placé en moi un gène malade qui m'atteignait à peine mais avait entraîné la mort de ma fille, j'avais une demi-sœur, décédée de la même maladie. Je n'ai pas encore parfaitement compris tout ça, je ne suis pas parvenu à faire le tour de la question. Quand maman m'a dit pour Holberg, la colère s'est emparée de moi et j'ai complètement perdu la raison.

– Vous avez alors commencé par lui téléphoner.

– J'avais envie d'entendre sa voix. Tous les orphelins n'ont-ils pas le désir de rencontrer leur père ? observa Einar en esquissant un sourire.

– Même si ce n'est qu'une seule et unique fois, reconnut Erlendur.

44

Il avait presque cessé de pleuvoir et, enfin, le ciel s'éclaircissait. La lampe tempête projetait une lueur jaunâtre sur la terre et sur les filets d'eau de pluie qui ruisselaient dans l'allée entre les tombes. Ils se tenaient immobiles, face à face, séparés par le cercueil, et se regardaient dans les yeux.

– Cela a dû lui faire un choc de vous voir, dit enfin Erlendur. Il savait que la police était en route vers le cimetière et il voulait profiter de ces instants de solitude en compagnie d'Einar, avant que ne se mette en route toute la procédure. Il savait également qu'Einar était peut-être armé. Il ne voyait pas le fusil, mais ne pouvait exclure l'éventualité qu'il l'ait sur lui. Einar gardait une main sous son manteau.

– Si vous aviez vu sa tête, observa Einar. On aurait dit qu'il voyait un fantôme du passé et ce fantôme, c'était lui-même.

Holberg se tenait dans l'encadrement de la porte et regardait le jeune homme qui venait de sonner. Il ne l'avait jamais vu auparavant, mais reconnut pourtant immédiatement son visage.

– *Salut papa, déclara Einar d'un ton ironique. Il ne pouvait dissimuler sa colère.*

– *Qui êtes-vous ? demanda Holberg, sidéré.*

– *Voyons, je suis ton fils, répondit Einar.*

– Enfin, qu'est-ce que… Est-ce vous qui m'avez harcelé de coups de téléphone ? Je vous demande de bien vouloir me laisser tranquille. Je ne vous connais pas. Et visiblement, vous n'êtes pas sain d'esprit.

Ils étaient de la même taille, mais ce qui surprit le plus Einar, c'était de voir à quel point Holberg paraissait vieux et maladif. Quand il parlait, on entendait un grésillement provenant du tréfonds de sa gorge, dû à un long tabagisme. Il avait le visage marqué, raviné, avec des cernes noirs sous les yeux. Il avait des cheveux gris et sales, plaqués sur sa tête. La peau craquelée. Le bout des doigts jaunis. Les épaules légèrement affaissées, l'œil délavé et éteint.

Holberg s'apprêta à refermer la porte, mais Einar était plus fort que lui et il le projeta d'un coup vers l'intérieur, fit irruption dans l'appartement et referma derrière lui. Il sentit immédiatement l'odeur. Comme celle d'une écurie, mais encore pire.

– Qu'est-ce que tu caches là-dedans ? demanda Einar.

– Voulez-vous bien sortir d'ici immédiatement !

La voix de Holberg dérailla au moment où il hurlait sur Einar, tout en reculant vers le fond du salon.

– J'ai parfaitement le droit d'être ici, rétorqua Einar en examinant les lieux, la bibliothèque et l'ordinateur dans le coin. Je suis ton fils. Le fils prodigue. Puis-je te poser une question, mon cher père ? As-tu violé d'autres femmes que maman ?

– J'appelle la police !

Le graillonnement se faisait plus audible quand il s'énervait.

– Il serait grand temps de le faire, observa Einar. Holberg hésita.

– Qu'est-ce que vous me voulez ? demanda-t-il.

– Tu n'as pas idée de tout ce qui s'est passé et, d'ailleurs, tu t'en contrefiches. Tu ne pourrais t'en foutre davantage. J'ai raison, n'est-ce pas ?

– *Ce visage*, dit Holberg sans achever sa phrase. Il regardait Einar de ses yeux glauques et l'examina pendant un long moment jusqu'à ce qu'il comprenne ce qu'Einar lui disait. Jusqu'à ce qu'il comprenne qu'il était son fils. Einar remarqua son hésitation. Le vit se triturer les méninges pour saisir le sens de ses paroles.

– *Je n'ai jamais violé personne de toute ma vie*, déclara enfin Holberg. *Tout cela n'est qu'un putain de mensonge. Ils ont dit que j'étais le père d'une gamine à Keflavik et sa mère m'a accusé de viol, mais elle n'a jamais été capable de le prouver. Je n'ai pas été condamné.*

– *Sais-tu ce qui est arrivé à cette fille qui était la tienne ?*

– *Je crois qu'elle est décédée en bas âge. Je n'avais aucun contact, ni avec elle, ni avec sa mère. Vous devriez le comprendre. La mère m'a accusé de viol !*

– *Tu as connaissance d'autres décès d'enfants dans ta famille ?* demanda Einar.

– *De quoi est-ce que vous me parlez ?*

– *Il y a, dans ta famille, d'autres enfants morts en bas âge ?*

– *Qu'est-ce que ça veut dire ?*

– *J'ai connaissance de quelques cas depuis le début du siècle. Et l'un d'entre eux, c'était ta sœur.*

Holberg dévisagea Einar.

– *Qu'est-ce que vous savez de ma famille ?* demanda-t-il. *Comment…?*

– *Ton frère, de vingt ans ton aîné, décédé il y a environ quinze ans a perdu sa fille en 1941. Tu avais onze ans. Vous n'étiez que deux frères, nés avec cette grande différence d'âge.*

Holberg se taisait, Einar poursuivit.

– *La maladie aurait dû disparaître avec toi. Tu aurais dû être le dernier porteur. Tu étais le dernier de la lignée. Célibataire. Sans enfant. Pas de famille. Mais voilà, tu étais un violeur. Un putain de salaud de violeur !*

Einar se tut et lança à Holberg un regard haineux.

— Et maintenant, c'est moi qui suis le dernier porteur de la maladie.

— De quoi est-ce que vous me parlez ?

— C'est par vous qu'Audur a eu la maladie. Je l'ai transmise à ma fille. C'est aussi simple que ça. J'ai regardé tout ça dans la base de données. Il n'y a pas eu d'autres cas déclarés depuis le décès d'Audur, excepté ma fille. Nous sommes les derniers.

Einar fit un pas en avant, attrapa un lourd cendrier de verre et le soupesa.

— Et maintenant, c'est fini.

Je ne suis pas entré là-bas pour le tuer, dit Einar. Il a dû se sentir menacé. Je ne sais pas pourquoi j'ai attrapé le cendrier. Peut-être dans l'intention de le lui lancer à la figure. Peut-être que je voulais le frapper. Il a pris les devants. Il s'est rué sur moi, m'a attrapé à la gorge, je l'ai frappé à la tête et il est tombé à terre. J'ai fait ça sans réfléchir. J'étais hors de moi et j'aurais tout aussi bien pu me jeter sur lui. Je m'étais demandé comment cette entrevue allait finir, mais je ne m'étais pas imaginé ça. Jamais. Sa tête a heurté la table du salon, puis le sol, et il s'est mis à saigner. Je savais qu'il était mort, mais je me suis penché sur lui. J'ai regardé autour de moi, vu une feuille et un crayon et j'ai écrit que j'étais lui. C'était la seule chose à laquelle je pensais depuis le moment où je l'avais vu sur le pas de la porte. Que j'étais lui. Que j'étais cet homme. Et que cet homme, c'était mon père.

Einar baissa les yeux vers la tombe ouverte.

— Il y a plein d'eau dedans, observa-t-il.

— On va arranger ça, répondit Erlendur. Si vous avez une arme sur vous, vous devez me la remettre.

324

Erlendur s'approcha de lui, mais on aurait dit qu'il s'en fichait.

– Les enfants sont des philosophes, dit-il. Ma fille m'a demandé un jour à l'hôpital : à quoi nous servent les yeux ? Je lui ai répondu qu'ils nous servaient à voir.

Einar fit une pause.

– Elle m'a corrigé, dit-il, comme s'il s'adressait à lui-même.

Il regarda Erlendur.

– Elle m'a dit qu'ils étaient là pour que nous puissions pleurer.

Ensuite, on aurait dit qu'il prenait une décision.

– Qui êtes-vous si vous n'êtes pas vous-même ? demanda-t-il.

– Calmez-vous, dit Erlendur.

– Qui êtes-vous donc, hein ?

– Ça va s'arranger.

– Je ne voulais pas que ça se passe comme ça, mais maintenant il est trop tard.

Erlendur ne saisit pas toute la portée des paroles d'Einar.

– C'est la fin.

Erlendur le regardait dans la lueur blafarde de la lampe tempête.

– Ça s'arrête ici, dit Einar.

Erlendur le vit sortir le fusil de dessous son imperméable, il le pointa d'abord vers Erlendur, qui s'était discrètement approché de lui. Erlendur s'immobilisa. Brusquement, Einar retourna le canon vers lui-même et le plaça sur son cœur. Il fit cela d'un geste rapide. Erlendur réagit en hurlant. La violence de la déflagration déchira le silence nocturne du cimetière. Erlendur fut rendu sourd, l'espace d'un instant. Il se jeta sur Einar et les deux hommes tombèrent à terre.

45

Pendant un moment, il eut l'impression que sa vie était en ruine, que seul son corps continuait d'exister et scrutait l'obscurité avec des yeux vides.

Erlendur se tenait au bord de la tombe et regardait Einar, couché à côté de la petite sépulture. Il prit la lampe tempête, éclaira le sol et constata qu'Einar était mort. Il reposa la lampe et décida de replacer le cercueil au creux de la terre. Il commença par l'ouvrir, y déposa le bocal en verre, puis il le referma. C'était une tâche difficile pour lui de faire descendre le cercueil, cependant il finit par y parvenir. Il trouva une pelle, abandonnée à côté du monticule de terre. Après avoir fait un signe de croix sur le cercueil, il se mit à pelleter. A chaque fois que le bruit sourd et profond de la terre lourde qui retombait sur le bois se faisait entendre, cela lui faisait mal.

Erlendur attrapa la petite clôture blanche qui gisait, cassée, à côté de la tombe et essaya de la remettre en place ; il fit appel à toutes ses forces pour relever la pierre tombale.

Il était en train d'achever sa tâche quand il entendit arriver les premières voitures et les cris des gens qui approchaient du cimetière. Il entendit Sigurdur Oli et Elinborg l'appeler à tour de rôle. Il perçut d'autres voix, féminines, ainsi que celles d'hommes éclairés par les phares des véhicules, qui donnaient à leurs ombres une taille gigantesque dans l'obscurité de la nuit. Il vit les faisceaux des lampes de poche se multiplier à toute vitesse et s'approcher de lui.

Il vit que Katrin faisait partie du groupe et, juste après, remarqua la présence d'Elin. Il vit Katrin le regarder avec un visage inquisiteur et, quand elle comprit ce qui s'était passé, elle se jeta éplorée sur Einar en le serrant dans ses bras. Erlendur ne fit rien pour l'arrêter. Il vit qu'Elin venait se blottir tout contre elle.

Il entendit Sigurdur Oli lui demander s'il allait bien et vit Elinborg ramasser le fusil tombé à terre.

Il vit d'autres policiers s'approcher ainsi que les flashes des appareils photo dans le lointain qui faisaient comme de petits éclairs.

Il leva les yeux. Il s'était à nouveau mis à pleuvoir, cependant il avait l'impression que la pluie s'était adoucie.

Einar fut enterré aux côtés de sa fille dans le cimetière de la banlieue de Grafarvogur. L'inhumation se déroula dans la plus stricte intimité.

Erlendur entra en contact avec Katrin. Il lui raconta l'entrevue entre Einar et Holberg. Erlendur évoqua la légitime défense, pourtant Katrin savait bien qu'il disait cela pour tenter d'atténuer sa douleur. Il savait ce qu'elle ressentait.

Il continuait de pleuvoir, mais le vent de l'automne s'était calmé. Bientôt, l'hiver prendrait le relais, avec le gel et l'obscurité hivernale. Erlendur ne le redoutait pas.

Devant les supplications de sa fille, il finit par aller consulter un médecin. Celui-ci lui expliqua que la douleur qu'il ressentait dans la poitrine était, en fait, située dans le cartilage et portait le nom de douleur intercostale. La cause était probablement un mauvais matelas, ainsi qu'un mode de vie trop sédentaire.

Un jour, au-dessus d'une assiette fumante de soupe à la viande, Erlendur demanda à Eva Lind si elle l'autorisait à décider du nom de l'enfant au cas où elle donnerait naissance à une fille. Elle lui répondit qu'elle s'attendait bien à ce qu'il lui fasse quelques suggestions.

– Comment est-ce que tu aimerais qu'on l'appelle ? demanda-t-elle.

Erlendur la regarda.

– Audur, répondit-il. Il me semble que ce serait une bonne idée de l'appeler Audur.

Remerciements du traducteur

Tous mes remerciements vont à Wilfried et Cécile Besnardeau, à Sylvie Kreiter pour leur travail de relecture du texte français et leurs suggestions. Merci à mon épouse Claude Lebigre-Boury pour son soutien et sa patience.

Éric Boury, Reykjavik.

RÉALISATION : PAO ÉDITIONS DU SEUIL
IMPRESSION : BRODARD ET TAUPIN À LA FLÈCHE
DÉPÔT LÉGAL : JUIN 2006. N° 87515-5. (41496)
IMPRIMÉ EN FRANCE

Collection Points Policier

Collection Points